Chère lectrice,

Ce mois-ci, j'ai sélectionné pour vous deux romans de Carol Marinelli, dont les histoires et les personnages se mêlent pour notre plus grand plaisir.

Dans *Douce tentation pour une infirmière* et *Séduite… malgré elle* (Blanche n° 1170), vous pourrez donc découvrir l'équipe des séduisants médecins du Bayside Hospital ; les Drs Juan Morales et Harry Worthington sont de véritables don juans, rompus à la pratique de la séduction. Or, pour la première fois de leur vie, ils vont se retrouver pris à leur propre piège : ils vont tomber amoureux…

Mais chut, je n'en dis pas plus !

Bonne lecture, et rendez-vous le mois prochain !

La responsable de collection

Le secret d'un médecin

*

Un amour inoubliable

CAROLINE ANDERSON

Le secret d'un médecin

COLLECTION *Blanche*

éditions H HARLEQUIN

Collection : Blanche

Cet ouvrage a été publié en langue anglaise
sous le titre :
RISK OF A LIFETIME

Traduction française de
CAROLE PAUWELS

HARLEQUIN®
est une marque déposée par le Groupe Harlequin
Blanche® est une marque déposée par Harlequin S.A.

ÉDITIONS HARLEQUIN

83-85, boulevard Vincent Auriol, 75646 PARIS CEDEX 13.
Service Lectrices — Tél. : 01 45 82 47 47
www.harlequin.fr

ISBN 978-2-2803-1017-8 — ISSN 0223-5056

1.

— Oh ! Ce n'est pas vrai…

— Quoi ?

Annie, levant les yeux vers Kate, esquissa un sourire devant sa mine ébahie, avant de tourner la tête vers la porte vitrée.

— Ne regarde pas, reprit aussitôt Kate entre ses dents, tout en baissant précipitamment les yeux sur ses notes.

— Qu'est-ce que je ne dois pas regarder ?

— Super canon en vue. Une bombe atomique de première classe. Ça ne peut pas être notre nouveau spécialiste. On n'aurait pas cette chance.

Elle releva brièvement la tête.

— Oh, mon Dieu, il est… sublime. Je crois que je suis amoureuse.

Elle s'éventa de manière théâtrale avec son dossier, et Annie ne put s'empêcher de glousser.

— Tu ne peux pas être déjà amoureuse.

— Tu veux parier ?

Kate risqua un nouveau coup d'œil, et sa voix monta d'une octave.

— Il vient par ici, et il a un stéthoscope autour du cou.

Annie leva les yeux au ciel et lui prit le dossier, juste au moment où la porte s'ouvrait dans son dos.

— Bonjour. J'ai entendu l'appel d'urgence de la pédiatrie. Vous avez besoin d'aide ?

Elle se redressa. Elle était bien obligée de regarder, à présent.

En dehors du fait que l'homme s'adressait à elle, sa voix était… plus que sexy, d'une séduction, pour tout dire, affolante.

Il était impossible que son corps soit assorti à cette voix.

Elle tourna la tête, affichant un sourire de commande, et faillit en perdre le souffle.

La voix ne lui rendait pas justice.

Kate davantage, mais comment aurait-elle pu se fier à ses enthousiasmes récurrents — et pas toujours justifiés — en matière d'hommes ?

Cette fois, pourtant, elle avait raison. Grand, brun et, oui, terriblement séduisant si on aimait ce genre-là. Ce qui n'était pas son cas.

Non qu'elle ait un genre d'homme d'ailleurs, mais, si elle en avait eu un, ce n'aurait pas été un homme comme lui.

Du tout.

Son premier instinct fut néanmoins de partir en courant. Sa raison prit heureusement le dessus.

Il était apparemment médecin — peut-être leur nouveau spécialiste — et il offrait son aide. Voilà qui, en revanche, faisait de lui son genre. Son apparence particulièrement avantageuse n'avait aucune importance. Ce qui comptait, c'est qu'il était là, un jour où ils étaient en sous-effectif.

Elle se mordit la lèvre. Mais quand même, était-il obligé d'être aussi sexy ?

S'efforçant de chasser cette pensée parfaitement inopportune en cet instant précis, elle s'éclaircit la gorge.

— Peut-être que votre aide sera la bienvenue, oui. A vrai dire, je n'ai pas encore toutes les informations. Un enfant victime d'un accident de la route, traumatisme crânien possible. Temps d'arrivée estimé à quelques secondes.

Elle lui tendit la main, déterminée à agir comme une adulte raisonnable, et non comme une adolescente en plein dérèglement hormonal ! Elle rejeta ensuite légèrement la tête en arrière pour croiser son regard.

— Au fait, je suis Annie Brooks. Je travaille avec Andy Galagher. Et vous ?

— Ah, désolé. Ed Shackleton. Le nouveau spécialiste.

Sous l'intensité de son regard ajoutée à son sourire charmeur, elle se sentit alors défaillir. Ses yeux d'un bleu grisé couleur d'orage, frangés d'épais et longs cils noirs, restèrent longuement rivés aux siens, tandis qu'une main chaude et ferme enveloppait la sienne.

Une onde de chaleur la parcourut, et son cœur se mit à battre plus vite.

Et elle s'empourpra.

Ou plutôt non, elle rougit.

Ce qui était très différent.

En fait, elle avait l'impression d'avoir le visage en feu. S'en était-il aperçu ? Elle détourna la tête.

Oh ! Mon Dieu, non. Pas ça.

Tandis qu'elle s'efforçait de respirer doucement, le son d'une sirène pénétra soudain le brouillard qui nimbait son cerveau et elle récupéra sa main, à la fois soulagée et encore troublée.

— Le travail nous attend. Nous sommes prêts ?

Un regard à Kate lui apprit que celle-ci avait retrouvé tout son professionnalisme.

— On peut y aller, répondit-elle aussitôt.

Les sirènes s'arrêtèrent brusquement, laissant place à un silence presque étrange.

— Parfait. Allons voir ce que nous avons.

— Ça vous ennuie si je vous accompagne ? demanda-t-il.

— Mais pas du tout. Je vous l'ai dit. Nous avons toujours besoin d'une paire de mains supplémentaire.

Elle poussa la porte, bizarrement impatiente d'échapper au confinement du service de réanimation.

Ce n'était pourtant pas son genre de réagir comme ça en présence d'un homme.

Ces palpitations, ces frissons, cette impression de fièvre, ça ne lui arrivait jamais.

Elle avait tiré un trait sur les hommes.

Et le Dr « Apollon » était définitivement un homme.

Elle prit une profonde inspiration et se dirigea d'un pas vif vers la rotonde des ambulances, tout en ayant une conscience aiguë de l'homme qui, à son côté, alignait son pas sur le sien.

Les portes de l'ambulance s'ouvrirent, et elle retrouva son professionnalisme.

Il était temps.

Elle oublia alors tout ce qui n'était pas l'enfant en larmes et l'air épouvanté de sa mère, tandis que les secouristes énuméraient leurs premières constatations et le traitement déjà administré.

— Bonjour, je suis Annie Brooks. Je suis médecin. Et voici Ed Shackleton. Nous allons nous occuper de votre fils. Comment s'appelle-t-il ?

— Cody, répondit la mère d'une voix tremblante. Cody Philipps. Oh ! Je vous en prie, aidez-le.

— Ne vous inquiétez pas. Tout va bien se passer.

La voix calme et assurée était celle d'Ed qui, penché au-dessus de la civière qu'on roulait déjà vers l'intérieur, évaluait manifestement l'état de l'enfant. La paupière droite de Cody était fermée et tuméfiée, un hématome bleuissait sa joue ainsi que sa tempe, et il sanglotait.

Annie cilla. Gentil et attentionné en plus d'être beau. Il avait décidément toutes les qualités. Elle secoua la tête, agacée par elle-même. Il lui fallait avant tout vérifier ses compétences cliniques pour s'assurer qu'ils pouvaient faire équipe. Point à la ligne.

— Vous prenez les choses en main ? suggéra-t-elle.

Comme une machine bien huilée, l'équipe se mit en action, et Annie cessa très vite d'épier les moindres mouvements d'Ed, pour se concentrer sur ce qu'elle avait à faire.

— J'ai les résultats, annonça bientôt Annie.

— Et ?

Ed vint se placer derrière elle, si près qu'elle perçut la chaleur qui émanait de son corps.

— Eh bien, le cerveau est indemne, mais il a une fracture de l'orbite droite.

Ed regardait par-dessus son épaule les clichés de l'IRM, et elle le vit tiquer.

— Le choc a dû être brutal. Je me demande si sa vision pourrait en être affectée...

— C'est un risque que nous ne pouvons pas écarter. Pauvre petit Cody.

Elle se tourna, mais Ed était toujours là, tout près, beaucoup trop... Elle essaya de reprendre son souffle, ce qui fut une erreur, car l'odeur exquise de son eau de toilette lui parvint brusquement, achevant de la troubler.

— Vous voulez que je parle aux parents ? demanda-t-il.

— Non, non, je vais le faire.

Et elle tourna aussitôt les talons. Il lui emboîta le pas jusqu'à la salle d'attente, où les parents de Cody attendaient leur verdict avec une anxiété manifeste.

Annie leur adressa un sourire rassurant.

— Le cerveau n'a pas été touché, même si Cody souffre d'une fracture faciale.

— Donc, il va bien ? demanda sa mère.

— Il est encore un peu tôt pour le dire. Il arrive que le cerveau enfle après un choc comme celui-ci. Il va donc devoir rester sous monitoring durant les prochaines heures. Par ailleurs, la fracture s'étend jusqu'à son orbite, et cela pourrait avoir des répercussions sur sa vue.

— Il risque de devenir aveugle ? demanda à son tour le père.

Sa voix était éraillée par l'émotion, tandis que la mère

pressait une main contre sa bouche, les yeux écarquillés d'angoisse.

Annie secoua doucement la tête.

— C'est peu probable, mais sa vision risque d'être altérée. Il va être transféré dans l'unité de soins intensifs du service pédiatrique, où il sera examiné par un ophtalmologiste et un spécialiste de la chirurgie maxillo-faciale. On vous expliquera tous les détails sur place, et vous pourrez passer la nuit avec votre fils.

La mère de Cody acquiesça, en larmes, et Annie, après un petit signe de tête compatissant, s'éloigna. Dans son dos, elle entendit Ed s'attarder pour répondre aux questions angoissées des parents.

Elle laissa échapper un soupir. Il avait été impressionnant. Calme, posé, sachant apaiser la détresse de l'enfant avec une compétence que seules des années de pratique pouvaient apporter.

Il avait probablement des enfants. C'était presque inévitable. Quelqu'un avait dû lui mettre le grappin dessus. Il était bien trop parfait pour être resté célibataire.

A moins qu'il ne soit du genre à papillonner…

Elle accéléra le pas. De toute façon, ça ne la regardait pas. Elle n'était pas intéressée.

Du tout.

Annie entra dans la maison.

— Maman !

Les filles coururent vers elle, hurlant en stéréo, l'attirant vers la table pour lui montrer ce qu'elles avaient fait.

— Regarde notre dessin.

— J'ai fait ce côté, et Chloé celui-ci.

— Et Mamie Jo nous a laissées manger le dernier lapin en chocolat.

— C'est vrai ? demanda Annie, en tournant un regard

amusé vers sa mère. Je croyais qu'on ne mangeait pas de chocolat entre les repas.

— Mais on l'a eu au dessert, déclara Grace d'un ton solennel. Mamie Jo n'a pas triché.

Annie retint un rire.

— Je suis ravie de l'apprendre. Et c'est un très joli dessin. Merci. Maintenant, vous allez prendre votre bain, et je vous lirai une histoire.

— Je veux choisir…

— Non, c'est mon tour…

— Que diriez-vous de Pierre Lapin ? demanda Annie.

— Oui !

Les jumelles se ruèrent vers la salle de bains, et elle se tourna vers sa mère.

— Ne t'en fais pas pour le désordre. Je rangerai après.

Lorsqu'elle entra dans la salle de bains, Chloé, qui était toujours la première à chercher les ennuis, avait plongé par-dessus le rebord de la baignoire pour essayer de fermer la bonde.

Elle rattrapa sa fille au vol et, fermant la bonde, tourna les robinets.

— Alors, qu'avez-vous fait d'autre aujourd'hui ? demanda-t-elle, tout en les déshabillant rapidement.

Tandis qu'elle les baignait et lavait leurs cheveux — angéliques boucles blondes pour Grace, tignasse brune sauvagement emmêlée pour Chloé —, ses filles babillèrent sans relâche, et elle commença à se détendre.

Après les avoir couchées et leur avoir lu une histoire, elle regagna la cuisine.

— Oh ! Maman ! Je t'avais dit que je rangerais.

— Tu as déjà assez travaillé aujourd'hui. Tiens, je t'ai fait un thé. Viens t'asseoir, et parle-moi donc un peu de ta journée.

Annie se laissa tomber sur le canapé en soupirant.

— Je suis épuisée. Je n'ai pas dû m'asseoir plus de quelques minutes. Comment va Grannie ?

— Oh ! Toujours pareil. Têtue, indépendante… Elle refuse de prendre ses antalgiques, et ensuite elle se demande pourquoi elle a mal partout.

— Et toi, maman, ça va ? Tu as beau dire que ça ne te pèse pas mais, entre mes filles et ta mère, il ne doit plus te rester beaucoup de temps pour toi.

Sa mère balaya la remarque d'un revers de main.

— Et à quoi voudrais-tu que j'occupe mon temps ? A faire des arrangements floraux, du tricot ?

Sur ces mots, elle se leva, signifiant que le sujet était clos.

— Tu es prête à dîner ? C'est un curry thaï. Je n'ai qu'à le réchauffer, et nous le mangerons devant la télévision.

Annie lui adressa un sourire reconnaissant.

— Excellente idée. Je meurs de faim. Je n'ai rien mangé de la journée, à part quelques biscuits au chocolat.

Sa mère fit une moue réprobatrice, avant de se diriger vers la cuisine.

Elle ferma les yeux un instant. Elle aurait dû se lever pour aller l'aider, mais elle était trop fatiguée. Cette garde avait été éreintante, et d'autant plus compliquée qu'elle avait essayé d'éviter Ed Shackleton toute la journée.

Tentative bien inutile. Chaque fois, ils s'étaient retrouvés à travailler ensemble.

Non qu'elle ait eu à s'en plaindre. Il travaillait vite et bien. C'étaient plutôt les brefs moments de pause qui posaient problème, quand il enlevait ses gants et prenait appui contre le mur avec cette grâce nonchalante…

La tête calée contre le dossier, elle soupira. Elle avait beau faire, l'image d'Ed était toujours là, comme imprimée dans sa rétine. Elle le voyait rire à une blague idiote, courir vers la rotonde des ambulances, prendre en charge les nouveaux arrivants avec sang-froid et professionnalisme…

Elle se redressa et se prit la tête entre les mains.

— Que se passe-t-il ? demanda sa mère réapparue dans le salon à cet instant.

— Oh ! Rien. Un nouveau collègue. Il est un peu…

— Empoté ?

— Oh ! Non, pas du tout. Loin de là. Il est très doué. Non, il est simplement… je ne sais pas. Partout à la fois.

— Célibataire ?

Elle détourna les yeux. Il ne portait pas d'alliance, ce qui ne voulait rien dire, bien sûr, car elle n'en portait pas non plus, et elle était loin d'être libre. Célibataire, oui, mais libre ? Disponible ? Pas dans cette vie en tout cas.

— Maman, je n'en sais rien. De toute façon, qu'est-ce que ça change ?

— Quel âge ?

Annie haussa les épaules.

— Je ne sais pas. Trente ? Trente-deux ?

— Et alors, quel est ton problème avec lui ?

— Je n'ai aucun problème. Seulement, ça n'est jamais facile d'établir une nouvelle relation de travail.

Elle s'agita, un peu gênée. C'était totalement faux, car ils s'entendaient très bien professionnellement. Ils avaient travaillé comme s'ils se connaissaient depuis des années, anticipant ce que chacun allait faire, communiquant sans se parler…

Ils formaient une excellente équipe.

Le problème était juste qu'il menaçait sa tranquillité d'esprit, si durement acquise.

Ed referma la porte derrière lui, et se dirigea vers la cuisine, d'où lui parvenait un bruit d'eau qui coulait.

— Bonsoir, Marnie, comment vas-tu ?

Sa grand-mère s'essuya les mains et lui sourit tendrement.

— Bien mieux maintenant que je te vois. Comment s'est passée ta première journée ?

— Très bien. Mes collègues sont charmants, et les cas étaient intéressants. Comment va Grumps ?

— Il a été un peu grognon aujourd'hui. Mais qui ne le serait pas à sa place ? C'est tellement affreux cette maladie…

Il vit ses yeux s'emplir de larmes, et elle s'empressa de changer de sujet.

— Thé ou café ?

— Un thé, s'il te plaît. J'ai assez bu de café pour aujourd'hui.

Ed parla de sa journée pour essayer de distraire sa grand-mère du sujet qui la préoccupait, puis il rentra chez lui.

Il aurait pu éviter cette location en habitant chez ses grands-parents, ou chez ses parents, dont les maisons étaient assez proches de l'hôpital. Mais cet agréable cottage l'était encore plus, et cela lui avait fourni l'excuse dont il avait besoin. C'était son espace privé, son sanctuaire, son ermitage.

Il se gara sous l'auvent, et entra dans la maison par la véranda. C'était une belle soirée, un peu fraîche, mais ça ne le dérangeait pas. Il avait besoin d'air. Il se servit un verre de vin avant d'aller s'asseoir sur la balancelle de la terrasse.

Inévitablement, ses pensées dérivèrent vers Annie Brooks.

Elle était plus âgée que lui. Trente-cinq ans ? Il ne savait pas exactement, mais elle était chef de service et malgré son acharnement à grimper les échelons, il n'en était pas encore là. Après cette toute dernière étape dans une carrière menée tambour battant, il pourrait sans doute prétendre à un tel poste.

A quel endroit ? Londres ? Peut-être au Great Ormond.

Il soupira. En tout cas pas ici, c'était une certitude. Quand son grand-père ne serait plus là, il n'aurait plus aucune raison de rester dans cette petite cité balnéaire où il ne se passait pas grand-chose.

Du moins, s'il s'en fiait à ce qu'il avait pu observer : rien de remarquable, à l'évidence, ne s'était produit en trente-deux ans, et il n'avait aucune raison de penser que ça allait changer parce qu'il était revenu au bercail pour regarder son grand-père mourir à petit feu.

Il laissa échapper un soupir en songeant à l'expression de sa grand-mère, un instant auparavant, dans la cuisine. Cela ravivait sa culpabilité.

Savait-elle qu'il mentait quand il tentait de la rassurer sur son propre état de santé ?

Il lui avait dit qu'il n'avait pas encore les résultats définitifs de l'analyse génétique, mais en réalité il n'avait pas eu le courage de les consulter, et d'être ainsi enfin fixé sur son destin.

Il n'avait pas envie de connaître la vérité. De toute façon, ça s'arrêterait avec lui, puisqu'il n'aurait pas d'enfants.

Jamais.

Et jamais non plus il n'entraînerait une femme avec lui dans ce voyage vers l'enfer.

L'image d'Annie Brooks remplaça soudain celle de sa grand-mère, et il se rembrunit.

Non. Pas question.

Il ne la toucherait même pas avec des pincettes. Elle était beaucoup trop douce, gentille et décente pour le genre de relation qu'il avait à l'esprit. Il serait bien mieux avec Kate. Au moins, celle-ci ne s'était pas cachée de rechercher elle aussi des aventures sans lendemain.

Sauf qu'il ne voulait pas de Kate.

C'était Annie qui lui plaisait, et il ne se passerait jamais rien entre eux.

2.

Le lendemain matin, Annie, malgré elle, passa beaucoup de temps à s'interroger. En vain.

Quelque chose dans l'attitude d'Ed avait changé. Mais quoi ?

Soudain, elle poussa un long soupir. Voilà, elle y était. Il évitait son regard.

Et s'il lui avait fallu tout ce temps pour le comprendre, c'était parce qu'elle-même faisait exactement la même chose. Mais une fois, qu'elle s'en fut rendu compte, elle fut étonnamment — et de façon assez stupide, elle en convenait — désappointée.

Pourquoi ?

Elle n'avait pas envie qu'il la regarde, qu'il envahisse son espace, qu'il soit tout le temps dans ses jambes, comme il l'avait été la veille.

Oui, c'était cela. Elle secoua aussitôt la tête, irritée contre elle-même. Elle était en train de se raconter n'importe quoi, là !

— Annie ?

Elle releva la tête, pour découvrir James Slater, le chef de clinique, qui se tenait devant elle et l'observait, la tête légèrement inclinée.

— Oh ! Bonjour.

Elle lui adressa un sourire confus.

— Désolée, j'étais à mille lieues d'ici. Que puis-je faire pour vous, James ?

— Rien. Absolument rien. C'est pourquoi je vous conseille d'aller déjeuner pendant que c'est calme.

— Chut.

Elle pressa un doigt sur ses lèvres, et il rit.

— Vous êtes superstitieuse ?

Elle esquissa un sourire.

— Toujours. Mais je vais quand même aller grignoter quelque chose, pendant qu'il en est encore temps. Hier, ça n'a pas été possible. C'était la folie.

— Je sais. Comment avez-vous trouvé Ed ?

Trop beau et trop sexy pour sa tranquillité d'esprit… Elle s'éclaircit la gorge.

— Bien. Parfait. C'est un excellent médecin.

— Tant mieux. C'est bien ce que je pensais. Ses références étaient impressionnantes, et nous avons eu de la chance qu'il accepte de venir chez nous. Allez maintenant, filez avant que ce fichu téléphone ne se remette à sonner.

Elle lui adressa un sourire, un petit signe, et attrapant son portefeuille, se dirigea d'un pas vif vers la cafétéria…

… avant de tomber dans les bras d'Ed.

Littéralement.

— Ahh !

Elle fit un bond en arrière, en écartant à la hâte de sa poitrine le devant de sa blouse.

— Mince, c'est brûlant ! s'écria-t-elle, tout en secouant le tissu maculé de café pour le rafraîchir.

— Bon sang, Annie, je suis désolé. Ça va ?

Il secouait sa main couverte de mousse de cappuccino, et elle leva les yeux au ciel.

— On ne peut mieux. C'est toujours un plaisir de se faire asperger de café brûlant. Pourquoi n'avez-vous pas mis de couvercle sur votre gobelet ?

— Je l'ai fait. Mais vous l'avez fait voler quand vous m'avez percuté. Vous n'êtes pas vraiment brûlée, n'est-ce pas ?

Elle secoua la tête.

— Ne vous inquiétez pas, je ne vais pas engager de poursuites contre vous.

— Vous devriez peut-être aller vous changer.

— Ah bon ? Je pensais traîner comme ça toute la journée en empestant le café froid, histoire de lancer une nouvelle mode, vous voyez ?

— Vous n'êtes pas obligée de faire de l'ironie.

— Je fais ce que je veux. Et, ne vous inquiétez pas, je vais bien réussir à me trouver une nouvelle blouse. Pour le soutien-gorge, ça risque d'être plus difficile.

— Ah, désolé, pour cette partie, je ne peux pas vous aider. Je n'ai pas de soutien-gorge de rechange dans mon casier.

Elle leva la tête, amusée malgré elle, puis leurs regards se croisèrent, et le rire mourut sur ses lèvres, tandis que quelque chose s'embrasait entre eux.

Comment en étaient-ils arrivés à parler de sa lingerie ?

Elle se détourna.

— Ecoutez, tout va bien. Je suis désolée pour votre café. Je vous en apporte un autre.

— Oubliez le café. Si je vous invitais plutôt à déjeuner ?

— Vous avez le temps ?

Elle se mordit la lèvre. Ce n'était pas du tout ce qu'elle avait l'intention de dire.

Non, non et non !

Elle aurait dû lui répondre que ce n'était pas nécessaire, et qu'elle préférait être seule.

— J'ai le temps. Je n'avais pas l'intention de déjeuner tout de suite, mais comme c'est calme…

— Chut ! Ce n'est pas vrai ! Qu'est-ce que vous avez tous aujourd'hui ?

Un coin de ses lèvres se retroussa, et elle se sentit toute chamboulée.

— Dépêchez-vous d'aller vous changer, reprit-il, et nous irons manger un sandwich dans le parc.

— Thon ou poulet rôti ?

Annie lui adressa un petit sourire.

— Ça m'est égal. Je veux seulement le manger avant que mon pager ne sonne.

Ed sépara les sandwichs, lui tendit une moitié de chaque, et ouvrit un sac de chips qu'il posa entre eux sur le banc.

— Alors, Annie Brooks, parlez-moi de vous.

— Que voulez-vous savoir ?

— Tout.

Elle haussa un sourcil.

— La pause-déjeuner n'y suffira pas.

— Tenez-vous en aux grandes lignes.

— Eh bien, je suis… célibataire.

Elle n'aimait pas employer ce mot, car il ne reflétait pas tout à fait la vérité. Même si c'était avec ses enfants et pas avec un homme, elle était bel et bien engagée dans une relation. D'un autre côté, elle n'avait aucune envie de lui expliquer ses brèves fiançailles avec un coureur de jupons, qui l'avait quittée avant qu'elle ait eu le temps de lui dire qu'elle était enceinte.

— J'ai fait mon internat à Londres, au King's, et j'ai ensuite travaillé dans différents hôpitaux londoniens. J'ai trente-six ans, et c'est la première fois que je dirige un service. En fait, je partage le poste avec Andy, et je travaille quatre jours par semaine. A votre tour.

— Oh ! J'ai trente-deux ans, je suis célibataire, j'ai fait mon internat à Nottingham, et j'ai travaillé à Cambridge et à Londres. Avant de venir ici, j'étais à Great Ormond, et j'aimerais y diriger un service…

— Ah, d'où la spécialisation en pédiatrie.

— En effet. Et je suis à plein temps. Voilà pour la partie travail. Et pour le reste ? Couleur préférée, musique, film…

— D'accord, ma couleur préférée est le vert, je suis végétarienne, membre de Greenpeace, ma nourriture favorite est…

— Ne me dites rien. Les petits pois ? Ou les épinards ? Les haricots verts ?

Elle ne put retenir un sourire.

— Vous avez deviné.

— J'ai remarqué votre prédilection pour le vert, mais en revanche, je sais que vous mentez en disant être végétarienne, car vous mangez un sandwich au poulet. Cela dit, j'ai compris, vous me trouvez trop curieux.

Il laissa passer un silence avant de poursuivre.

— Pourquoi avez-vous choisi Yoxburgh, si ce n'est pas trop personnel ?

— Parce que ma famille s'y trouve. Et vous ?

— Pareil.

Elle s'apprêtait à lui poser une question, quand leurs pagers sonnèrent à l'unisson.

Il sortit le sien, le regarda, et fourrant le reste de son sandwich dans sa bouche, se rua, après un bref signe de tête, vers la sortie du parc, la laissant se débrouiller avec les reliefs de leur repas.

— Alors, qu'est-ce que nous avons ? demanda Annie un instant plus tard, tout en enfilant des gants en latex.

— Voici Elizabeth. Elle a glissé, et elle est tombée sur le bord du trottoir. Elle présente une fracture ouverte du tibia droit, ainsi qu'une fracture de la diaphyse cubitale droite associée à une luxation de la tête radiale. Elle est stable. Elle a reçu cinq « cc » de morphine sur place, et je viens de lui en administrer cinq de plus. Elle est très cohérente, n'est-ce pas, Elizabeth ?

— Ah bon, vous trouvez ? Je ne me sens pas très cohérente, moi. J'adore cette morphine, j'ai l'impression de flotter sur un nuage.

— Bien, reprit Ed. Nous allons attendre que les radios nous confirment les fractures. Vous voulez me rendre un service, Annie, et vérifier le pouls dans ce pied ? Je le trouve peu présent.

— Bien sûr… J'ai un pouls, mais il est faible, reprit-elle au bout d'un instant.

Il hocha la tête.

— C'est bien ce que je pensais. Les orthos sont bloqués en salle d'op. Je crois que nous allons devoir nous débrouiller.

A cet instant, un homme entra dans la chambre, l'air anxieux.

— Elizabeth ?

— Oh ! Jerry ! Te voilà enfin.

— Désolé, chérie, je ne trouvais pas de place pour me garer.

Il lui prit la main et tourna la tête vers les médecins.

— Comment va-t-elle ?

— Il y a une légère complication avec sa jambe, mais ça va s'arranger, répondit Annie d'un ton calme. Nous pensons que les vaisseaux sanguins sont un peu comprimés, et nous allons devoir faire une petite manipulation pour corriger le déplacement de l'os.

L'homme tiqua et serra la main de sa femme.

— Vous allez l'anesthésier ?

Ed secoua la tête.

— Ce ne sera pas nécessaire. Ça va être très rapide. Et elle a déjà reçu un analgésique.

— De la morphine. C'est merveilleux, dit Elizabeth avec un sourire béat.

Cela ne prit qu'un instant. Ed se saisit du pied, Annie du genou, et ce fut terminé.

Le pied redevint rose, le pouls s'améliora aussitôt, et Elizabeth ne broncha même pas. Jerry avait le teint un peu vert, mais il tenait bon, caressant les cheveux de sa femme et l'embrassant.

— C'est terminé, annonça Annie.

— Déjà ? Ça a été vite.

— Nous sommes comme ça, dit Ed avec un sourire. Plus rapides que notre ombre.

Il s'adressa à Annie.

— Bon, est-ce qu'on peut placer une attelle, et l'envoyer en orthopédie ?

— Certainement. Et comme la fracture du poignet n'est pas déplacée, je pense qu'on pourrait plâtrer tout de suite.

Il hocha la tête.

— Elizabeth, voici comment les choses vont maintenant se passer : quelqu'un va venir s'occuper de votre admission, et vous serez rapidement opérée. Du fait des risques d'infection dans les cas de fractures ouvertes, il faut nettoyer la plaie chirurgicalement, avant d'immobiliser le foyer de fracture par ostéosynthèse. En clair, ça veut dire que vous aurez une petite plaque de métal dans la jambe, et que vous risquez de faire sonner les portiques dans les aéroports.

Elizabeth sourit.

— Ça, c'est amusant. Ça va provoquer une belle pagaille.

— Je te reconnais bien là, dit son mari. Toujours à voir le bon côté des choses.

La jeune femme se rembrunit.

— Pas toujours. Je viens juste de me rendre compte

que nous ne pourrons pas aller au théâtre ce soir. Quel dommage ! J'étais tellement impatiente de voir cette pièce.

— Ne t'en fais pas. Nous irons plus tard.

Le regard de Jerry se posa sur Ed, puis sur Annie.

— Je ne sais pas si ça peut vous intéresser, dit-il en sortant deux billets de sa poche.

— Des places pour *Arsenic et vieilles dentelles*. Ce serait dommage qu'elles se perdent. Si vous n'êtes pas libres, vous pouvez peut-être les passer à quelqu'un d'autre…

— Merci. C'est vraiment très généreux de votre part, répondit Ed en souriant. Et bonne chance, Elizabeth. Mais tout se passera bien.

— J'en suis certaine. Merci pour votre aide.

Au moment de rouler la civière hors de la salle d'examen, Katy se pencha vers Ed, et lui murmura quelque chose. Il se contenta de sourire, puis attendit manifestement d'être seul avec Annie pour se tourner vers elle.

— Je suppose que vous n'êtes pas libre ce soir ? Je sais que Katy l'est, elle vient de me le dire. Mais, pour être honnête, je ne suis pas certain d'être assez courageux pour y aller avec elle.

Il y avait une lueur moqueuse dans son regard, et elle rit doucement.

— Elle n'est pas si désagréable.

— Si vous le dites. Mais, très franchement, je préférerais y aller avec vous.

Elle leva la tête et le regarda, désemparée.

— Vous êtes sérieux ?

— Bien sûr. Pourquoi ne le serais-je pas ? On vient de nous offrir deux billets pour une pièce très amusante, et ça ne me ferait pas de mal de rire un peu. A vous non plus, d'ailleurs. Alors, vous êtes libre de m'accompagner, ou vous allez m'obliger à inviter Kate ?

Elle hésita. Etait-elle libre ? Libre d'aller au théâtre,

oui, si sa mère acceptait de garder les jumelles. Mais, libre de sortir avec le « Dr Apollon » ?

La nuance était d'importance, et elle sentit le trouble la gagner.

— Je dois vérifier avec ma famille, répondit-elle d'un ton évasif.

— Moi aussi. On s'en occupe, et on se dit ce qu'il en est ?

— D'accord, je vous tiens au courant.

Elle hocha la tête. En fait, elle n'était pas certaine d'avoir envie d'y aller. Ou plutôt, elle en avait envie, mais elle n'était pas sûre du tout que ce soit prudent.

— Alors, vous m'emmenez au théâtre, ce soir ?

Ed opposa au sourire charmeur de Kate un regard imperturbable.

— Non, j'y vais avec Annie.

— Annie ?

— Oui, Annie. Ça vous pose un problème ?

Kate haussa les épaules.

— Aucun. Simplement, elle est plus vieille que vous, et elle va avoir besoin d'une baby-sitter, si sa mère n'est pas disponible.

Ed ne laissa rien paraître de sa surprise, même si Annie venait de lui apparaître sous un nouveau jour.

— Elle s'occupe de la question, dit-il. Et l'âge n'a rien à voir. Ce n'est pas un rendez-vous amoureux. Enfin, de toute façon, ce n'est pas non plus une centenaire.

— En tout cas, si vous changez d'avis, je suis disponible.

Il lui adressa un sourire poli, mais il n'était pas tenté. Non, vraiment pas. Et c'était étrange, car d'ordinaire, il n'aurait pas fait la fine bouche.

— Ecoutez, Kate, répondit-il avec gentillesse mais

fermeté, vous perdez votre temps avec moi. Je ne suis pas sur le marché.

— Dommage, répliqua-t-elle sans s'émouvoir. On aurait pu s'amuser. Mais, vous savez ce qu'on dit, il n'y a que les imbéciles qui ne changent pas d'avis.

Et avant de s'éloigner, elle lui adressa un petit clin d'œil.

— Vous savez où me trouver.

Un peu plus tard dans l'après-midi, Ed profita d'un moment de calme pour appeler sa grand-mère.

— Que se passe-t-il ? demanda Marnie d'un ton inquiet. Tu ne m'appelles jamais dans la journée.

— J'ai un service à te demander. Une patiente nous a offert deux billets pour le théâtre ce soir, et je me demandais si tu pourrais exceptionnellement te débrouiller sans moi.

— Bien sûr. Tu as bien le droit de te détendre un peu. Qui t'accompagne ?

— La personne avec qui je me suis occupé de cette patiente.

— J'espère qu'elle est d'une compagnie agréable.

Il fit une petite grimace. « Elle » ? L'intuition de Marnie l'étonnerait décidément toujours. Il aurait pu nier, mais cela n'aurait fait qu'attirer davantage l'attention de sa grand-mère sur le sujet.

— Comment est-il aujourd'hui ? Tu es sûre que tu vas pouvoir le coucher toute seule ?

— Bien sûr, ne t'inquiète pas. Et si j'ai un problème, tes parents ne sont pas loin.

Il hocha la tête. En réalité, ils savaient tous les deux qu'elle ne les appellerait pas, à moins d'une crise insurmontable.

— Bon, amuse-toi bien. Et j'espère que tu me raconteras tout après.

Il rit.

— C'est promis. N'hésite pas à m'appeler en cas de besoin. Je vais laisser mon téléphone sur vibreur, mais je l'entendrai, et je pourrai toujours partir. De toute façon, je ne vais pas rentrer tard.

— Ce ne sera pas nécessaire. A plus tard, mon chéri. Je t'aime.

— Je t'aime aussi. A ce soir.

Il tourna la tête, tout en mettant fin à la communication, et découvrit Annie qui l'observait pensivement.

— Je croyais que vous étiez célibataire ?

Il cilla, décontenancé.

— Je le suis. C'était ma grand-mère.

— Oh ! excusez-moi…

Elle rougit légèrement et agita la main.

— Désolée, je suis un peu…

— Suspicieuse ?

Elle fit la moue.

— Je n'y peux rien, je suis comme ça.

Il acquiesça, avant de demander d'un ton détaché :

— Alors, vous avez réglé votre problème de baby-sitter ?

Il la vit aussitôt se crisper. Une lueur alarmée passa dans ses yeux, et elle plissa le front.

— Comment… ?

— Kate.

Elle leva les yeux au ciel.

— Mais bien sûr, que je suis bête !

— Alors, c'est réglé ?

— Oui.

— Très bien. Cela signifie que nous sommes libres tous les deux. Je passe vous chercher à 19 heures ?

Il la fixa. Ses lumineux yeux bleus trahirent un élan de panique.

— Non. Je vous retrouve sur place. Ce n'est pas très loin à pied de la maison, et il fait beau.

Ed hocha la tête. Et elle n'avait, à l'évidence, pas envie de lui donner son adresse.

— D'accord. Je serai là à 19 h 15, armé des billets.

— Très bien.

— Au fait, vous aviez quelque chose à me demander, ou vous écoutiez aux portes ?

— J'avais envie de vous…

Elle s'empourpra soudain et baissa la tête.

— … de vous présenter le cas d'une fillette, poursuivit-elle à voix basse, sur lequel je voudrais un second avis.

— Avec plaisir, répondit-il avec un sourire en coin.

Ce n'était pas un rendez-vous amoureux !

Postée devant le contenu de sa penderie, Annie soupira, essayant de garder cela en tête, tandis qu'elle hésitait entre un jean, une tenue décontractée mais élégante, et une robe bleu saphir en jersey beaucoup plus habillée.

Elle avait acheté la robe l'été dernier, et n'avait pas encore eu l'occasion de la porter. Elle ne sortait pour ainsi dire jamais. C'était même la première fois depuis des siècles. Et elle savait bien que ce n'était pas un rendez-vous amoureux. Mais il n'y avait pas de mal à vouloir être jolie, quand même !

Elle l'enfila et, décidant que quelque chose clochait au niveau du décolleté, l'ôta pour remplacer son soutien-gorge ordinaire par un modèle à balconnets qui mettait davantage en valeur sa poitrine. Elle glissa ensuite ses pieds dans des ballerines, ajouta un cardigan blanc, hésita, puis renonça à un collier, et enfin, à la dernière minute, s'enveloppa d'un nuage de parfum.

Après tout, c'était le soir, et elle ne pouvait pas se parfumer au travail. Raison de plus pour s'autoriser une fragrance capiteuse, évoquant les sortilèges de l'Orient. Elle rajouta encore une couche de brillant à lèvres, se recula pour juger de l'effet général dans le miroir, et consulta sa montre.

Zut ! Elle était en retard.

— Bonsoir, maman, dit-elle en passant la tête par l'embrasure de la porte.

— Bonsoir, chérie. Tu es ravissante. Passe une bonne soirée.

— Merci. Appelle-moi en cas de besoin. J'ai mis mon portable sur vibreur. Il faut que je file.

Elle attrapa son sac, hésita à prendre une veste, et sortit finalement sans. Elle n'avait pas le temps de déambuler dans les rues d'un pas nonchalant. Après avoir marché d'un pas soutenu, elle termina en courant les derniers mètres qui la séparaient du théâtre, et poussa la porte à 19 h 20.

Après une courte pause pour essayer de reprendre son souffle, elle se dirigea vers le bar, où Ed l'attendait, plus beau que jamais dans son blazer bleu nuit porté sur un jean et une chemise blanche ouverte au col. Il ne s'était pas rasé, et le début de barbe qui ombrait ses joues ajoutait encore à l'aura de danger qui émanait de sa personne.

Il lui sourit, et elle sentit aussitôt son cœur s'emballer.

— Bonsoir, dit-elle, encore un peu essoufflée. Désolée, je suis en retard.

— Mais non, pas du tout. Tenez, voici votre verre.

Elle prit le verre, consciente qu'elle était échevelée, écarlate et en sueur.

— Merci.

— Je vous en prie. Vous êtes très en beauté, au fait. Jolie robe.

— Merci. J'ai surtout des tenues de travail, et le choix était limité. Disons que c'était une occasion de la porter.

— Elle vous va bien. La couleur met vos yeux en valeur.

— Vous voulez dire qu'elle est assortie à mes cernes ?

Il rit.

— Il va falloir que vous appreniez à accepter les compliments, Annie.

Elle détourna les yeux. Eh bien non, c'était impossible.

Elle avait déjà eu des compliments en quantité, mais ce n'étaient que des mensonges, et elle aimait autant s'en passer. Comme elle l'avait avoué à Ed, la suspicion faisait partie de son caractère.

— Désolée, je me méfie des compliments.

Il plissa le front, ouvrit la bouche pour dire quelque chose, se ravisa, mais son regard restait insistant, et elle eut le sentiment que peu de choses lui échappaient.

Et cela la mit mal à l'aise. Elle n'avait pas envie d'être le sujet de son examen, aussi changea-t-elle rapidement de sujet.

— Et donc… rappelez-moi l'intrigue ?

— Oh ! C'est complètement loufoque. Deux vieilles sœurs empoisonnent leurs locataires et les enterrent dans la cave, avec l'aide de leur frère, qui se prend pour Theodore Roosevelt, et s'imagine creuser le canal de Panama.

Elle sourit.

— Ça me semble un peu chaotique.

— C'est très drôle, je vous assure.

— En tout cas, c'est dommage pour Elizabeth. Elle semblait avoir très envie de voir cette pièce.

— C'est vrai. Mais l'essentiel c'est qu'elle s'en sorte bien. J'ai appelé pour prendre de ses nouvelles. L'opération s'est passée au mieux, et elle était en salle de réveil.

— Tant mieux. Buvons à leur santé.

Elle leva son verre et il y entrechoqua le sien, tout en soutenant son regard tandis qu'il buvait la première gorgée.

Soudain consciente de sa proximité dans le bar à présent bondé, elle tourna la tête.

— C'est moi, ou il commence à faire chaud ? demanda-t-elle tout en ôtant son cardigan.

— Il devrait faire chaud aussi dans la salle. Nous ferions bien de terminer nos verres, et d'aller prendre nos places.

— Bonne idée.

Elle but les dernières gorgées d'un trait, sentit la brûlure du vin dans sa gorge, et regretta de ne pas avoir mangé davantage avant de sortir. Il ne manquerait plus qu'elle tombe dans l'escalier…

Mais elle ne tomba pas, et il lui tint le bras pour la conduire poliment jusqu'à son siège, qu'il déplia pour elle, attendant qu'elle soit assise pour prendre place.

Elle ne put s'empêcher de sourire. Les bonnes manières chevillées au corps.

Et soudain, elle se sentit plus en sécurité, moins menacée. Il n'avait rien dit ou fait qui puisse la mettre mal à l'aise. Elle était seule responsable de sa réaction.

Tout se passerait bien.

Et ce fut le cas… jusqu'à ce que les lumières commencent à baisser et que le silence se fit dans la salle.

Il avait ôté sa veste, roulé ses manches de chemise, et son avant-bras frôlait le sien, le duvet qui le couvrait effleurant sa peau.

Elle s'écarta discrètement, mais il y avait quelqu'un de l'autre côté qui avait complètement annexé l'accoudoir, aussi reprit-elle sa place.

Enveloppée par l'odeur boisée de son eau de toilette, elle ne rêvait que de se blottir contre lui et d'enfouir le nez dans son cou pour se griser plus encore de son odeur.

Au lieu de quoi, elle croisa sagement les mains sur ses genoux et s'efforça de s'intéresser à ce qui se passait sur scène, pour bientôt se laisser emporter par l'histoire et le jeu des comédiens.

*
* *

— C'était tellement drôle ! dit Annie, enthousiaste.

— N'est-ce pas ? Et terriblement physique pour les acteurs. Je suis surpris qu'aucun d'eux ne soit venu nous consulter. Quand j'étais à Nottingham, on jouait *Noises off* d'Alan Ayckbourn, et l'un des acteurs s'était cassé la jambe en tombant dans la fosse d'orchestre.

— Aïe. Jouer la comédie est plus dangereux qu'on ne le croit.

Annie resserra son cardigan autour de ses épaules, tandis qu'ils sortaient dans la rue.

— Ça s'est drôlement rafraîchi. J'aurais dû prendre une veste.

— Tenez.

Et avant qu'elle ait eu le temps de protester, elle sentit le poids de son blazer sur elle, imprégné de la chaleur de son corps et de son parfum. C'était comme se blottir dans ses bras, et elle en eut un petit frisson.

— Ça va mieux ?

— Beaucoup mieux, merci.

— Je vous en prie. Mais vous vous rendez compte que je vais être obligé de vous raccompagner jusqu'à votre porte pour récupérer ma veste ?

Il lui adressa un sourire de petit garçon tout content de sa plaisanterie, et elle lui rendit son sourire.

— Je crois que j'y survivrai. Merci de m'avoir invitée, au fait.

— Merci d'être venue. Grâce à vous, j'ai pu échapper à Kate.

— Vous n'allez pas me faire croire que vous avez à ce point peur d'elle.

— Oh que si ! Elle en veut à mon corps.

Annie éclata de rire.

— Je suis très choquée.

— Vous pouvez. Mais je lui ai dit que je n'étais pas intéressé.

— Elle a dû être très déçue. Elle est tombée amoureuse de vous hier, quand elle vous a vu à travers la vitre.

Il gloussa, mais la soudaine coloration de son visage fit sourire Annie. Elle eut pitié de lui, et changea de sujet.

— Dites-moi, juste par curiosité, et n'hésitez pas à m'envoyer promener, qui votre grand-mère devait-elle mettre au lit ?

— Ah… mon grand-père. Il est…

Ed s'interrompit, le visage soudain assombri.

— Désolée. Vous n'êtes pas obligé d'en parler.

— Non, ça va. Il est en fauteuil roulant, et il est parfois un peu difficile à vivre.

Elle hocha lentement la tête.

— C'est pour ça que vous êtes ici ? Pour vous occuper de lui ?

— Oui. Sa santé se dégrade assez vite, et Marnie ne peut plus faire face toute seule. Je ne sais pas combien de temps il lui reste à vivre, mais j'ai promis à ma grand-mère que je serai là jusqu'au bout.

— Et ensuite ?

Il haussa les épaules.

— Qui peut le dire ?

— Donc, vous vivez avec eux ?

— Non, j'ai mon propre logement près de l'hôpital. J'avais besoin d'intimité.

— Je peux le comprendre. Moi-même, je vis avec ma mère, ou plutôt chez elle. J'ai deux filles, des jumelles, Chloé et Grace. Elles ont presque trois ans. Ma mère a pris une retraite anticipée, et elle est venue s'installer à Londres pour m'aider, lorsque j'ai repris le travail. Mais ma grand-mère avait besoin d'assistance, et nous sommes revenues ici quand un poste s'est libéré l'été dernier. Cela fait presque un an maintenant, et tout se passe bien, même si la maison est un peu petite pour quatre. J'aimerais retrouver mon indépendance, mais c'est un peu compliqué financièrement.

— Et le père des jumelles ?

— Il ne fait pas partie de notre vie, répondit-elle sèchement.

Elle détourna la tête.

Il avait dû comprendre que le sujet était clos, car il n'insista pas.

Elle inspira doucement, s'efforçant de retrouver sa sérénité, avant de s'arrêter devant une petite maison individuelle, le long d'une avenue bordée d'arbres.

— Nous voici arrivés, dit-elle.

Il ouvrit la grille du jardin, et l'accompagna jusqu'à la porte. La lumière du perron n'était pas allumée, et la masse sombre d'un sapin bloquait la lumière du réverbère, créant un petit espace intime.

Elle sentit une onde de chaleur la traverser. Trop intime.

Et soudain l'atmosphère se fit électrique, lourde d'émotions contenues.

Ed la fixa, incapable de détacher son regard. Il ne pouvait pas l'embrasser. Ce serait de la folie. Ils étaient collègues.

Mais il avait envie de l'embrasser. Très envie.

Malgré ses bonnes résolutions, malgré les mises en garde qu'il s'était adressées la nuit précédente, il voulait l'embrasser.

Et elle aussi. Il le sentait dans la tension qui émanait d'elle par vagues, dans son hésitation et dans sa respiration altérée par l'attente.

Il tendit les mains vers elle, les posa sur ses épaules… puis revint brusquement à la raison, et récupéra sa veste.

— Bonne nuit, Annie. A demain.

Pendant une seconde, elle ne bougea pas, et il perçut sa déception. Puis elle hocha la tête, glissa la clé dans la serrure, et disparut derrière la porte.

Il ne l'avait pas embrassée. Il avait failli, mais il avait repris le contrôle à la dernière seconde.

Le vent s'était levé, la brise marine caressait la peau

de ses doigts glacés. Il enfila sa veste encore chaude de la chaleur du corps d'Annie, imprégnée de son parfum dont les riches notes orientales, concurrençant sa propre eau de toilette, l'enveloppèrent comme un philtre magique.

Il comprit alors qu'il ne contrôlait rien. Il n'avait fait que différer l'inévitable.

3.

Annie prit appui contre la porte et relâcha lentement son souffle.

Elle avait eu la certitude qu'il allait l'embrasser, et quand elle l'avait vu s'approcher comme ça, se pencher au-dessus d'elle, son visage s'était tendu vers lui. Malgré elle. Ou plutôt, avec son consentement passionné.

Les lèvres frémissantes, elle anticipait la caresse imminente de sa bouche, consciente que, depuis leur rencontre, elle avait imaginé mille fois ce moment, le désirant et le redoutant tout à la fois.

Et il s'était contenté d'ôter la veste de ses épaules.

Elle avait oublié la veste. Tout comme elle avait oublié qu'il ne s'agissait pas d'un rendez-vous amoureux et qu'il ne l'intéressait pas.

Le cœur serré, elle ferma les yeux. A cet instant, sa mère sortit du salon.

— Annie ?

Elle rouvrit les yeux, écarta une mèche de cheveux importune et sourit.

— Ah, tu es là ? Comment vont les filles ?

— Très bien. Et toi, ça va ?

— Oui, bien sûr. Je suis juste un peu fatiguée soudain.

— Ce n'est pas soudain. Tu es toujours fatiguée. Tu as un métier épuisant. Alors, comment était la pièce ?

— Hilarante. Et le théâtre est magnifique. Il a été entièrement refait. Tu devrais y aller.

— J'y songerai. C'est vrai que je ne suis pas allée voir une pièce depuis des années. Et alors, ton ami t'a raccompagnée ? Je n'ai pas entendu de voiture.

Oh ! Elle retint un soupir d'agacement. Cela n'avait pas pris bien longtemps, et elle savait que ça allait venir. Sa mère était tellement prévisible.

— Non, nous avons marché. C'était sur son chemin. Il n'habite pas très loin d'ici.

— Et je le connais ?

— C'est mon nouveau collègue, Ed. Une patiente nous a donné les billets. C'était difficile de refuser. Et comme je ne sors pour ainsi dire jamais...

— C'était gentil à toi de l'accompagner. Je suppose qu'il se sent un peu seul, s'il est nouveau dans la région.

— En fait, sa famille vit ici, et je crois même qu'il y a grandi. Il est revenu pour s'occuper de son grand-père malade.

— C'est généreux de sa part. Il a eu de la chance qu'un poste soit disponible.

— Je crois que nous avons eu encore plus de chance de l'avoir. C'est un médecin formidable. Mais il a des projets d'avenir, et notre petite bourgade endormie n'en fait pas partie... Et maintenant, je crois que je vais aller me coucher. J'ai mal aux jambes, la journée a été chargée. Merci d'avoir gardé les filles.

Sur ces mots, elle embrassa sa mère et s'esquiva, refermant la porte de sa petite chambre avec un soupir de soulagement.

Mais si elle s'imaginait ainsi laisser Ed dehors, elle se trompait. Il était partout, à l'orée de chacune de ses pensées, avec son rire, sa personnalité chaleureuse et spontanée. Le sens de l'humour n'était-il pas un des premiers critères dans les petites annonces matrimoniales ? Eh bien oui, il avait de l'humour à revendre, une dose de charme en quantité létale, et un physique à se damner. Elle émit cette fois un long soupir.

C'était préférable qu'il ne l'ait pas embrassée. Vraiment. S'il l'avait fait, cela aurait eu des conséquences désastreuses. Il leur serait devenu impossible de travailler ensemble. C'était déjà bien assez compliqué comme ça, sans qu'elle ait besoin de tomber dans le piège d'une relation amoureuse avec un collègue. Ou avec qui que ce soit, d'ailleurs.

De toute façon, elle était nulle en relations amoureuses. Nulle avec les hommes en général, et avec les trop beaux garçons au regard de braise en particulier. Elle ferait mieux de s'en souvenir.

Elle se laissa tomber sur son lit en laissant échapper un nouveau soupir. D'ici demain, il lui faudrait faire un sérieux effort pour se ressaisir.

— Alors, comment ça s'est passé, hier soir ?

Ed retint la parole désagréable qui lui était montée aux lèvres. Il avait passé la nuit à penser à Annie, et Kate était la dernière personne avec qui il avait envie d'en parler. Il s'éclaircit la gorge.

— Bien. La pièce était très drôle. Ça valait la peine d'y aller.

— Je voulais dire avec Annie. Notre bon « Dr Sainte-Nitouche ».

Ed secoua la tête.

— Je ne crois pas que cela vous regarde, mais nous avons passé une excellente soirée, merci.

— Oh ! Allez, dites-nous tout.

La demande venait d'une autre infirmière, nonchalamment accoudée à la banque d'accueil.

— Mais, pour l'amour du ciel, nous n'avons fait

qu'aller au théâtre, répondit-il, maintenant exaspéré. Je ne vois pas pourquoi vous en faites toute une histoire.

— Parce que vous y êtes allé avec Annie. Et Annie ne sort jamais avec personne.

Il secoua la tête, soudain découragé. C'était maintenant au tour de la réceptionniste de s'en mêler. Pour une fois, il n'y avait pas un chat à l'accueil. Mais où étaient les patients quand on avait besoin d'eux ?

En soupirant, il se passa la main dans les cheveux.

— Ecoutez, dit-il, s'efforçant non sans mal de contrôler sa mauvaise humeur, une patiente nous a donné des billets pour une comédie. C'était difficile de refuser. Nous étions libres tous les deux, nous y sommes allés, fin de l'histoire.

— Et ?

— Et quoi ?

— Vous l'avez embrassée ?

Au comble de l'irritation, il détourna la tête. Non, il ne l'avait pas fait, et il avait passé la nuit à le regretter. Et parce qu'il était fatigué, sur les nerfs, et parce que sa conscience le taraudait, il craqua :

— Non, je ne l'ai pas embrassée ! cria-t-il. Je l'ai raccompagnée, et je suis allé m'assurer que ma pauvre grand-mère âgée avait réussi à coucher seule mon grand-père mourant. Ensuite, je suis rentré chez moi et je me suis couché. Seul. C'est ce que vous vouliez savoir ?

Il les regarda tour à tour, et elles eurent la bonne grâce de paraître embarrassées. Puis il pivota sur ses talons, pour tomber nez à nez avec Annie.

Ainsi que sur James Slater, le chef de clinique.

Formidable. Merveilleux. Il ferma un instant les paupières.

— Un problème ? demanda James d'une voix mielleuse.

Ed émit un mot incompréhensible, avant de s'esquiver à grandes enjambées.

— Ed ?

Il s'arrêta, et Annie le rejoignit.

— Elles plaisantaient. Vous ne pensez pas que vous avez été un peu dur ?

— Elles se sont montrées incroyablement curieuses. Et elles n'étaient pas tendres avec vous. Kate vous a surnommée « Dr Sainte-Nitouche ».

— Je sais. Elles m'appellent toutes comme ça, mais ce n'est pas méchant.

— Je trouve que si. Et j'estime que ce que nous faisons ne les regarde pas.

— Vous avez quand même été dur avec elles.

— Dur ? J'ai à peine élevé la voix. J'espère qu'elles auront compris et qu'elles nous ficheront la paix désormais.

— Kate est en larmes.

— Kate ? Et pourquoi diable ?

— Parce que vous l'avez blessée. Elle est beaucoup plus sensible qu'il n'y paraît.

Il passa nerveusement une main dans ses cheveux.

— Donc, vous vous rangez de leur côté.

— Elle ne pensait pas à mal. Vous devriez vous excuser, compte tenu du fait que vous allez devoir continuer à travailler avec elle…

Il soupira et se passa de nouveau la main dans les cheveux. En fait, il avait envie de les arracher. Mais ça ne résoudrait rien. Pas plus que de mettre un coup de poing dans le mur. Rien ni personne n'avait à payer les frais de sa frustration sexuelle.

— Où est-elle ?

— Dans le vestiaire.

Il y alla et la trouva affalée sur une chaise, en train de se moucher bruyamment.

— Kate, je suis désolé.

Elle leva la tête et détourna aussitôt les yeux.

— Non, c'est moi qui suis désolée. Je ne sais jamais m'arrêter. Je voulais seulement plaisanter. Je ne savais pas pour votre grand-père. Je suis tellement désolée. Ça doit être terrible pour votre famille.

— C'est vrai, mais vous n'y êtes pour rien. Vous me pardonnez ?

Elle acquiesça, tout en reniflant.

— Bien sûr.

A cet instant, un appel du service de traumatologie retentit dans les haut-parleurs, et il quitta précipitamment le vestiaire.

James l'intercepta brièvement.

— Le problème est réglé ?

— Oui.

— Tant mieux. J'ai horreur des disputes dans mon équipe. Nous devons tous être capables de travailler ensemble.

— C'est le cas. Tout va bien. Et ça ne se reproduira plus.

A l'heure du déjeuner, Annie le trouva dehors au soleil, assis sur « leur » banc. La tête penchée, il faisait distraitement tourner une feuille d'érable entre son pouce et son index.

Elle s'avança vers lui d'un pas hésitant.

— Ça vous ennuie si je me joins à vous ?

Il leva les yeux et haussa les épaules.

— Est-ce que j'ai le choix ?

Elle se crispa, tout en se demandant où était passé l'homme avec qui elle avait tant ri la nuit dernière. Puis elle vit la détresse dans son regard, et s'assit en ignorant sa remarque.

— Que se passe-t-il ?

— Mon grand-père ne va pas bien. Marnie a eu fort à faire avec lui, hier soir.

— Peut-elle vraiment se débrouiller toute seule ?

— Elle n'est pas seule. Elle m'a, et elle a mes parents.

Mais ils ne sont pas encore retraités, et ils ne rentrent pas du bureau avant 19 heures. Ma mère est épuisée, et mon père ne supporte pas d'assister à la déchéance de son propre père.

— Et votre frère, dans tout ça ?

— Il habite à Londres, et il a une vie très occupée.

Annie le regarda, le cœur serré. Elle était outrée par l'attitude de son entourage. Finalement, tout le monde trouvait une excellente raison de se défausser, laissant Ed assumer toutes les responsabilités. A croire que son travail à lui n'était ni prenant ni stressant. Que d'égoïsme, au bout du compte !

— Vous avez déjeuné ?

— Non. Je n'ai pas faim.

— Je me doutais que vous diriez ça. Je vous ai apporté un sandwich.

Elle le déballa et le lui tendit.

— C'est un Bacon, Laitue, Tomate.

— Merci.

Il y mordit d'un air absent, et elle profita de l'instant pour lui dire ce qu'elle avait à l'esprit.

— A propos de la nuit dernière… Je voulais vous remercier de m'avoir invitée. Et, ne vous inquiétez pas, je ne me suis fait aucune idée.

Elle croisa son regard, puis il grimaça un sourire déçu.

— C'est dommage, parce que j'ai eu des idées toute la nuit. Rassurez-vous, je n'ai pas l'intention de les concrétiser. Je n'ai pas le temps pour une relation, et je sais que vous n'êtes pas ce genre de fille.

— Quel genre de fille ?

— Celle qui n'attend rien, à part passer du bon temps. Celle qui connaît les règles.

— Oh ! Mais je connais les règles, répliqua-t-elle avec amertume. Ne tombe pas amoureuse. Ne crois pas ce qu'il dit. Surtout quand il te demande en mariage, parce qu'il y a de grandes chances qu'il ait déjà une femme et des enfants…

Elle s'interrompit brusquement en se mordant la lèvre.

— Aïe, dit Ed, après un long silence.

— Oui, aïe. Désolée, je ne voulais pas dire tout ça.

— Ce n'est rien. J'imagine que c'est pour ça qu'il ne fait plus partie de votre vie ?

— Il est retourné aux Etats-Unis pour essayer de sauver ce qu'il restait de son mariage.

— Et il est au courant pour les jumelles ?

— Non. Mais tout va bien. Ma mère m'a élevée seule après le décès de mon père, et il n'y a pas de raison que je n'y arrive pas à mon tour.

— Elles ont quand même une figure paternelle ?

— Pas vraiment. Mon grand-père est mort il y a trois ans, juste avant leur naissance, et je suis fille unique. Il n'y a que ma grand-mère, ma mère et moi.

— Quatre générations de femmes en comptant les jumelles. Eh bien…

— Nous nous débrouillons. Je fais en sorte qu'elles n'aient pas une mauvaise opinion des hommes.

— Nous ne sommes pas tous mauvais.

— Je sais.

Elle le regarda, pensive.

— Je suis sûre que Kate connaît les règles.

Il se rembrunit.

— Pourquoi voulez-vous à tout prix me jeter Kate dans les bras ?

Elle haussa les épaules.

— Parce que je sais que vous êtes seul et que vous avez besoin de quelqu'un avec qui partager votre fardeau. Quelqu'un qui vous fasse penser à autre chose, en apportant un peu de légèreté dans votre vie.

— Et pourquoi Kate ? Si vous connaissez les règles, pourquoi pas vous ?

Elle le dévisagea un instant, sous le choc, puis elle

laissa échapper un rire étranglé avant de tourner rapidement la tête.

— Moi ? articula-t-elle enfin.

— Pourquoi pas ?

Elle le regarda de nouveau, incrédule, mais ne décela aucune arrière-pensée dans son expression, comme si lui-même était surpris par ce qu'il venait de dire.

— On s'entend bien. Nous ne voulons ni l'un ni l'autre d'une relation permanente. Ça veut dire qu'il n'y aura ni cœurs brisés, ni larmes, ni menaces. Rien que de l'amusement.

« De l'amusement ? »

Annie regarda ses mains. Elles étaient nouées sur ses genoux, les articulations blanchies à force de crispation. Il y avait bien longtemps qu'elle ne s'était pas amusée, et elle avait bien peur de ne plus savoir comment on faisait.

Elle prit une longue inspiration.

— Voyons si j'ai bien compris : vous me proposez une aventure sans lendemain ? Une histoire purement sexuelle ?

— Non.

Il y avait une curieuse intensité dans sa voix, et elle tourna la tête pour croiser son regard.

— Je ne prends pas ça avec désinvolture. Je dis juste qu'il n'y aura jamais de demande en mariage. Ce n'est pas sans lendemain, mais soigneusement élaboré pour correspondre à nos besoins sans franchir certaines limites. Et ce n'est pas que sexuel. J'aimerais croire que nous puissions également devenir amis.

Annie sentit son pouls s'accélérer.

— Amis avec un petit bonus ?

Il esquissa un sourire.

— Si vous voulez.

Elle hocha lentement la tête. Le voulait-elle ? Cette idée était complètement folle, mais elle la trouvait diablement tentante.

Dangereuse, et tentante.

Un frisson d'excitation la parcourut, et elle détourna de nouveau les yeux, de peur que son regard ne soit trop révélateur.

— Je peux y réfléchir ?

— Bien sûr. Prenez tout le temps que vous voudrez. Il n'y a aucune pression, Annie. Et je comprendrai parfaitement si vous refusez.

Elle acquiesça et se leva.

— Je vous ferai bientôt connaître ma réponse.

Annie sentit les battements de son cœur s'accélérer, en apercevant Ed en ce lundi matin. Aussi incroyable que ce soit, elle y avait vraiment réfléchi. D'abord durant son service, puis le lendemain, alors qu'Ed était en repos. Ensuite, son tour était venu de prendre sa journée de récupération. Et voilà qu'on était de nouveau lundi.

Elle avait largement eu le temps d'y penser, mais elle ne savait toujours pas quelle décision prendre.

Et puis, elle était entrée dans le service, elle l'avait vu, et elle avait su ce que serait sa réponse.

Il croisa son regard et, après une seconde d'hésitation, lui sourit.

— Salut.

— Salut. Comment s'est passé votre week-end ?

— Une horreur. Et le vôtre ?

— Un vrai bonheur, répondit-elle en souriant. Nous sommes allées à la plage, nous avons fait un peu de jardinage, nous avons joué au parc, nous avons pique-niqué, et j'ai pris un coup de soleil.

— Je vois.

— Alors, qu'est-ce que nous avons ?

— Une lésion de la rotule, une fracture du fémur, un

traumatisme abdominal sans plaie cutanée, une blessure mineure à la tête.

— Donnez-moi l'abdomen. Je vous laisse le fémur.

— Les orthos s'en occupent. J'allais plâtrer la rotule.

— Pourquoi vous ne laissez pas les orthos s'en occuper, puisqu'ils viennent de toute façon pour le fémur ?

— Parce que j'aime les rotules.

Et, après un clin d'œil malicieux, il ramassa ses notes et s'en alla en sifflotant.

— Il est te-e-ellement mignon.

— Kate, laisse tomber, dit Annie en essayant de ne pas penser combien il était mignon, comme à ce qu'elle allait faire avec lui. Tu veux m'aider avec l'abdo ?

— Bien sûr.

Kate se leva et pas un mot ne fut ajouté à propos d'Ed, au grand soulagement d'Annie.

Ce qui ne l'empêcha pas de penser à lui.

— Je peux vous demander quelque chose ? lui dit-elle plus tard, dans la matinée.

— Bien sûr, répondit aussitôt Ed avec un petit sourire. Est-ce que ça nécessite un café ?

— Peut-être.

Elle se mordilla la lèvre. Elle ne s'était pas encore tout à fait résolue à cette folle idée, mais elle était tentée. Tellement tentée.

— Vous avez le temps ?

— Pour le moment, oui. La rotule est plâtrée, le fémur est en salle d'op, et la blessure à la tête est en observation. Comment va votre abdomen ?

Ils prirent le chemin de la cafétéria.

— Mon abdomen ? demanda-t-elle avec un sourire narquois.

— Eh bien, pas le vôtre. Le vôtre est apparemment parfait.

— Apparemment ? demanda-t-elle d'un ton provocant, avant de se reprocher de flirter avec lui. Bon, bref, « mon » abdo est sous surveillance. Je ne sais pas ce que c'est. On peut écarter la péritonite et la perforation d'ulcère gastroduodénal, mais il y a une contracture. J'attends qu'on me rappelle.

Il hocha la tête.

— L'abdomen, c'est compliqué. Il y a tout un tas de trucs là-dedans. Deux cappuccinos, s'il vous plaît. A emporter.

Il tendit la monnaie, donna son café à Annie, et la guida vers la porte.

— J'imagine qu'il s'agit d'une conversation privée…

Elle sentit qu'elle rougissait.

— Je voulais seulement clarifier les choses.

— D'accord.

Il s'assit et tapota le banc à côté de lui.

— Clarifier quoi ?

Elle évita son regard. Ses prunelles d'un sombre bleu grisé cerclé de bleu nuit étaient résolument désarmantes, et c'était bien assez difficile comme ça.

— Cette… relation, dit-elle, à défaut d'un mot plus adapté. Est-ce qu'on parle d'exclusivité ?

— Bien sûr ! Qu'aviez-vous imaginé ? Que j'allais me constituer un harem ? J'ai déjà à peine le temps de dormir ! Et puis je n'ai aucune envie de courir à droite, à gauche.

Il tendit la main pour lui prendre le menton et tourna gentiment le visage d'Annie vers le sien.

— Je n'ai personne d'autre en tête. Ma vie est déjà horriblement compliquée. J'ai besoin de m'échapper de mon travail, de mon grand-père, de… de toutes sortes de choses.

— En gros, vous avez besoin d'une mise au vert ?

— Si on veut. Je parlerais plutôt d'une parenthèse égoïste, d'un temps rien que pour moi.

— Du temps pour moi… Ça me plairait.

— C'est donc un oui ?

— Je ne sais pas. Je ne vois pas comment nous pourrions organiser ça.

— Vous pourriez venir chez moi. Ma maison n'est qu'à trois minutes de marche de la vôtre. Vous pourrez passer par la porte de service, si vous voulez que ce soit plus discret. De toute façon, je ne connais pas mes voisins, et je n'ai pas le temps de sympathiser avec eux. Personne ne saura qui vous êtes.

— Mais quand ?

— Quand nous serons libres tous les deux, et que votre mère pourra garder les petites.

Elle se mordilla la lèvre. Oh ! Seigneur, sa mère.

— Je vais devoir lui en parler.

— C'est un problème ?

— Elle saura ce que nous faisons.

— Vous pourriez lui dire que nous jouons au bridge.

Elle ne put s'empêcher de rire.

— En pleine nuit ? Plutôt au poker.

Il rit à son tour, et elle sentit son souffle chaud sur sa peau.

— Annie, ne vous mettez pas martel en tête. Dites-lui que vous allez au cinéma, ou vous promener…

— Vous voulez que je lui mente ?

— Non, simplement que vous soyez discrète, que cela reste entre nous…

— La discrétion, ça me plaît. Je ne veux pas que ça se sache. Les gens poseraient des questions, et je n'aime pas ça.

— Moi non plus.

Il la scruta d'un regard insistant.

— Alors… vous acceptez ?

Prisonnière de ses yeux incroyablement expressifs, elle sentit son pouls s'accélérer follement. Elle prit une longue inspiration.

— Oui, dit-elle lentement. C'est d'accord.

4.

Le reste de la journée s'écoula avec une lenteur insupportable.

Elle avait fait admettre son abdomen douloureux, plâtré un poignet fracturé, géré une indigestion qui s'était révélée être une artère coronaire partiellement bouchée, et elle était rentrée chez elle dans un état d'extrême agitation.

Elle avait rendez-vous avec lui ce soir à 21 heures.

Elle avait téléphoné à sa mère pour lui demander de garder les jumelles, et prétexté une urgence pour couper court à une conversation embarrassante.

A présent, elle rentrait chez elle et s'apprêtait à subir la version matriarcale de l'Inquisition espagnole.

Sa mère ne poserait pas la moindre question. Elle n'en avait pas besoin. Elle la regarderait, et elle saurait, grâce à cette intuition inexplicable que possédaient les mères. Annie le comprenait. Elle commençait à le faire elle-même, et c'était encore plus dérangeant.

Mais une fois entrée dans la maison, elle trouva les jumelles seules, à genoux sur les chaises de la salle à manger, au milieu d'un déluge de papiers et de crayons.

— Maman ! s'écrièrent-elles à l'unisson en la voyant.

Leur accueil, comme toujours, la réconforta et elle avança vers elles, baignée par le soleil de leur sourire.

— Bonsoir, mes beautés, dit-elle en les serrant dans ses bras et en admirant leurs dessins.

Puis sa mère sortit de la cuisine, et sa culpabilité revint en force.

— Bonsoir, chérie. Bonne journée ?

Puis, sans lui laisser le temps de répondre, elle ajouta :

— A quelle heure pars-tu ?

— Un peu avant 21 heures.

Elle sentit aussitôt ses joues s'empourprer.

— Je vais me changer.

Sur ces mots, elle détala, s'enferma dans sa chambre, et s'appuya contre le battant.

Devait-elle mentir ?

Peut-être pour cette fois, si cela tournait au désastre. Elle voulait au moins s'éviter l'humiliation d'avoir à expliquer à sa mère que ça ne se reproduirait plus. Après avoir revêtu un jean et un chemisier, elle ne tarda pas à retourner dans la cuisine.

— Je me sens mieux. Oh ! Le thé est pour moi ? Merci, maman.

Elle s'assit à table avec les jumelles, prêtant une oreille distraite à leur babillage. Puis elle leur donna leur bain, les coucha, et leur lut deux histoires parce qu'elle se sentait coupable de la « parenthèse égoïste » qui se profilait.

— Hum, ça sent bon, dit-elle en retournant dans la cuisine.

— C'est une tourte au fromage. C'est simple, délicieux, et les petites l'adorent.

— Moi aussi. J'apprécie vraiment de trouver chaque soir en rentrant un repas tout prêt, et des enfants heureuses. Je ne sais pas ce que je ferais sans toi.

Sa mère haussa les épaules.

— Et moi, je me sentirais tellement seule sans vous trois.

— Eh bien, ça ne risque pas de se produire.

Et soudain, comme si les deux idées étaient connectées, sa mère demanda :

— Où vas-tu ce soir ?

— Je vais prendre un verre avec Ed.

Ce n'était pas entièrement faux. Il y aurait bien un moment dans la soirée où ils prendraient un verre. Et c'était une simple et agréable activité sociale qui n'impliquait rien de spécial.

— Et tu vas y aller habillée comme ça ? En jean ?

— Oh ! Ça n'a rien de très sophistiqué, tu sais.

— Mais vous serez à l'intérieur ou à l'extérieur ? Il peut faire froid en terrasse.

— Je ne pense pas que nous irons en terrasse. Il y a beaucoup de vent, ce soir.

— Pense à prendre une veste. Il n'y a rien de pire que d'avoir froid.

Elle se sentit de nouveau rosir. Froid ? Non, elle ne risquait pas d'avoir froid. Elle était presque en ébullition à l'idée de ce qui l'attendait. La seule chose qui la protégeait de la combustion spontanée, c'était ce frisson glacé qui courait le long de sa colonne vertébrale à l'idée d'ôter ses vêtements devant un homme aussi beau, et de lire la déception dans ses yeux.

Elle était arrivée.

Le numéro cinquante-six s'affichait en chiffres de laiton rutilant sur le portail. Elle regarda de part et d'autre de la rue, mais celle-ci était déserte. Elle ouvrit alors le portail, et jeta un œil vers l'auvent sous lequel était garé un long cabriolet noir. Conçue pour être belle et aller vite, cette voiture était aussi un symbole. Elle projetait l'image du mauvais garçon sexy et ténébreux, qui cherchait à impressionner les femmes, et à rendre les hommes jaloux.

Elle hésitait sur la direction à prendre, quand Ed lui apparut sous un rideau de glycine.

Comme elle, il portait un jean, avec une chemise

en chambray bleu délavé largement ouverte au col. Et comme toujours, il était époustouflant de beauté. Il lui adressa un léger sourire, et elle lui trouva l'air… soulagé.

Il s'arrêta à quelques pas.

— Bonsoir. Je n'étais pas sûr que vous viendriez, avoua-t-il.

Et cette touche de vulnérabilité apaisa en partie la nervosité d'Annie.

— J'avais dit que je le ferais, répondit-elle, bien qu'elle eût hésité au portail.

Son cœur battait à tout rompre, sa bouche était sèche comme du carton et ses jambes aussi molles que celles d'une poupée de chiffon.

Mais il tendit le bras, et elle s'avança vers lui puis mit sa main dans la sienne. Il l'attira brièvement contre lui pour déposer un baiser furtif sur sa joue, avant de la pousser sous la cascade de glycine pour la faire accéder au jardin.

Caressé par les derniers rayons du soleil, le terrain entouré de haies qui en faisaient un petit cocon de verdure embaumait le chèvrefeuille. Sur la terrasse, une petite table en fer forgée portait un seau à champagne, deux flûtes, ainsi qu'un assortiment d'amuse-bouches sur un plateau.

Elle s'assit, redoutant que ses jambes ne la trahissent.

— Comment votre mère a-t-elle pris la chose ?

— Très bien. Je lui ai dit que j'allais prendre un verre avec vous.

— Eh bien, vous n'avez pas menti, n'est-ce pas ? murmura-t-il en ouvrant la bouteille.

Le bouchon se libéra avec un pop discret, de la vapeur s'échappa du col ouvert de la bouteille comme de la fumée, et il versa délicatement le vin pétillant dans les verres.

Replaçant la bouteille sur son lit de glace, il tendit un verre à Annie.

— A nous.

Elle croisa ses yeux enjôleurs, et sentit la chaleur qui y vibrait envahir son corps comme un feu sauvage.

— A nous, répéta-t-elle.

Puis les mots lui manquèrent, et elle fut happée par son regard.

Il se servit une poignée de pistaches et, calé contre le dossier de sa chaise, les croqua de ses dents parfaitement blanches et alignées.

Elle prit à son tour une olive et la grignota du bout des lèvres pour se donner une contenance.

La tension était palpable. Elle but une gorgée de champagne. Les bulles lui chatouillèrent le nez, au point qu'elle fronça ce dernier.

— Ça pique ? murmura-t-il, et elle hocha la tête.

Le regard d'Ed chercha de nouveau le sien, tandis que son sourire se faisait rassurant.

— Annie, détendez-vous. Nous prenons juste un verre. C'est tout.

C'était tout ? Elle sentit d'abord la tension s'évacuer comme un ballon de baudruche qu'on aurait percé, puis vint la déception.

— D'accord.

Il rit et se pencha vers elle.

— Mais seulement si vous voulez que ce soit tout. Sinon, ça peut être bien plus...

Bien plus. Un frisson la parcourut à cette idée.

— Et si nous commencions par discuter ? suggéra-t-elle.

— Bonne idée. Comment vont les petites ?

— Bien.

Elle se mordilla la lèvre. Elle n'avait pas envie de penser qu'elle était une mère. Pas maintenant, pas dans cette situation. Ça semblait tellement... déplacé. Un peu comme si elle était devenue une autre personne.

— Et votre grand-père ?

— De plus en plus mal. Je pense qu'il n'en a plus pour très longtemps.

— Je suis désolée.

— Mouais…

Il garda le silence un moment, prit une profonde inspiration et s'adressa de nouveau à elle.

— Je voulais vous dire qu'il y a une petite cabane de bois dans le jardin de mes grands-parents. Elle avait été construite pour les enfants de mon frère, mais ils ont grandi et ne l'utilisent plus depuis longtemps. Je ne sais pas si ça vous intéresse, mais je serais ravie que vous la preniez pour les jumelles.

Annie, soudain un peu plus détendue, lui sourit, reconnaissante.

— Oh ! Ed, merci. Elles rêvent justement d'avoir une petite maison à elles. Mais est-ce qu'elle se démonte ?

— Oui, bien sûr.

— Et ça n'ennuiera pas vos grands-parents ?

— Grumps a passé le stade de se soucier de quoi que ce soit, et Marnie serait ravie qu'elle fasse le bonheur de deux petites filles. Je parlais de vous hier, et c'est elle qui l'a proposé.

— Vous parliez de moi ?

— Eh bien… elle a l'art de me tirer les vers du nez.

— Exactement comme ma mère. Il faudra faire en sorte qu'elles ne se rencontrent pas. Il ne nous resterait plus aucun secret.

Il rit et cogna son verre au sien. Annie ne s'était pas rendu compte qu'il était vide. Elle buvait apparemment plus vite qu'elle ne le croyait.

Un effet de sa nervosité ? Probablement. Elle était terrifiée à l'idée que cette soirée tourne au désastre. Elle prit deux biscuits au fromage pour atténuer l'effet de l'alcool.

— Ils sont vraiment bons.

— Oui, c'est vrai.

Il en prit un, deux, puis voulut en attraper un troisième en même temps qu'elle. Leurs doigts se frôlèrent. Une chaleur intense parcourut aussitôt son bras, et elle eut un mouvement de recul involontaire.

Leurs yeux se croisèrent… et restèrent prisonniers l'un de l'autre.

Son cœur s'emballa encore un peu plus, sa bouche se dessécha. Elle essaya d'avaler sa salive, passa le bout de sa langue sur ses lèvres et l'entendit chercher son souffle.

Pendant quelques secondes, ils restèrent tétanisés. Puis il se leva, lui tendit la main, et la hissa vers lui. Sa tête s'inclina, il toucha ses lèvres, et Annie eut l'impression que son corps prenait feu.

— Ed…

Elle avait prononcé son prénom dans un souffle, ses lèvres contre les siennes. Il rejeta la tête en arrière pour voir ses yeux, y cherchant une réponse, qu'à l'évidence il trouva.

— Pas ici, souffla-t-il.

Enlaçant ses doigts aux siens, il lui fit traverser la véranda, la grande pièce à vivre avec une cuisine ouverte, l'entraîna vers l'escalier et finalement vers la chambre.

Qui était blanche.

Blanche du sol au plafond, comme le reste de sa maison.

Elle prit une longue inspiration. Comme un sanctuaire, calme et sécurisant.

Puis il attrapa doucement son visage entre ses mains longues et fines et pourtant puissantes, inclina la tête et l'embrassa.

Soudain, toute pensée raisonnable l'avait désertée. Seules comptaient les sensations.

La bouche d'Ed était brûlante.

Ses lèvres humides butinaient les siennes avec fièvre. Elle sentit sa langue s'insinuer, chercher la sienne…

Ses jambes flanchèrent mais il la soutint, la plaquant contre lui, lui communiquant sa chaleur, la pression de son érection, les battements violents de son cœur.

Et le besoin qu'il avait d'elle. Oh ! Seigneur, ce besoin.

Elle le ressentait aussi. Elle percevait l'envie, le désespoir, cette nécessité absolue d'ôter leurs vêtements pour se retrouver peau contre peau.

Submergée par les émotions qui se bousculaient en elle, toujours indécise, redoutant et désirant tout à la fois ce qui allait suivre, elle le repoussa.

Il laissa retomber ses bras, le regard rivé au sien. Il luttait pour garder le contrôle, et une lueur sauvage enflammait ses yeux.

— Tu veux que j'arrête ? demanda-t-il d'une voix rauque.

Elle laissa échapper un rire nerveux.

— Seulement si tu veux que je te tue.

Il ferma brièvement les paupières et, quand il les rouvrit, il lui souriait.

— Bon sang, Annie, ne joue pas avec mes nerfs comme ça.

Il se rapprocha d'elle et, les doigts tremblants, défit un à un les boutons de son chemisier, avec une lenteur exaspérante. Que n'avait-elle choisi la robe en jersey. Il aurait suffi d'un geste pour la lui ôter, et il serait déjà en train de la caresser, de la serrer contre lui, de plonger tout entier en elle…

Se contrôlant à grand-peine, Ed fit glisser le chemisier sur les épaules d'Annie, emprisonnant un instant ses bras, et s'autorisa enfin à poser les yeux sur ses seins.

Un délicat satin couleur moka, bordé d'une dentelle crème, les emprisonnait. L'association lui fit penser au café qu'elle avait renversé sur sa blouse la semaine précédente. S'il avait su ce qui se cachait sous la tenue réglementaire de l'hôpital… Il eut un soupir.

Inclinant la tête, il effleura de sa bouche la dentelle,

déposant au hasard de son cheminement de légers baisers sur sa peau.

Elle gémit en rejetant la tête en arrière, et il glissa ses lèvres vers sa gorge, cherchant le creux où battait son pouls.

Elle gémit de nouveau, se tortillant contre lui.

— Embrasse-moi.

— C'est ce que je fais.

— Pas comme ça.

Ses lèvres remontèrent vers son oreille…

— Ed, je t'en prie.

Il releva la tête et la regarda.

— Dis-moi ce que tu veux.

— Toi. Maintenant. J'y pense depuis des jours et… Oh !

Elle atterrit au milieu du lit, les bras toujours coincés dans son dos par ses manches, et il fit glisser la fermeture de son jean.

— Soulève-toi, ordonna-t-il.

Elle planta les talons dans le matelas, souleva les fesses, et il fit glisser son jean le long de ses jambes.

Il glissa un doigt sous l'élastique de la culotte, et tira légèrement. Elle se souleva de nouveau et il fit lentement glisser la pièce de dentelle et de satin le long de ses cuisses, de ses genoux, de ses mollets… suivant des yeux la progression du vêtement.

La culotte enfin, alla rejoindre le jean sur le sol, et Annie demeura étendue là, en appui sur les coudes, se sentant terriblement vulnérable, tandis que le regard d'Ed s'attardait aussi langoureusement qu'une caresse sur son corps nu.

Un nouveau torrent de sensations déferla en elle, alors qu'il s'arrêtait, comme aimanté, sur le triangle intime, à la naissance de ses cuisses.

Au cœur de sa féminité, une moiteur nouvelle palpitait, préparant son corps à l'accueillir. Elle en trembla d'excitation. Pourquoi tardait-il ainsi ? Elle avait tellement envie de lui.

Lorsqu'il plongea enfin son regard dans le sien, elle y vit briller une flamme passionnée qui lui disait mieux que des mots combien cette envie était partagée.

Un soupir de frustration lui échappa.

— S'il te plaît…

Il esquissa un sourire narquois.

— Puisque tu le demandes si poliment…

Sans attendre, il se déshabilla et prit un préservatif dans le tiroir de la table de chevet.

— Laisse-moi faire.

Elle se tortilla pour se libérer enfin du chemisier qui bloquait toujours ses bras, lui prit la pochette argentée des doigts, puis déroula lentement et fermement le latex sur son sexe tendu.

Il déglutit avec peine, avant de la renverser sur le dos.

Elle enroula alors doucement les jambes autour de ses hanches, tandis qu'il entrait en elle, accueillant avec des larmes de soulagement cette délicieuse sensation d'envahissement désiré, ce bonheur d'être emplie de lui.

— Oh ! C'est bon, murmura-t-il, et il roula sur le dos en l'entraînant avec lui.

Il arrondit ses mains sur ses seins, toujours prisonniers du soutien-gorge.

— Enlève-le. J'ai envie de te voir.

Elle hésita un bref instant, de nouveau envahie par le doute. Ses seins n'étaient plus aussi fermes et arrogants. Elle avait allaité des jumelles, pour l'amour du ciel.

Mais il avait haussé un sourcil, d'un air d'impatience ironique, et elle finit par se résoudre à replier les bras dans son dos, en se cambrant un peu pour atteindre l'attache.

Le soutien-gorge tomba, et un nouveau frisson la parcourut.

Les mains d'Ed se refermèrent, faisant rouler sous ses pouces les pointes durcies, jusqu'à ce que des gémissements lui échappent, et qu'elle commence à se cambrer contre lui.

Avec un sourire satisfait, il la renversa de nouveau sous lui, puis plongea profondément en elle, répétant inlassablement ce mouvement délicieux, un peu plus vite et plus fort chaque fois.

Leurs souffles haletants, entrecoupés de râles passionnés, se mêlèrent, jusqu'à ce qu'une vague nouvelle, plus puissante que les autres, la fasse chavirer.

Eh bien…

Encore sous le choc, Ed ne pouvait que se répéter « Eh bien… ». Il ne s'attendait vraiment pas à ça. Qui aurait cru qu'il connaîtrait avec elle un tel éblouissement des sens ?

Et dire qu'il plaisantait à moitié, quand il lui avait fait cette proposition. Cela ne voulait pas dire qu'il n'en avait pas envie, mais il ne s'était jamais imaginé un seul instant qu'elle le prendrait au sérieux.

Du bout des doigts, il lui toucha le visage, et elle tourna la tête vers lui, avec un sourire timide.

— Salut.

— Salut, toi-même. Ça va ?

Son sourire s'élargit, et elle hocha la tête.

— Très, très bien. Quelle heure est-il ?

— 22 h 10.

— Oh ! bien. Je pensais qu'il était plus tard.

— A quelle heure as-tu prévu de rentrer ?

— J'ai dit à ma mère de ne pas m'attendre avant 23 heures.

Il esquissa un lent sourire plein de promesses.

— Bien, ça nous laisse encore un peu de temps devant nous…

5.

La journée du lendemain fut… eh bien, pour le moins intéressante.

Chaque fois qu'Ed arrivait quelque part, Annie était là. Et maintenant qu'il savait exactement ce qu'il y avait sous cette blouse, garder le contrôle lui demandait un gros effort de volonté.

Elle se pencha pour prendre quelque chose dans un placard, et il retint un grognement. C'était vraiment difficile. Quasiment impossible.

Il se trouva quelques travaux administratifs à accomplir, et s'assit au bureau en lui tournant le dos.

Mais il savait qu'elle était là. Et son radar était si précis qu'il était capable de deviner, au millimètre près, la distance à laquelle elle se trouvait.

— Vous êtes tombés amoureux, Ed et toi ?

Annie lança un regard agacé à Kate.

— Non, bien sûr que non. Loin de là.

— Tu es sûre ? Parce qu'on dirait que vous faites tout pour vous éviter.

— N'importe quoi ! Qu'est-ce qui te fait dire ça ?

Kate leva les yeux au ciel et soupira.

— Annie, tu ne l'as pas regardé de la journée. Et lui

non plus. Enfin, pas ouvertement. Et il y a eu aussi de drôles de petits regards en coin.

Annie referma le dossier qu'elle étudiait, et se tourna vers Kate.

— Il n'y a pas eu de regards en coin, dit-elle, sur la défensive. Et si on ne se parle pas, c'est parce que nous sommes débordés. Les résultats de Mme Grover sont revenus, et elle va bien. Sois gentille de t'occuper de sa sortie, sans oublier de lui rappeler de consulter son généraliste si ça se reproduit.

Sur ces mots, elle tendit le dossier à Kate et se dirigea vers les urgences. Déterminée à prouver que cette petite curieuse avait tort, elle regarda Ed droit dans les yeux.

— Tu as besoin d'aide ?

— Peut-être. Garçon de sept ans tombé sur le bras dans la cour de récréation de son école. La fracture n'est pas belle. J'ai appelé les orthos, mais nous devons rechercher d'autres blessures. Possible évanouissement sur place, ils ne sont pas sûrs.

Elle hocha la tête.

— C'est toi qui mènes ?

— Si ça ne pose pas de problèmes.

— Bien sûr que non. Tu es devenu le gourou de la pédiatrie, ajouta-t-elle avec un petit sourire.

Leur patient arriva un peu plus tard. Un garçonnet fluet et livide, avec une mère qui ne semblait pas en meilleur état.

Tandis qu'Ed l'examinait et donnait calmement des instructions, Annie prit la mère à l'écart et lui parla un moment pour la calmer et la rassurer.

L'enfant fut rapidement dirigé en chirurgie, laissant Ed et Annie seuls, dans une atmosphère soudain chargée d'électricité.

— Bonjour, docteur Brooks, susurra Ed, avec un sourire malicieux. Comment ça va aujourd'hui ?

Elle lui rendit son sourire, soudain intimidée à la pensée de ce qui s'était passé entre eux la nuit précédente.

— Bien. En dehors du fait que Kate est persuadée qu'il y a quelque chose entre nous. Apparemment, nous gardons nos distances de façon trop flagrante.

— Ah… Et là, tu crois que nous nous sommes montrés suffisamment… « normaux » ?

— Je ne sais pas. J'espère.

— Un café ?

— Avec plaisir. Ça ne va pas trop loin ?

— Mais non, voyons. On peut prendre un café. Ce qu'il faut éviter, c'est de se sauter dessus en salle de repos ou dans le vestiaire.

Elle écarquilla les yeux, puis se mit à rire.

— Tu es tellement vulgaire.

— J'aimerais bien. Allez, viens avant que ce fichu téléphone ne sonne.

Ils se rendirent à la cafétéria.

— Bon, puisque nous avons visiblement l'esprit à ça, on se voit quand ? demanda-t-il une fois qu'ils furent installés devant leurs cafés.

— Hum… pas ce soir. Maman a quelque chose de prévu, et demain elle va à son club de lecture. La réunion a lieu tous les mercredis, donc ils sont tous exclus. Jeudi, ma grand-mère vient dîner, et nous avons prévu de regarder un film ensemble.

— Vendredi, alors ?

Elle hocha la tête, déçue, songeant que cela faisait loin. Mais il leur était impossible de se retrouver plus tôt. Et elle n'avait pas non plus envie de s'investir trop rapidement ni trop intensément.

— Vendredi, je peux.

— Tant mieux. Je commençais à me demander si tu allais me dire que c'est le jour où tu fais ta lessive…

— Ed, je ne m'invente pas des excuses. Je suis désolée qu'il faille attendre si longtemps. Et au moins, du point de vue de ma mère, ça n'aura rien de suspect. Je peux même faire croire qu'il s'agit d'une sortie avec un groupe de collègues. Si ça peut te consoler, je préférerais que ce soit ce soir.

— Pourquoi me dire ça ici, maintenant, alors que nous ne pouvons rien y faire ?

Son expression dépitée la fit sourire.

— Parce que je ne voulais pas que tu penses que je n'étais pas intéressée.

— Il me semble que tu l'as déjà prouvé.

Ecrasant son gobelet vide entre ses doigts, il se leva tout à coup.

— Je dois y aller.

Et il la laissa seule sur le banc, à se demander ce qu'elle avait fait ou dit de mal. Il n'appréciait sans doute pas qu'elle ne soit pas immédiatement disponible. Peut-être même commençait-il à regretter de ne pas avoir choisi Kate ?

Elle soupira. Elle commençait à trop s'impliquer. Elle avait pensé pouvoir s'amuser, mais elle n'était manifestement pas assez solide pour ça. Finalement, cette distance imposée pendant plusieurs jours leur ferait le plus grand bien.

Un peu rassérénée, elle termina son café et le suivit, mais fit en sorte qu'ils n'aient pas à travailler ensemble pour le reste de la journée.

Mieux valait jouer la sécurité.

Ed se sentit sur les nerfs tout le reste de la semaine. Il lui semblait que ce vendredi n'arriverait jamais.

Les journées se déroulaient avec une lenteur exaspérante, divisées entre l'hôpital et la maison de ses grands-parents.

Compte tenu de leur emploi du temps respectif, il n'eut pas à faire beaucoup d'efforts pour éviter Annie. Mais, le jeudi matin, elle vint prendre son service, et il dut faire le point sur les patients avec elle. Il s'en tint à une conversation strictement personnelle.

— A demain, dit-elle, tandis qu'il s'en allait déjà.

— Mouais, j'ai hâte.

Il rentra enfin chez lui, se laissa tomber sur le canapé et ne tarda pas à se relever. En soupirant, il enfila alors sa tenue de jogging, puis sortit de chez lui. Passant devant l'hôpital, il longea la rivière jusqu'au port, puis ralentit la cadence le long du quai, avant de monter en petite foulée l'escalier menant au parking proche de la maison de ses grands-parents.

Il avait chaud, il transpirait et avait terriblement soif. Un verre d'eau serait le bienvenu. Et cette visite imprévue serait aussi l'occasion de vérifier que tout allait bien.

Il trouva ses grands-parents dans le jardin. Marnie l'accueillit avec un grand sourire et voulut le prendre dans ses bras.

Il s'écarta.

— A ta place, j'éviterais. Je viens de courir, et je ne suis pas très frais. Comment ça va ?

— Oh ! bien aujourd'hui. Ed est là, mon chéri.

Son grand-père releva la tête.

— Edward. Ça fait des semaines que je ne t'ai pas vu. Trop occupé, je suppose.

Ed retint un sursaut. Des semaines ?

— Je viens tous les jours, Grumps. Comment te sens-tu aujourd'hui ?

— Oh ! Ça va. S'il n'y avait pas ces fichues jambes… Marnie, donne-nous à boire. Un gin tonic.

— Ned, tu ne peux pas boire d'alcool.

— Ah bon ? Tu es sûre ?

— Certaine. Mais j'ai fait de la limonade. Je sais que tu aimes ma limonade.

— Si tu le dis, grommela-t-il.

— Je vais la chercher, proposa Ed.

Lorsqu'il revint quelques minutes plus tard, son grand-père semblait plus calme.

— J'ai aussi trouvé des biscuits.

— Il ne déjeunera pas s'il mange des biscuits maintenant.

Ed haussa les épaules.

— Ce n'est pas grave. Il ne mange presque plus rien. Il a besoin de calories.

Il resta avec eux pendant une heure, emprunta leur voiture pour rentrer chez lui se doucher, et revint pour le reste de la journée. Marnie sortit faire des courses, et il fit un peu de jardinage, pendant que son grand-père somnolait à l'ombre.

— Tu sais quoi, suggéra Marnie à son retour. Il va faire beau demain. Si tu n'es pas trop occupé, nous pourrions aller à la plage.

Ed hésita. Il voulait préparer la maison pour accueillir Annie. Mais qu'y avait-il à préparer ? Le lit ?

— Bonne idée, répondit-il. Je viendrai tôt pour t'aider.

— Merci. Ça me fait plaisir, et je suis sûre qu'il appréciera aussi, même s'il ne le montre pas.

Se hissant sur la pointe des pieds, elle déposa un baiser sur sa joue.

— Tu devrais te raser.

— Jamais en dehors du travail. J'aime cultiver mon image de mauvais garçon.

Elle eut un claquement de langue réprobateur, et il l'attira dans ses bras en riant.

— Bon, je dois y aller. Je reviens tout à l'heure pour t'aider à le coucher.

— Tu es sûr ?

— Mais oui.

— Oh ! Ed… tu es tellement gentil et dévoué. Tu devrais te marier et avoir des enfants.

Une profonde tristesse l'envahit soudain, le prenant par surprise.

— Marnie, je n'ai pas le temps pour ça. Et puis, je

n'ai jamais rencontré une femme avec qui je voudrais passer tout le reste de ma vie.

Il détourna la tête. Enfin, ça ne lui était jamais arrivé jusqu'à... aujourd'hui.

— Est-ce qu'on peut aller à la plage, maman, s'il te plaît ?

— Et on peut prendre les seaux et les pelles et faire un château de sable ?

Annie sourit à ses filles. La plage ? Pourquoi pas ? Il faisait beau, et cette destination serait parfaite.

— D'accord. Allez prendre vos jouets dans le bac à sable, pendant que je cherche vos affaires d'été. Je prépare un pique-nique.

— Oh ! Oui ! On peut avoir des sandwichs au fromage ?

— Et des tomates-cerises ? Et des gâteaux au chocolat ?

— Hum... je ne sais pas, je crois que le chocolat risque de fondre au soleil, répondit-elle en riant.

Elle les poussa gentiment vers la porte.

— Allez, dépêchez-vous de prendre vos seaux et vos pelles, ou le soleil sera parti le temps que vous ayez fini d'en parler.

— Mamie Jo vient avec nous ?

Elle se tourna vers l'intéressée.

— Maman ?

— Je ne sais pas. Je vais y réfléchir pendant que vous vous préparez.

Les jumelles se précipitèrent dans le jardin, et Annie chercha le regard de sa mère.

— Rien ne t'y oblige si tu n'en as pas envie. Je peux me débrouiller toute seule.

— C'est vrai ? J'ai un nouveau livre à lire, et j'aimerais être tranquille quelques heures. Je vous rejoindrai peut-être plus tard, si je m'ennuie. N'oublie pas ton téléphone. Et la crème solaire.

Elle haussa les épaules.

— Comme si je risquais d'oublier.

Vingt minutes plus tard, Annie et ses filles levaient le camp, toutes trois en maillots sous leurs robes de plage, et coiffées de chapeaux de soleil.

Elle soupira d'aise. C'était une journée vraiment extraordinaire, le jour le plus chaud depuis le début du printemps peut-être. Et même si l'eau risquait d'être froide pour une baignade, ce serait agréable de profiter de la plage.

Et de surcroît, ça ne lui ferait pas de mal de se détendre car on était vendredi, ce qui signifiait — elle vérifia sa montre — qu'il lui restait moins de douze heures avant ses retrouvailles secrètes avec Ed.

Son cœur s'emballa aussitôt à cette pensée, et ses sens revinrent à la vie.

Elle esquissa un sourire. L'attente allait la tuer.

Elle se gara et contempla un instant les maisons qui dominaient le front de mer. Tous les types d'architecture se côtoyaient, avec une prédominance du style années trente. Parmi elles se trouvait la maison des grands-parents d'Ed. Mais laquelle était-ce ?

— Maman ? Qu'est-ce que tu fais ?

Ses filles gigotaient dans leur siège, et elle se comportait comme une groupie déséquilibrée cherchant à repérer une maison de star.

Elle se ressaisit, leur confia autant de choses qu'elles pouvaient en porter, avant d'attraper à son tour la glacière, le parasol et tout le reste, et de descendre tant bien que mal les marches menant à la plage.

Elles trouvèrent une place à mi-chemin entre le bas des marches et la buvette.

— Ce sera parfait ici, dit-elle avec soulagement.

Et tandis qu'elle installait le paravent et cherchait la crème solaire, les jumelles se déshabillèrent et commencèrent, toutes joyeuses, à creuser dans le sable.

Elle les tartina d'un baume indice cinquante, en étant particulièrement attentive à Grâce avec sa peau pâle, s'enduisit elle-même d'un lait indice vingt, et s'installa sur une serviette avec un livre.

Au début, les jumelles jouèrent gentiment, mais elles finirent par se disputer, et Annie dut intervenir. Posant son livre avec un soupir, elle les rejoignit.

— Et si on construisait un fossé tout autour du château ? Vous pourriez le remplir d'eau…

Elles passèrent les dix minutes suivantes à creuser, puis elles firent des allers-retours jusqu'à la mer pour remplir les seaux.

Les filles criaient et riaient, en courant en tous sens, et à un moment, elles bousculèrent Annie, qui trébucha sur le sable. A cet instant, une vague déferla qui trempa sa robe.

— Ouh, c'est glacé, cria-t-elle, tandis que les jumelles sautillaient autour d'elle en gloussant.

Empêtrée dans sa robe, dont l'étoffe dégoulinante d'eau collait à ses jambes, elle revint vers la plage.

— Petits monstres. Ce n'est pas gentil de se moquer de moi.

— Tu aurais dû l'enlever, maman. Comme nous. Et comme ça, elle ne serait pas mouillée, répondit Grace d'un ton docte.

Annie soupira. Evidemment qu'elle l'aurait enlevée si son maillot n'avait pas été un vieux modèle qu'elle possédait avant la naissance des filles, et qui était maintenant un peu trop juste. Mais faisant fi de sa pudeur, elle ôta la robe en coton et l'étala sur le parasol pour la faire sécher.

— Si on allait chercher une glace pendant qu'elle sèche ? suggéra-t-elle.

Il devait sans doute être écrit que ce serait la journée des catastrophes : les filles coururent sans faire attention, Grace trébucha sur les marches et tomba lourdement sur l'asphalte envahi de sable de la promenade.

Elle éclata en sanglots déchirants, et Annie s'accroupit près d'elle pour la prendre dans ses bras.

— Oh ! Ma pauvre petite chérie, ça va ? demanda-t-elle.

Mais Grace continuait à pleurer, et du sang coulait de ses genoux et d'une de ses mains.

— J'ai maaaal, cria-t-elle entre deux sanglots.

Chloé, l'air calme et sérieux, tapota l'épaule de sa sœur en lui disant que ce n'était pas grave.

— Si, c'est grave, hoqueta Grace, avant de hurler de plus belle.

Annie commença à s'affoler. Evidemment, la trousse de secours était dans la voiture, il était impossible de raisonner Grace, et celle-ci était trop lourde pour qu'elle la porte sur une aussi longue distance.

Tournant la tête une fraction de seconde, elle vit deux pieds nus. Des pieds masculins, surmontés par des jambes musclées émergeant d'un bermuda kaki.

Il y avait une cicatrice sur le genou gauche, une cicatrice qu'elle connaissait bien, et un immense soulagement l'envahit.

Ed les observait depuis un moment.

Pas délibérément, mais elles étaient juste devant lui, et il aurait été difficile de ne pas les voir. Surtout quand Annie était tombée dans le sable, et qu'elle avait dû se déshabiller.

Puis il avait vu l'incident se produire, et il n'avait pu faire autrement que d'aller aider. Bien sûr, ils étaient supposés laisser leur famille en dehors de leur relation, mais il ne pouvait rester assis dans son coin en ignorant les pleurs d'un enfant.

— Je peux faire quelque chose ? demanda-t-il.

Il s'accroupit près d'elle, tendit la main pour lui toucher le bras, et elle ferma les yeux en se mordant la lèvre.

— Grace est tombée. Ce ne sont que des égratignures, mais ma trousse de secours est dans la voiture.

— Pas de problème. Nous en avons une dans la cabine de plage.

Il aida Annie à se relever et, prenant Grace dans ses bras, conduisit tout ce petit monde à la cabine, devant laquelle ses grands-parents étaient assis, ne perdant pas une miette du spectacle.

— Nous y voilà. Marnie, Grumps, voici Annie, une amie à moi, et sa fille qui vient de tomber et de se faire mal aux genoux.

— Et à la main, dit Grace en reniflant, s'assurant que tout le monde avait bien conscience de l'étendue de ses blessures.

— Oh ! Ma pauvre chérie, s'exclama Marnie avec un air compatissant.

Saisissant l'occasion, comme toujours, elle ajouta :

— Il y a de l'eau dans la bouilloire, je pense qu'elle est assez tiède pour être utilisée. Tu veux y rajouter du sel, Ed ?

— Oui, merci. Tiens, Annie, assieds-toi et jetons un œil à l'invalide, tu veux ?

Il lui désigna une chaise de plage pliante, et elle s'y affala lourdement, comme si ses jambes venaient de céder. Ed déposa Grace sur les genoux d'Annie, puis s'accroupit devant elles.

— Tu veux bien que je regarde tes bobos ?

L'enfant leva un regard interrogateur vers sa mère, qui lui sourit en repoussant gentiment les cheveux de son visage.

— Ed est un docteur pour les enfants, expliqua-t-elle avec sérieux. Il sait très bien s'occuper de toutes les blessures.

— Ça va faire mal ?

— Eh bien, peut-être un tout petit peu, répondit-il avec honnêteté. Mais ça ira beaucoup mieux, quand on aura lavé le sable et mis une petite crème dessus.

— Tu vas mettre de la crème glacée dessus ? demanda Chloé, l'air médusé.

Il rit.

— Non, pas de la crème glacée, une pommade qui guérit les petites coupures. Mais on pourra aller manger une glace après, si maman est d'accord.

— Eh ben, justement, on allait chercher une glace, répondit aussitôt Grace.

Elle le regarda avec méfiance tremper un morceau de gaze dans l'eau bouillie, et tamponner le premier genou.

— Aïe !

— Désolé, mon petit cœur.

Il nettoya rapidement les meurtrissures, qui étaient toutes superficielles, y appliqua une pommade antiseptique et enfin des pansements.

— Bravo. Tu as été très courageuse. Je pense que ça mérite une glace, pas vrai, maman ?

— Je le pense aussi. Merci, Ed.

— Je t'en prie.

— Tu ne fais pas de bisou dessus pour guérir plus vite ? demanda Chloé. Maman le fait toujours quand on a un bobo.

— Eh bien, nous devrions peut-être laisser maman faire ça, si c'est son travail.

Il se releva précipitamment et recula d'un pas.

— Tu sais quoi, on pourrait aller chercher les glaces tous les deux et laisser maman et Grace faire un câlin. Qu'est-ce que tu en penses ?

Il retint un soupir. Tout, plutôt que de rester accroupi devant Annie, à plonger dans son décolleté.

Elle fouilla dans son sac pour y attraper son porte-monnaie.

— Tiens, Ed, prends de l'argent…

— Ne sois pas ridicule. Qu'est-ce que tu veux comme parfum, Grace ?

— Du chocolat avec des petits morceaux dedans.

— Excellente idée. Je vais prendre la même chose.

— Annie ?

— Vanille. Merci.

— Marnie ?

— Non, merci, chéri. Je vais plutôt me faire un bon thé.

— On y va, Chloé ?

— Moui.

A sa grande surprise, la fillette glissa sa main dans la sienne et, après une hésitation, il serra les doigts autour de la paume minuscule, avant de se diriger vers le kiosque du glacier.

6.

Annie les regarda partir, la gorge nouée.

Cette façon qu'avait eue Chloé de partir en confiance avec lui, de lui prendre la main… et ils étaient supposés laisser leur famille en dehors de leur relation !

Elle avait été tellement soulagée de le voir, quand Grace était tombée, qu'elle n'avait pas pensé aux implications de ce sauvetage digne d'un vrai chevalier…

Et, en parlant de famille… elle se souvint avec un temps de retard des bonnes manières, et se tourna vers Marnie.

— Je suis désolée de cette intrusion. Nous n'avons pas vraiment été présentées. Je suis Annie Brooks. Ed et moi travaillons ensemble.

Marnie lui prit la main mais, au lieu de la serrer, elle la pressa gentiment entre ses deux mains.

— Je sais. Je suis très heureuse de vous rencontrer, Annie, et j'ai beaucoup entendu parler de vous. Mon vrai prénom est Julia, mais tout le monde m'appelle Marnie. Et voici Ned, qu'on surnomme Grumps entre nous.

Il se tenait légèrement en retrait, et quand Annie se tourna pour le regarder vraiment attentivement, son sourire s'évanouit. Il était en fauteuil roulant, ce dont elle se doutait d'après le peu qu'Ed lui avait dit, mais ce qui la troubla, ce fut la rigidité de son corps, la lenteur qu'il mettait à soulever la main, son air totalement absent…

Elle hocha lentement la tête. Ainsi, c'était cela la raison

pour laquelle Ed se refusait à tout engagement sentimental et s'interdisait d'avoir une famille à lui.

Parce que lui aussi était porteur de cette maladie dégénérative ?

Profondément bouleversée, elle parvint néanmoins à donner le change et à sourire.

— Bonjour, Ned, dit-elle de cette voix un tout petit peu trop enjouée, déformation professionnelle oblige. Je suis Annie.

Avec difficulté, il sembla chercher ses mots.

— Je vous connais ? demanda-t-il enfin.

Elle secoua la tête.

— Non, nous ne nous sommes jamais rencontrés. Mais Ed m'a souvent parlé de vous.

— Ed ?

— Edward, mon chéri. Le fils de Stephen.

— Eh bien, dites Edward, alors. Comment voulez-vous que je comprenne ?

Marnie chercha le regard d'Annie avec un sourire d'excuse.

— N'attachez pas d'importance à ces mots, s'il vous plaît, ce n'est pas un bon jour aujourd'hui, dit-elle à mi-voix.

Puis elle rapprocha sa chaise pliante.

— Alors, Grace, dit-elle avec un grand sourire. Tu es la plus vieille ou la plus jeune ?

— La plus vieille, répondit fièrement l'enfant. Mais Chloé ne m'écoute jamais. Elle dit que je suis méchante.

Annie rit et serra sa fille contre elle.

— Pas tout le temps. Mais c'est vrai que tu n'es pas toujours très gentille avec ta sœur.

— Oh ! Vous savez, il ne faut pas s'inquiéter. Ed était un vrai petit filou, et il est devenu l'homme le plus gentil et le plus dévoué que vous pourriez rêver de rencontrer.

Annie se sentit soudain un peu gênée. Marnie la regardait avec insistance, ne laissant aucun doute sur ce qu'elle avait en tête, et seul le sifflement de la bouilloire sur le petit réchaud à gaz mit fin à cet examen.

— Du thé, Annie ?

Du coin de l'œil, elle vit Ed revenir vers eux. Elle avait bien noté son tressaillement, lorsque Chloé avait glissé sa main dans la sienne, ainsi que l'admiration dans les yeux de la petite fille qui le voyait déjà comme un héros. Et à présent qu'elle savait la vérité, il n'était pas question qu'elle laisse ses filles s'attacher à lui.

— Non, merci, Marnie. Je vais me contenter de la glace. Nous avons un château de sable à terminer, avant que la marée ne le détruise.

— Oh ! Eh bien, tant pis. Une prochaine fois, peut-être ? Nous pourrons avoir une longue conversation.

Elle acquiesça gentiment. Pas si elle pouvait l'éviter.

Et il n'était pas question que Marnie et sa mère se rencontrent.

Les deux femmes se ressemblaient beaucoup trop, et elle pouvait imaginer sans peine leur sujet de prédilection, avec toutes les questions qui s'ensuivraient. Adieu la discrétion sur laquelle ils étaient tombés d'accord !

— Avec plaisir, dit-elle.

Elle croisa discrètement les doigts pour conjurer son mensonge, tandis que Grace se tortillait pour descendre de ses genoux et courir rejoindre Ed et Chloé.

Elle se leva, déjà prête à battre en retraite.

— Les filles, dites merci à Ed.

— Merci pour la glace, chantonnèrent-elles en chœur.

— Ça m'a fait plaisir. Comment vont les genoux, Grace ?

— J'ai presque plus mal ! Maman, on peut retourner finir le château ?

Annie retint un soupir de soulagement et sourit à sa fille.

— Bonne idée. On va vous laisser tranquilles. Merci pour la mission de sauvetage, et encore désolée pour l'intrusion.

— Ne dites pas de sottises, s'exclama aussitôt Marnie, en passant la tête par la porte de la cabine de plage. J'espère vous revoir très vite.

Annie la remercia, et après avoir fait un petit signe à Ned, se tourna de nouveau vers Ed.

— Merci. Pour les soins, les glaces… c'était très gentil.

— Je t'en prie.

Il soutint son regard.

— Je te vois à 21 heures ?

— Oui.

Il laissa lentement courir ses yeux sur son corps largement révélé par le maillot noir un peu trop petit pour elle, et elle eut l'impression de fondre sous son regard comme la glace qui était en train de couler entre ses doigts.

— J'ai hâte.

Elle se sentit rosir et, sans répondre, prit ses filles par la main, avant de s'éloigner.

Chaque cellule de son corps était consciente de sa présence. Chaque fois qu'elle relevait la tête, il était là, à la regarder subrepticement.

Elle devinait que Marnie avait dû l'assaillir de questions, et elle espérait de tout cœur que sa mère, ayant épuisé les charmes de la lecture, ne déciderait pas de les rejoindre à la dernière minute. Elle était tellement persuadée que cette relation ne la mènerait nulle part, qu'elle n'avait aucune envie d'en parler.

Mais bizarrement, lorsqu'elle se rendit compte que la cabine était fermée et qu'ils étaient partis, elle se sentit abandonnée.

Elle secoua la tête. Sa réaction était stupide. Ce n'était qu'une aventure. Ils ne s'étaient rien promis. Elle n'avait pas à se sentir « abandonnée » simplement parce qu'il n'était plus dans les parages !

Le reste de la journée lui parut néanmoins sans saveur, et elle se mit malgré elle à compter les heures qui la séparaient de ses retrouvailles avec lui.

— Oh ! Voilà Mamie Jo, cria soudain Chloé.

Après avoir souhaité que sa mère ne vienne pas, Annie se sentit soulagée de cette diversion.

Sauf que cela ne se passa pas exactement comme prévu.

— Oh ! Grace, qu'est-il arrivé à tes genoux, mon poussin ? demanda sa mère.

Et tout fut dévoilé, et bien sûr le nom d'Ed fut prononcé.

Elle laissa échapper un soupir. La vérité ne sortait-elle pas de la bouche des enfants ?

— Eh bien, quelle chance qu'il ait été là. A moins que vous n'ayez prévu de vous retrouver ?

— Non, c'était une coïncidence.

— Mouais, dit sa mère comme si elle n'en croyait pas un mot.

Le découragement gagna Annie. Son désir d'intimité, d'une relation qui n'appartienne qu'à elle, qu'à eux, était déjà malmené…

Lorsque l'heure fut enfin arrivée, Annie prit, un peu tremblante, le chemin de la maison d'Ed. En arrivant, elle trouva le portail ouvert, mais n'aperçut aucun véhicule. Sa voiture n'était pas là.

Elle entra d'un pas hésitant et franchit le rideau de glycine pour accéder au jardin sur l'arrière, avant de revenir sur ses pas, quand elle entendit un moteur et des pneus crisser sur les gravillons.

Elle vit Ed s'extirper du siège baquet de son cabriolet, et se redresser de toute sa taille.

— Salut, dit-elle timidement.

— Salut, répondit-il d'un air distrait. Désolé pour le retard. Tu attends depuis longtemps ?

— Non, je viens d'arriver.

En allant fermer le portail, il la frôla au passage, et se tourna vers elle avec ce sourire sexy qui la faisait fondre.

Elle le rejoignit et, se hissant sur la pointe des pieds, effleura ses lèvres d'un baiser.

Sa réaction ne se fit pas attendre. Un bras passé autour de sa taille, il la plaqua contre lui et l'embrassa passionnément.

Mettant fin à leur baiser dans un soupir, il la repoussa à bout de bras pour mieux la regarder.

— Mon Dieu, ça va mieux. J'en avais besoin. J'ai l'impression que ça faisait un siècle. Viens, j'ai du vin au frais.

Il passa un bras autour de ses épaules et l'entraîna vers la maison.

— Comment va Grace ?

— Bien. Merci encore pour ton aide.

— Pas de problème. Ce sont des petites filles adorables.

— Je sais. Elles sont ce qui m'est arrivé de mieux, et je remuerais ciel et terre pour elles. Mais je ne peux pas toujours empêcher qu'elles se fassent mal.

Profitant de cette question « familiale », elle s'enquit d'une voix neutre :

— Et ton grand-père ?

— Oh ! Ça va. Il a dormi comme un loir. Le grand air l'a fatigué.

Il ouvrit la porte du réfrigérateur et en sortit une bouteille.

— Tu as pris un coup de soleil, dit-il.

Elle acquiesça. Il avait délibérément changé de sujet, et elle n'insista pas.

— La malédiction des peaux claires.

Il sourit et passa le plat du pouce sur sa joue, lui arrachant un frisson.

— Tes taches de rousseur sont sorties.

— Toujours. C'est le premier signe que l'été est bien là.

— Tiens, prends ça, dit-il en lui tendant la bouteille et deux verres.

Puis il ouvrit la route vers le jardin, un plateau chargé de délicieuses petites choses à grignoter dans les mains.

— Assieds-toi. Mets-toi à l'aise. J'ai besoin de décompresser un peu.

— Avec plaisir. C'est un joli jardin, et la compagnie est agréable.

— Agréable, seulement ?

— Tu cherches les compliments ?

— Tu crois ?

Il lui tendit un verre de sauvignon frais à souhait, ainsi qu'une assiette de mini-cakes diversement garnis.

— C'est parfait, dit-elle avec un soupir de contentement, tandis qu'elle se calait sur sa chaise. La façon idéale de terminer une magnifique journée. Heureusement que tu étais là. Je ne sais pas comment j'aurais pu récupérer ma trousse de secours dans la voiture autrement.

— C'est l'avantage d'avoir une cabine de plage. On a tout sous la main.

— C'est vrai qu'aller à la plage ressemble souvent à une expédition.

— Je pourrais te donner une clé, si tu veux l'utiliser.

— Mais, et tes grands-parents ?

— Oh ! Ils n'y vont plus très souvent. Et jamais sans moi, de toute façon. Marnie ne peut pas manœuvrer seule le fauteuil. Je lui en parlerai demain. Et il faut aussi que nous démontions la cabane pour les filles. Elle me l'a rappelé après que vous êtes retournées finir le château.

— C'est vrai ? Oh ! Ed, je pensais que c'était juste une proposition en l'air.

— Si tu me connaissais mieux, tu saurais que ce n'est pas mon genre. Tu peux la prendre quand tu veux.

— Merci, mais je ne vois pas comment. Même en pièces détachées, elle ne rentrera pas dans ma voiture.

— Ce n'est pas un problème. Mon grand-père a un

camion avec un plateau de remorquage et un treuil de levage, comme les garagistes. Si ton portail est assez large pour que le convoi passe, ce ne sera même pas la peine de démonter la cabane. Tu n'auras qu'à mesurer et me le dire. Tiens…

Il prit un gressin au sésame et le présenta à ses lèvres. Elle mordit dedans tandis qu'il le tenait toujours, et il récupéra le morceau restant pour le mettre en bouche à son tour, avant de le lui présenter de nouveau.

Les lèvres d'Annie s'ouvrirent, frémissantes, son regard se brouilla, tandis que l'air se chargeait soudain d'électricité.

Le temps de la conversation à bâtons rompus était terminé.

Annie ferma les yeux un instant. Mais quel était le secret d'Ed pour la bouleverser à ce point ?

Ce n'était pas une question de technique, bien qu'il soit loin d'être malhabile dans ce domaine, car il n'avait même pas besoin de la toucher pour qu'elle s'enflamme. Il suffisait d'un regard… et encore, même pas. Le simple fait de penser à lui suffisait à la mettre en émoi.

Jamais aucun autre homme ne lui avait fait un tel effet, et pourtant elle le connaissait à peine. Peut-être n'avait-elle pas besoin d'en savoir davantage ?

Même s'il y avait bien certaines choses qu'elle savait, et dont il ne lui avait pas parlé.

— Ça va ?

Blottie dans sa chaleur, son odeur enivrante, elle reposait sur son épaule, sensible aux derniers frissons de plaisir qui vibraient sourdement en elle, ne demandant déjà qu'à renaître.

Elle essaya de ne pas sourire.

— En fait non. C'était nul.

Il rit et plaqua un baiser sur ses lèvres.

— Menteuse.

Elle sourit contre sa bouche, puis reposa sa tête contre l'épaule d'Ed en soupirant.

— Quoi ? demanda-t-il.

Elle se mordilla la lèvre. Comment aborder le sujet ?

Elle promena ses doigts sur son torse, devinant les contours des muscles sous le duvet sombre. Il était en pleine forme, au summum de ses moyens physiques et intellectuels.

Mais pour combien de temps ?

Elle se hissa sur un coude, désireuse de mieux observer sa réaction. Elle savait que ce qu'elle allait dire ne serait pas sans répercussion, mais il fallait que ce soit exprimé.

Doucement, d'une voix neutre où ne transparaissait ni excès de pitié ni jugement d'aucune sorte, elle demanda :

— Depuis combien de temps ton grand-père souffre-t-il de la maladie de Huntington ?

Ed tressaillit. Chaque cellule de son corps se figea. Bon sang !

— C'est Marnie qui te l'a dit ?

— Tu oublies que je suis médecin, Ed. Il m'a suffi d'un regard pour le comprendre.

Il secoua la tête, le regard assombri. Bien sûr. Il aurait dû y penser. Elle n'était pas stupide.

Il fixa le mur d'en face d'un regard hébété.

— Ed ? Parle-moi.

— Il n'y a rien à dire.

— Tu crois ? Ce n'est pas plutôt que tu ne veux pas en parler ?

Comme il ne répondait pas, elle insista.

— Tu as hérité du gène de ton grand-père ?

— Non.

— Alors, ce n'est pas la crainte de cette maladie qui t'empêche de te marier et d'avoir des enfants ?

— Ce n'est pas aussi simple.

— Je n'ai jamais pensé que ça pouvait l'être.

— Ecoute, j'ignore ce que tu sais exactement de la maladie de Huntington...

— Je sais qu'elle se transmet génétiquement, et qu'elle n'est pas liée au genre, donc les deux sexes peuvent la développer. Je sais qu'elle peut sauter des générations, qu'elle détruit à petit feu le corps et l'esprit, et combien la menace qu'elle fait planer sur les familles est dévastatrice.

Il hocha la tête. Il vivait avec cette menace chaque jour de sa vie. Dévastatrice ? Si elle savait... Il prit une longue inspiration.

— Tu sais sans doute aussi que tout le monde possède ce gène, mais que la maladie ne se développe que lorsqu'il y a mutation du gène. Elle peut se déclarer à tout âge. Pour mon grand-père, les premiers symptômes sont apparus il y a neuf ans. Il est le seul de sa famille à l'avoir développée, mais il ne l'a pas transmise.

Annie plissa le front, soudain ébranlée dans ses certitudes.

— Mais alors... ton père n'a pas hérité du gène ?

— Si, mais pas de son père. Marnie en est également porteuse.

— Marnie ? Mais est-elle aussi... ?

Elle ne put se résoudre à aller plus loin.

— Non, elle ne développera jamais la maladie, même si elle vivait jusqu'à cent ans. Pas plus que mon père.

— Et toi ?

— Je ne sais pas. Toute la famille a été testée, mais en ce qui me concerne, je n'ai pas eu le courage d'aller chercher le résultat. De toute façon, même si je ne développe jamais la maladie, je ne veux pas prendre le risque de la transmettre aux générations futures. C'est pourquoi j'ai décidé de ne pas avoir d'enfants. Cette malédiction s'arrêtera avec moi.

Incapable de prononcer un mot, elle garda le silence si longtemps, qu'il finit par tourner la tête pour la regarder.

— Je suis désolée, dit-elle enfin, les larmes aux yeux. La décision a dû être très difficile à prendre.

— Pas tant que ça. Ça ne fait honnêtement pas grande différence pour moi. Mon frère n'est pas atteint, ses enfants non plus, et la relève du nom est assurée. Mes parents ont des petits-enfants, je ne subis donc aucune pression pour me marier. Je ne pourrais pas imposer à une femme ce que vit Marnie. Grumps serait dévasté, s'il comprenait l'impact de sa maladie sur son entourage. Mais son esprit est confus, et il ne se rend plus compte de grand-chose.

Ed eut un rire sans joie.

— Finalement, ça m'arrange peut-être. Je peux faire ce que je veux, profiter de ma liberté…

— Tu crois vraiment ?

Il croisa son regard. Même si la voix d'Annie était douce, sa question ne l'était pas, et elle faisait écho à l'argument que son frère lui assénait régulièrement.

— Moi, je crois plutôt que tu t'interdis d'être heureux, de vivre une relation épanouissante, sur la base d'une simple éventualité, reprit-elle. Tu ne fais pas un choix, tu fuis la réalité.

Il se sentit soudain oppressé, pris au piège. Les murs de la chambre semblaient se refermer sur lui. La peur insidieuse qui faisait partie de sa vie depuis neuf ans remontait brutalement à la surface et le suffoquait.

— Je n'ai plus envie d'en parler, articula-t-il.

Sur ces mots, il rejeta le drap, et après avoir ramassé ses vêtements, quitta la chambre.

*
* *

Etendue dans le désordre du lit, Annie fixa la porte jusqu'à ce que celle-ci disparaisse derrière un brouillard de larmes.

Elle s'était persuadée qu'il avait le gène, et qu'il allait mourir à petit feu comme son grand-père. Et quand elle avait découvert que ce n'était peut-être pas le cas, elle s'était attendue à ressentir du soulagement. Mais tout ce qu'elle éprouvait en cet instant, c'était le poids écrasant de l'incertitude.

Comment pouvait-il vivre avec cette épée de Damoclès au-dessus de la tête ?

D'un geste rageur, elle essuya les larmes qui coulaient encore sur ses joues et se rhabilla. Mais qu'avait-elle à s'auto-apitoyer comme ça ? Ce n'était pas elle qui était concernée. Parce qu'elle avait fait le choix de ne pas s'impliquer…

Oh ! Bon sang, qui croyait-elle tromper avec ce genre d'affirmation ?

Annie trouva Ed dans le jardin, dissimulé dans l'ombre qui entourait la balancelle, un verre de vin à la main.

Elle marcha vers lui et posa la main sur son épaule, mais il ne bougea pas. Au bout d'un moment, elle se dirigea vers la table, pour y prendre son verre vide.

— Il reste du vin ?

Le seau à glace était sur le sol à ses pieds. Il le poussa vers elle, et elle se servit un demi-verre d'une main qui était loin d'être assurée.

Elle vint s'asseoir à côté de lui, et la balancelle grinça et bougea un peu avant de se stabiliser.

— Tu ne chercheras jamais à savoir ? demanda-t-elle d'une voix douce.

— Non. Si je l'ai, je le saurai bien assez tôt.

— Et qu'en dit ta famille ?

— Ils pensent que tout va bien. A part mon frère, qui est au courant.

— En d'autres termes, tu leur as menti ?

— Pas exactement. Enfin, si. Je leur ai dit que j'avais eu un résultat positif.

— Et ils t'ont cru ?

Il haussa les épaules.

— Mon père, oui. Il a poussé un soupir de soulagement et s'est remis au travail. Pour lui, l'affaire était close.

— Et ta mère ?

— Aussi.

— Et Marnie ?

Son silence fut éloquent.

— C'est à elle que ça a été le plus dur de mentir, finit-il par avouer. Je sais qu'elle se sent coupable de m'avoir transmis cette potentielle sentence de mort, mais j'ai le droit de ne pas avoir envie de savoir.

Annie hocha lentement la tête. Mais il n'arrêterait pas d'y penser. Toute sa vie. Il guetterait le moindre signe, s'inquiéterait dès qu'il ferait tomber quelque chose, trébucherait, ou encore, oublierait un nom…

Comme s'il pouvait lire dans ses pensées, il tourna la tête et chercha son regard.

— C'est ma décision, Annie. Je te demande de la respecter.

Elle déglutit avec peine et acquiesça.

— Je le ferai. Et je n'essayais pas de te faire changer d'avis. Je voulais seulement savoir comment tu avais pris cette décision, et je te remercie de me l'avoir dit. Je sais que ce n'était pas facile et, si tu veux, nous n'en reparlerons plus.

— Merci.

— Et il va sans dire que je n'en parlerai à personne.

Il inclina légèrement la tête pour la remercier encore, avant de se lever.

— Je te raccompagne jusque chez toi.

Ils n'échangèrent plus un mot en chemin. Sur le pas de sa porte, elle se tourna pour lui dire bonsoir, et il l'embrassa.

Ce n'était ni un baiser tendre ni un baiser passionné, mais plutôt la marque d'un pacte, comme s'ils avaient franchi une nouvelle étape dans leur relation. Et c'était probablement le cas.

Elle eut un petit soupir. Il aurait pu lui mentir, mais il lui avait fait confiance, et cela signifiait pour elle beaucoup plus qu'il ne le saurait jamais.

Elle caressa sa joue, la pulpe de ses doigts s'accrochant à la rudesse de sa barbe naissante.

— Bonne nuit, Ed. On se voit à l'hôpital.

Il hocha la tête et, sans ajouter un mot, tourna les talons.

Elle le suivit des yeux longtemps, le cœur serré pour lui et pour Marnie.

Quel cauchemar. Quelle horrible maladie. Et un jour, il pourrait se retrouver dans le même état que son grand-père.

Oh ! Mon Dieu, non, pas Ed. Pas son Ed.

Mais qu'était-elle en train de se raconter ? Il n'était pas « son Ed ». Ça ne marchait pas comme ça. Ce n'était qu'une aventure. Et elle n'allait pas tout gâcher en tombant amoureuse de lui !

Mais n'était-il pas déjà trop tard pour cette mise en garde ? Trop tard pour se rappeler les règles établies entre eux ?

Soudain, la vérité lui apparut. Elle aimait Ed comme elle n'avait jamais aimé un homme avant lui. Oui. Elle était tombée follement amoureuse.

Et c'était la dernière chose qu'il avait envie d'entendre.

7.

Au matin, Annie s'était ressaisie.

Elle ne voulait pas de cette situation, et elle n'allait pas la laisser perdurer.

Oui, Ed était un homme merveilleux. Oui, elle pourrait aisément devenir ridiculement sentimentale et commencer à rêver d'un dénouement heureux comme dans les contes de fées.

Mais il avait été très clair. Ce n'était pas ce qu'il voulait. Et, de toute façon, elle savait très bien que l'amour n'était qu'un mythe. Elle referma donc soigneusement le couvercle sur la boîte qui contenait tous ses rêves impossibles et, après avoir embrassé ses filles, partit travailler.

C'était à son tour d'assurer la garde du week-end, ce qui signifiait qu'elle allait devoir travailler avec Ed. Tout le long du trajet, elle se fit donc la leçon.

Elle avait besoin de distance, mais comment faire ? Elle devait d'abord essayer de passer moins de temps avec lui, s'efforcer de penser à autre chose, et s'obliger à un minimum d'autodiscipline.

Et puis, il lui faudrait adopter une attitude plus professionnelle à l'hôpital.

Pourquoi ne serait-elle pas capable de le regarder dans les yeux et de lui dire bonjour, sans pour autant succomber à son sourire ou à ses yeux de velours bleu nuit ?

Bien sûr qu'elle pouvait le faire.

Lorsqu'elle arriva à l'hôpital, il se tenait près du tableau blanc où était inscrit le programme des interventions. Elle se dirigea droit vers lui.

— Ça va ? Prêt à attaquer la journée ?

— Ma journée a commencé il y a trois heures avec un appel de Marnie. Grumps est tombé du lit.

En l'espace d'une seconde, elle avait oublié toutes ses velléités d'indifférence.

— Oh ! Non ! Comment va-t-il ?

Il haussa les épaules.

— Eh bien, comme ci, comme ça. Il est un peu secoué, un peu contusionné, mais je n'ai rien trouvé d'alarmant.

— Ne devrait-il pas avoir un lit médicalisé ?

— Evidemment, mais il est têtu comme une mule. Cette fois, je vais être obligé de passer outre, et ça ne va pas lui plaire du tout. Il est déjà furieux de devoir dormir au rez-de-chaussée sans Marnie. Du coup, elle est obligée de camper dans le salon.

Elle ressentit une vague d'empathie.

Elle n'avait passé que peu de temps avec Marnie, mais elle l'aimait bien. Cette situation était tellement difficile pour elle.

— Heureusement que tu es là pour elle. Elle a de la chance de t'avoir.

— Je n'ai pas vraiment le choix, tu sais. Mes parents ne sont pas doués pour ces choses-là, mon frère est un égoïste fini, donc il ne reste que moi. Mais ça va, tu sais. Je les aime énormément tous les deux. Ils ont fait beaucoup de choses pour moi quand j'étais petit. Je suis heureux de les aider à mon tour.

Elle le dévisagea. Heureux ? Il n'avait pas l'air heureux.

Il avait plutôt l'air désespéré, hanté par la menace qui planait sur lui.

Mais c'était son choix, son problème.

La matinée fut chargée, et il leur fallut attendre 14 heures pour trouver le temps de déjeuner.

— Viens, dit-il, lorsqu'ils se retrouvèrent dans le bureau. C'est calme pour le moment, mais ça ne durera pas. Les blessures sportives ne vont pas tarder à déferler, filons pendant que nous le pouvons.

Elle se figea, hésitante, songeant à son incapacité à faire preuve de détachement.

— Je dois dire à l'équipe de me biper si…

— Ils le savent. Ils le feront. C'est eux qui m'ont dit de veiller à ce que tu te nourrisses. Il paraît que tu es ronchon, quand ton taux de sucre est en baisse.

Elle se mit en marche à son côté.

— Qui a dit ça ?

— Kate.

— Elle peut parler ! Elle est insupportable, quand elle n'a pas sa dose de chocolat.

— Je lui apporterai une barre chocolatée, histoire de sceller notre accord de paix. A la réflexion, je vais en prendre plusieurs, histoire d'avoir mon petit stock en cas de problème.

Assise sur « leur » banc, Annie offrit son visage au soleil.

— Quel temps incroyable.

— Il fait beau, n'est-ce pas ? Oh ! Ça me fait penser que j'ai une clé de la cabane de plage pour toi. Marnie a trouvé que c'était une excellente idée. Elle t'aime beaucoup, au fait.

Quelque chose dans son intonation la fit rire.

— Elle t'a fait passer sur le grill ?

— On peut dire ça. Il est temps que je m'établisse, etc., etc. Et elle croit avoir rencontré ta mère à son club de lecture, il y a quelques années. Ou, en tout cas, elle connaissait une Joanna Brooks à qui tu lui as fait penser. Chloé m'avait parlé de « Mamie Jo », j'ai donc pensé que ça pouvait être elle.

— C'est possible. Maman a vécu ici des années avant de venir à Londres pour m'aider avec les filles, et elle adore la lecture. Je lui demanderai si elle connaît Marnie.

— Elles vont se liguer contre nous.

— Tu imagines le cauchemar ? Les filles n'ont pas arrêté de lui parler de toi, hier, et maman n'en perdait pas une miette. Au fait, Grace te trouve très beau.

— C'est vrai que je suis superbe, répondit-il avec un sérieux aussitôt démenti par la petite lueur qui brillait dans ses yeux.

Elle rit et se pencha pour subtiliser une barre chocolatée dans son stock.

— Hé, c'est pour Kate !

— Oh ! Allez, même Kate n'est pas ronchon à ce point. A moins que tu ne l'aies vexée, une fois de plus ?

— Non, pas depuis que je lui ai dit de faire une croix sur moi. Bon, parlons de choses plus sérieuses. Quand es-tu libre ?

Elle haussa les épaules avec une indifférence feinte.

Elle aurait bien aimé le voir le soir même, mais elle savait que c'était une mauvaise idée. Toute cette histoire l'était. Et ses bonnes résolutions s'effritaient à la vitesse du son.

Il était temps de se ressaisir.

— Je ne sais pas. Je vais demander à ma mère, mais elle est un peu trop curieuse en ce moment. Je ne veux pas l'encourager.

Elle se redressa. Et voilà ! Ce n'était pas si difficile que ça de paraître détachée.

— Vendredi prochain ? proposa-t-il.

— Non, je ne peux pas. Nous serons parties pour

le week-end. C'est le soixantième anniversaire de mon oncle, et il donne une grande fête.

— Il n'empêche que si ta mère pouvait garder les enfants, tu pourrais, par exemple, m'aider à déménager la cabane. Ça ne devrait pas trop éveiller ses soupçons, et nous pourrions peut-être grappiller une heure ou deux. Demain, ça t'irait ?

Il la regarda comme il savait si bien le faire, et ses résolutions furent aussitôt anéanties par la promesse qu'elle avait lue dans ses yeux.

— Pourquoi pas ? C'est une bonne excuse. Je vais lui demander.

— D'accord. Je pourrais même t'inviter à dîner après.

Elle cilla. Dîner ? Cela ressemblait de plus en plus à un rendez-vous amoureux, et à cette seule idée, un frisson la parcourut de la tête aux pieds.

Elle se morigéna aussitôt intérieurement. Bravo pour le détachement et l'autodiscipline. Elle était décidément la reine.

— Tu ne devineras jamais ce que j'ai gagné, lui déclara sa mère avec un grand sourire. Un dîner pour deux dans ce charmant petit restaurant en front de mer !

— Comment ? Quand ? Tu ne gagnes jamais rien, répondit Annie qui n'avait encore même pas eu le temps de poser son sac à main.

— Eh bien, j'ai gagné, cette fois. Je suis allée à la fête de la paroisse, j'ai acheté quelques billets de tombola, et mon numéro a été tiré au sort. Je me demande bien avec qui je vais pouvoir y aller ? A moins qu'on ne trouve quelqu'un pour garder les filles, et que nous y allions toutes les deux ? Comment c'était au travail ?

— Epuisant. Et le pire, c'est que je recommence demain ! Les filles ont été sages ?

— Elles le sont toujours.

— Tu es bien indulgente. Dis-moi, je peux te demander une faveur ? Les grands-parents d'Ed ont une cabane dont ils ne se servent plus, et ils veulent me la donner pour les filles. Tu serais d'accord pour qu'on la mette dans le jardin ?

— Evidemment. Elles vont être ravies. Où allez-vous la mettre ?

— Je ne sais pas. C'est ton jardin.

— Et pourquoi pas sur le côté de la terrasse ? Tu sais, sur cette petite bande de terre où rien ne pousse. Mais, comment allez-vous l'emmener ici ?

— Apparemment, ils ont un camion. Ed a proposé demain soir. Tu pourrais t'occuper des filles pendant ce temps ? Je dois l'aider, il ne peut pas faire ça tout seul. Oh ! Ça me fait penser que sa grand-mère croit te connaître. Marnie Shackleton. Ça te dit quelque chose ? Elle fait partie d'un club de lecture.

— Marnie ? Marnie est sa grand-mère ? Oh ! Mais bien sûr que je la connais ! Comment va-t-elle ? C'est une femme si gentille. Elle a cessé de venir au club quand son mari est tombé malade. Est-il toujours en vie ?

— Oui, mais il ne va pas bien. C'est pour ça qu'Ed est revenu dans la région.

— Oh ! Que c'est triste. Tu lui diras bonjour de ma part. Je pourrais peut-être passer un de ces jours pour prendre un café avec elle. Au fait, combien veulent-ils pour la cabane ?

— Rien. Ils veulent seulement s'en débarrasser, je pense. Oh ! Et Ed m'a aussi prêté une clé de leur cabine de plage pour que nous puissions l'utiliser quand ils n'y sont pas.

— Comme c'est gentil. Eh bien, il faudrait vraiment leur offrir quelque chose… Mais je sais ! J'ai une idée. Tu pourrais utiliser le bon cadeau du restaurant pour inviter Ed. Après tout, c'est lui qui va se donner le mal de déménager la cabane.

Annie se sentit soudain terriblement coupable après le petit complot qu'elle avait monté avec Ed. Et soudain, elle eut une brillante idée.

— Non, maman, c'est toi qui l'as gagné, et c'est toi qui dois l'utiliser. Ed pourrait peut-être surveiller son grand-père un soir, et tu pourrais sortir avec Marnie ? Après tout, c'est elle que nous devrions remercier. Je suis sûre qu'elle serait ravie, et vous pourriez faire de nouveau connaissance.

Elle se mordit la lèvre. Ce n'était sans doute pas une si bonne idée finalement, mais Marnie devait se sentir seule et isolée.

Elle le savait pour en avoir été souvent témoin au cours de sa carrière : prendre soin d'un malade en phase terminale était épuisant, tant sur le plan physique que moral, et cette pause ferait du bien à Marnie.

Et puis, quelle importance après tout, si elles s'amusaient toutes les deux à jouer les marieuses, puisque cela n'aboutirait de toute façon à rien ?

— Oh ! C'est absolument parfait ici, s'exclama Jo avec ravissement.

Ed sourit modestement.

— Bah, je ne sais pas si la perfection existe, mais je reconnais que ce n'est pas mal. J'ai passé un coup de chiffon et j'ai huilé les gonds, mais elle aurait besoin d'un bon nettoyage. Cela fait des années qu'elle n'a pas servi.

— Nous nous en occuperons, répondit Annie en souriant. Merci infiniment. Les filles vont tellement s'amuser avec cette cabane.

Les jumelles faisaient des bonds d'impatience, réclamant à cor et à cri de découvrir l'intérieur.

— Moi d'abord !

— Non, je suis la plus vieille !

— Prenez-vous la main et entrez-y ensemble, intervint Annie d'un ton ferme. Et si vous continuez à vous disputer, je demande à Ed de la reprendre.

Ed retint un rire en voyant les fillettes redevenir sages comme des images.

— Marnie vous envoie son bonjour, au fait. Elle aimerait beaucoup vous revoir.

— Moi aussi. Et j'aimerais la remercier pour la cabane en l'invitant au restaurant. Seulement, j'ai cru comprendre qu'elle ne pouvait laisser son mari tout seul.

— Quelle charmante idée ! Merci. Je suis sûr qu'elle sera enchantée. Cela fait une éternité qu'elle n'est pas sortie. Et bien sûr, je resterai avec mon grand-père. Ce n'est pas un problème. Je ferai le point avec Annie, et nous trouverons un jour où nous sommes tous libres.

Il échangea un bref regard avec Annie.

— Et d'ailleurs, en parlant de faveur, je me demandais si vous aviez quelque chose de prévu maintenant. Puisque la soirée est belle, je pourrais emmener Annie à la cabine de plage, pour lui montrer où se trouvent les choses, comment utiliser le réchaud, etc. Ainsi, vous pourriez y aller demain avec les filles.

— Oh ! Quelle merveilleuse idée ! Mais elle n'a pas encore dîné.

Il afficha un sourire innocent.

— Qu'à cela ne tienne. Nous achèterons des chips et du poisson frit que nous mangerons dans la cabine, avec un thé.

— Alors, c'est parfait. Eh bien, allez-y pendant qu'il fait encore beau. Je mettrai les filles au lit.

— Excusez-moi ? Je suis là, les interrompit Annie, les mains sur les hanches et le regard froid. J'ai besoin de me doucher et de me changer avant d'aller où que ce soit.

Ed parvint à ne pas rire. Elle avait une trace de vert sur la joue, et il n'était probablement pas plus présentable.

— D'accord. Moi aussi. Je reviens te chercher dans une demi-heure.

Debout devant la rambarde, Annie froissa le papier d'emballage et s'essuya la bouche.

— C'était délicieux. Je n'avais pas mangé du poisson frit et des chips depuis des années, et j'avais oublié combien c'était bon.

— Il faut savoir où aller. Parfois, ça peut être écœurant.

Il lui prit le papier des mains, marcha jusqu'à une poubelle sur la promenade pour s'en débarrasser, avant de revenir s'accouder à la rambarde.

— Ecoute ça.

Tout en observant la mer, Annie écouta le doux bruit des vagues qui se brisaient sur la plage, le cri des mouettes tourbillonnant au-dessus de leur tête, le bourdonnement lointain d'un hors-bord.

Un sentiment de paix l'envahit.

— C'est si beau, ici. Les filles vont adorer. C'est tellement gentil de nous prêter la cabine… Je n'ai jamais rencontré quelqu'un d'aussi généreux.

— N'exagère pas. Je n'ai rien fait de spécial.

— Si, je t'assure. Mon ex n'aurait jamais eu toutes ces attentions.

— Je ne suis pas ton ex.

— Tu n'as pas besoin de le préciser. Je le sais, crois-moi.

Elle laissa échapper un soupir. Elle savait qu'elle pouvait lui faire confiance et, en même temps, elle ne pouvait pas s'autoriser à s'attacher à lui, parce qu'il risquait de mourir.

Elle ferma les yeux. Les mains d'Ed se posèrent sur ses épaules, et il l'attira doucement à lui.

— Ah, Annie, viens ici.

Ses bras se refermèrent autour d'elle, et elle posa la tête sur son torse, à l'écoute des battements rassurants de son cœur. Sa présence était tellement réconfortante.

Elle eut soudain l'envie folle de lui dire qu'elle l'aimait, qu'elle ne voulait pas qu'il meure.

Il pressa ses lèvres dans ses cheveux.

— J'ai apporté une bouteille de prosecco. Tu veux qu'on fasse ça ici, ou chez moi ?

Le souffle lui manqua soudain, et elle rejeta la tête en arrière afin de déchiffrer son regard. Une petite flamme familière y dansait.

Elle mit ses peurs de côté et décida de s'abandonner au moment. *Carpe diem…*

— Ici, je pense, répondit-elle.

Puis elle ajouta avec un lent sourire.

— On ne parle pas de prosecco, je me trompe ?

— Eh bien, docteur Brooks, vous lisez dans mes pensées.

Ed passa une main dans ses cheveux en soupirant. Elle lui manquait.

Marnie et Jo étaient sorties dîner, et il était assis dans le jardin. Par la baie vitrée de la chambre donnant sur la terrasse, il pouvait surveiller son grand-père endormi.

Le vieil homme était calme et ne semblait pas souffrir. Ed n'avait rien à faire, aussi appela-t-il Annie.

— Salut.

— Salut. Tout va bien ?

Il eut un petit rire amer.

— Mouais. Je suppose que oui. Il dort. Je suis dans le jardin, et je le surveille à travers la fenêtre.

— Comment va-t-il ?

— Il est paisible, mais il se dégrade vite. Je pense que ça ne sera plus très long.

Sa voix s'était cassée, et il s'éclaircit la gorge.

— Pardon, je ne voulais pas déballer ça comme ça.

— Ce n'est pas grave, ne t'excuse pas. Je suis désolée.

— Ne le sois pas. J'aspire à ce que ça se termine vite. Je ne supporte plus de le voir comme ça.

— Ça doit être tellement dur.

Il ferma les yeux et préféra changer de sujet.

— Dis-moi ce que tu fais. Parle-moi des filles. Parle-moi, Annie.

Les yeux toujours clos, il se laissa bercer par le son apaisant de sa voix, prêtant une oreille distraite aux mésaventures des jumelles.

— Nous avons nettoyé la cabane lundi, après notre retour de la plage. J'ai trouvé un vieux coupon de tissu fleuri et j'ai fait des rideaux. Nous avons aussi installé une petite table et des chaises. Je ne te remercierai jamais assez. Par ailleurs, maman était folle de joie à l'idée de dîner avec Marnie. J'espère qu'elles s'amusent bien.

— Ce restaurant a très bonne réputation, dit-il, retrouvant enfin sa voix. Nous pourrons peut-être y aller un jour.

— Avec plaisir.

Il esquissa son premier sourire de la soirée. Sauf qu'ils n'étaient pas supposés se montrer en public. Mais franchement, il se moquait de ce que les gens pourraient dire, en tout cas à son sujet. La seule chose qu'il voulait éviter, c'était que la réputation d'Annie ait à en souffrir après son départ.

Il se rembrunit de nouveau. Il n'avait pas envie de songer au moment où il partirait, pour toutes sortes de raisons, au rang desquelles Annie figurait en bonne place — pour ne pas dire à la première place.

Regardant vers la maison, il vit la lumière du salon s'allumer.

— Ah, Marnie est rentrée. On se reparle plus tard.

— D'accord. Fais attention à toi.

— Toi aussi. Dors bien.

Le lendemain, Annie ne cessa de courir. C'était la folie à l'hôpital.

James était supposé travailler, mais personne ne le vit. A 9 heures, il déboula, hirsute et affolé, et leur apprit que sa femme, Connie, était en train d'accoucher.

— Désolé de vous avoir fait défaut, dit-il. Et je vais avoir besoin qu'on me remplace aussi ce week-end. Andy, vous pouvez ?

Andy soupira bruyamment et secoua la tête.

— Oh ! James, je voudrais bien, mais c'est l'anniversaire de Daniel samedi, et nous avons prévu d'aller au zoo. Je peux m'arranger pour dimanche, toutefois. Annie, tu peux venir demain ?

— Non, elle ne peut pas, dit James. Vous deviez partir, non ?

— En principe, oui. C'est le soixantième anniversaire de mon oncle. Ma mère et ma grand-mère y vont, mais ça ne m'ennuierait pas plus que ça de rater l'événement. Il faut juste que je voie si ma mère se sent le courage d'emmener les jumelles toute seule. Mais, ne vous inquiétez pas, nous trouverons une solution. Connie a besoin de vous. Retournez auprès d'elle et oubliez-nous.

— Vous êtes sûre ?

— Oui. Allez-y.

Tandis que James la remerciait, un autre plan se formait déjà dans la tête d'Annie.

Si elle était seule à la maison ce week-end, elle pourrait peut-être voir Ed. Rester dormir, même…

Le cœur battant à cette idée, elle lui envoya un texto.

Quelques secondes plus tard, son téléphone sonnait, et la réponse la transporta de bonheur.

Pourquoi pas ce soir ?

8.

En l'apercevant, Annie courut spontanément se jeter dans ses bras.

Il l'attendait dans le jardin, et il avait l'air défait.

— Que se passe-t-il ?

— Rien. Je suis fatigué, c'est tout. La journée a été rude, et tu m'as manqué.

Elle lui tendit les lèvres, et il l'embrassa avec force.

— Viens te coucher, dit-il contre sa bouche.

Elle hocha simplement la tête.

Elle ne savait pas ce qui se passait, mais il avait besoin d'elle, et c'était tout ce qui comptait.

Il lui fit l'amour avec une intensité qui la surprit. C'était comme s'il essayait de se perdre, d'échapper à la réalité pour se réfugier dans un monde où rien n'existait à part eux.

Lorsqu'il retomba sur le dos, le souffle haletant, elle le laissa se reposer, mais il lui semblait entendre les pensées qui se bousculaient dans sa tête.

Au bout d'un moment, elle se tourna et prit appui sur un coude pour l'observer. Il avait le regard perdu.

Elle lui caressa la joue.

— Ça va ?

Il tourna la tête, essaya de sourire. N'y parvint qu'à moitié. La tristesse dans ses yeux ne s'était pas dissipée.

— Mouais. Désolé, la journée a été dure avec mon

grand-père. Je ne suis pas de très bonne compagnie, je le crains.

— Ce n'est rien. Ne t'inquiète pas pour ça. Quel est le problème avec lui ?

Elle le sentit aussitôt se crisper.

— Sa poitrine est un peu congestionnée.

— Pneumonie ?

— Oui. Et il a laissé des directives très claires. Pas d'intervention inutile, pas de réanimation. Sa généraliste est formidable. C'est la femme d'Andy, Lucy Gallagher. Elle est passée hier matin, nous avons longuement parlé.

— Et ?

Il eut un haussement d'épaules impuissant qui lui fendit le cœur, et elle passa ses bras autour de lui.

— Il est en train de mourir, Annie. Ce n'est plus qu'une question d'heures, maintenant.

— Tu veux y aller ?

— Non. Marnie veut rester seule avec lui. Et il n'y a rien que je puisse faire, de toute façon.

Elle secoua doucement la tête. Il n'y avait rien à dire à cela, aucune consolation à offrir. A part elle-même.

Elle lui prit la joue, et tournant son visage vers le sien, déposa un doux baiser sur ses lèvres.

— Je t'aime.

Il se crispa, ferma les yeux, mais ne s'écarta pas.

— Annie, non, dit-il d'une voix suppliante. Ne fais pas ça. Ne t'engage pas sur cette voie.

— J'y suis déjà. Je n'avais pas l'intention de la suivre, mais j'y suis. Je te dis juste que je t'aime, et que je suis là pour toi si tu as besoin de moi.

Il laissa échapper un long soupir tremblant, et l'attira contre lui.

— Tiens-moi juste dans tes bras, articula-t-il d'une voix rauque.

Elle resta blottie contre lui toute la nuit.

Et puis, à 5 heures, le téléphone sonna.

⁎
⁎⁎

Ed ferma les yeux un instant. Il se sentait complètement vidé.

Ils s'y attendaient depuis longtemps mais, pour finir,
cela avait paru si soudain. Il s'était alors rendu compte
qu'il n'était pas prêt.

Mais était-on jamais prêt à cela ? Probablement pas.

Ils étaient tous présents, son père, complètement
effondré, son frère le visage dur, retenant ses larmes, et
Marnie enfin, calme et digne, tenant la main de son mari
et lui ayant parlé doucement jusqu'à ce qu'il s'en aille.

Après la bataille des quarante-huit dernières heures,
Ed n'aspirait plus qu'au silence.

Obéissant à une soudaine impulsion, il prit la clé de
la cabine de plage et quitta la maison. Le médecin de
famille passerait plus tard, puis l'ordonnateur des pompes
funèbres. Tous les rouages du système s'enclencheraient,
et la famille serait bientôt submergée par les démarches
administratives.

Il y ferait face en temps voulu. Pour le moment, il
voulait juste le silence.

Et aussi… Annie.

Il ouvrit la cabine, s'assit sur le banc où ils avaient fait
l'amour quelques jours plus tôt, et fixa la mer.

Il savait que les sensations reviendraient à un moment
ou à un autre, mais pour le moment il n'éprouvait rien.
A part un drôle de vide dans son cœur.

Son téléphone vibra dans sa poche. C'était son frère.
Il répondit à contrecœur.

— Ouais ?

— Où es-tu ?

— J'avais besoin de prendre l'air. Je reviens.

— Ça va ?

— Oui, Pete, dit-il trop vite. Je vais bien.

Puis il envoya un texto à Annie :

Il est parti.

La réponse arriva presque aussitôt.

Je suis désolée. Où es-tu ?

A la cabine de plage. Et toi ?

Il entendit alors des pas, et elle apparut dans l'embrasure de la porte.

— Je suis là.

Il se leva, et la serra éperdument dans ses bras.

Ed retourna au travail la semaine suivante. Andy fut la première personne à l'accueillir.

— Comment allez-vous ?

— Je tiens le coup. Vous remercierez Lucy. Elle a été formidable.

Sa voix s'enroua, et il toussota.

— J'ai besoin de m'occuper. Que puis-je faire ?

— Je vais vous mettre sur les blessures mineures. Pour une raison inexplicable, ça ne désemplit pas aujourd'hui. Vous aurez de quoi faire.

Il fronça les sourcils. Les blessures mineures ? Il aurait voulu quelque chose de plus complexe, qui l'oblige à relever des défis et à se dépasser. Mais il comprit qu'il n'était peut-être pas en état d'assumer de telles responsabilités.

Il hocha la tête.

— Merci. Bon, eh bien, j'y vais.

Il dut ensuite affronter les autres, tous les collègues venant tour à tour lui présenter leurs condoléances. L'intention était bonne, bien sûr, mais il n'avait pas envie de s'apitoyer sur son sort. Il se contenta de remercier, continua à travailler et, peu à peu, commença à se sentir normal.

Jusqu'à ce qu'Annie l'aperçoive au sortir de la Réa.

— Hé, qu'est-ce que tu fais là ?

— J'ai besoin de travailler.

A sa grande surprise, elle hocha la tête sans protester.

— Tu veux un café ?

— Pas vraiment. Mais tu peux m'en apporter un si tu y vas pour toi.

— Bien sûr.

Il la regarda s'éloigner, partagé entre l'envie douloureuse de l'accompagner, et la certitude que c'était une mauvaise idée.

A la minute où elle lui avait dit qu'elle l'aimait, il avait su qu'il devait faire machine arrière.

Dieu sait qu'il n'en avait pas envie pourtant. S'il n'avait pensé qu'à lui, il l'aurait gardée près de lui nuit et jour.

Mais cela n'aurait pas été juste.

Jamais il ne lui imposerait de vivre ce qu'il avait eu lui-même à affronter chaque jour, les décisions qu'il avait dû prendre pour son grand-père, l'atroce souffrance de le regarder mourir à petit feu sans rien pouvoir faire…

S'il devait en arriver là, il préférait que les choses soient prises en charge par un étranger, quelqu'un qui ne serait pas anéanti comme Marnie.

Aussi, lorsque Annie revint, il la remercia pour le café — proposant même de le payer, ce qui lui valut un regard consterné — et il se remit au travail sans un mot.

— Maman, demanda Annie un peu gênée, ça m'ennuie de te demander ça, mais tu fais quelque chose ce soir ?

— Non, chérie, pourquoi ? Tu veux aller voir Ed ?

— Oui. Il a repris le travail, et il a une mine affreuse. Je m'inquiète pour lui.

— Et moi, je m'inquiète pour toi. Quand nous avons dîné ensemble, Marnie m'a dit qu'il n'avait pas fait le test.

Elle regarda sa mère, décontenancée. Eh bien ! Les deux femmes étaient vraiment allées droit au but.

— Il l'a fait, répliqua-t-elle vivement. Seulement, il refuse de connaître le résultat. Ne le dis pas à Marnie, s'il te plaît.

— Je ne dirai rien. Mais il n'empêche que je m'inquiète pour toi.

— Ce n'est pas la peine, vraiment. Je suis une adulte. Je sais ce que je fais.

— Ça n'empêche pas de souffrir.

— Je sais.

Elle embrassa sa mère et sortit de la maison. Puis, elle marcha doucement jusque chez Ed.

Il n'y eut pas de réponse à la porte principale, et elle fit le tour par le jardin. Elle le trouva avachi sur la balancelle.

— Tu n'as pas répondu à la sonnette.

— Je ne l'ai pas entendue.

— Je peux entrer ?

Il haussa les épaules.

— On dirait que tu l'as déjà fait.

Elle soupira et prit place à côté de lui, interrompant l'oscillation de la balancelle. Il la remit aussitôt en mouvement, ignorant délibérément Annie.

Elle ne dit rien. C'était de bonne guerre. Elle ne s'attendait pas à ce que ce soit facile.

— Tu as mangé ? demanda-t-elle au bout d'un instant.

Il secoua la tête.

— Je n'ai pas faim.

— Tu n'as rien avalé de la journée. Tu dois te nourrir. Allons acheter du poisson frit et des chips.

Elle l'observa, qui se détournait d'elle, ostensiblement. La balancelle s'arrêta un moment avant de repartir, avec un grincement qui commençait à lui porter sur les nerfs.

— Pourquoi fais-tu ça ? lança-t-il soudain d'un ton sec.

— Parce que quelqu'un doit le faire, et je suis stupéfaite qu'il n'y ait personne d'autre. Qui s'occupe de Marnie ?

— Mes parents. Elle s'est installée chez eux. Je ne sais pas pour combien de temps.

Annie comprit qu'il serait difficile pour la vieille dame de retourner chez elle. Surtout si Ed n'était plus là pour la soutenir. Mais ce n'était pas le moment de penser au départ de celui-ci.

— Donc, pendant qu'elle a le dos tourné, tu as le droit de te négliger ?

Il se leva d'un bond, les yeux brillant de colère.

— D'accord, tu as gagné. On va aller chercher ton fichu poisson frit.

Elle cilla, mais au moins avait-elle obtenu une réaction de sa part.

Elle attendit qu'il aille chercher une veste au cas où il ferait froid, qu'il ouvre le portail et démarre la voiture.

— Eh bien, monte ! lança-t-il.

Elle obtempéra en silence, et il démarra dans un crissement de pneus.

Ils n'échangèrent pas un mot durant le court trajet jusqu'à la friterie. Il s'engouffra ensuite dans la boutique en la laissant seule dans la voiture, avec la clé sur le contact. Il revint quelques minutes plus tard avec une barquette en carton qu'il lui tendit.

— Merci, dit-elle.

En retour, elle eut droit à un ricanement.

Il roula jusqu'au parking de la plage, en face de la maison de Marnie et, après s'être garé, partit vers la cabine, sans se soucier de savoir si elle le suivait.

Elle ne se départit pas de son calme pour autant. Elle comprenait très bien ce qu'il faisait : il essayait de la faire sortir de ses gonds, mais il en aurait fallu plus pour l'impressionner. Il souffrait, et sa réaction était normale.

*
* *

Ed dévora son repas avec un appétit inattendu, acceptant même le reste des chips d'Annie.

— Ça va mieux ? demanda-t-elle avec un air attendri.

Et il esquissa enfin un sourire. Oh ! Ce n'était qu'une ébauche, mais elle fut ravie de voir son visage s'éclairer un peu, et elle se pencha vers lui pour l'embrasser.

— Bonjour, ravie de te revoir.

— Désolé. J'ai fait l'imbécile.

— Non, tu étais, tu es… malheureux. Mais ça va. Evite seulement de me laisser à l'écart. Je suis là, et tu peux me demander ce que tu veux.

— Tu sais ce que je veux vraiment ? T'emmener au lit.

— Qu'est-ce qui t'en empêche ?

— J'ai des choses à faire avant que Marnie ne revienne à la maison : rendre le lit médicalisé, réinstaller la salle à manger, nettoyer la maison à fond…

— Laisse-moi t'aider.

— Tu ferais ça ?

— Bien sûr, qu'est-ce que tu crois ? Que je ne veux que les bons côtés de notre relation ? « Sexe et Prosecco » ? Ça ressemble au titre d'un très mauvais roman.

Il eut un petit rire, puis la dévisagea intensément.

— Tu es sérieuse ?

— Evidemment que je suis sérieuse. On peut y jeter un œil maintenant ?

— Vraiment ?

— Vraiment ! Tu as les clés ?

— Bien sûr.

Ils fermèrent la cabine et se lancèrent à l'assaut de l'escalier qui menait à la promenade.

C'était la première fois qu'Annie voyait l'intérieur de la maison. Lorsqu'elle était venue chercher la cabane pour les filles, elle était restée dans le jardin. Malgré sa décoration surchargée et son mobilier suranné, elle l'adora aussitôt.

— Quelle maison fabuleuse. Et cette vue sur la mer…

— C'est encore plus impressionnant depuis les chambres. On peut voir jusqu'à Felixstowe.

Ils se mirent rapidement au travail, en commençant par la pièce qui avait été transformée en chambre pour Ned, et se démenèrent sans discontinuer jusqu'à minuit.

Enfin, ils regagnèrent la maison d'Ed et se mirent au lit. Elle n'avait pas l'intention de rester, mais finit par s'endormir, et le réveil d'Ed la tira du sommeil à 6 heures.

— Flûte ! s'exclama-t-elle.

Elle se catapulta hors du lit, avant d'enfiler ses vêtements au petit bonheur la chance.

— On se voit à l'hôpital. Ça va ?

— Oui. Ne t'occupe pas de moi. Va travailler.

A sa grande surprise, Ed se sentait vraiment bien. Annie l'avait aidé à surmonter la première étape avec la maison, prenant en charge la tâche qu'il redoutait le plus, et chassant les fantômes.

Et elle l'avait nourri. Il ne devait pas oublier cela. Il ne s'était pas rendu compte à quel point il avait faim, avant qu'elle ne l'oblige à manger.

Les funérailles furent poignantes de sobriété. Ed et Marnie trouvèrent le courage de parler de Ned, de la vie qu'il avait eue, du combat qu'il avait mené…

Où trouvèrent-ils la force d'échanger quelques paroles sans éclater en sanglots ? Annie n'en savait rien. Elle-même avait la gorge nouée et peinait à retenir ses larmes.

Ils se rendirent ensuite à la maison, qui avait retrouvé son apparence normale après ces longues heures de travail, et tout le monde finit par se regrouper dans le jardin.

Pendant que sa mère retrouvait une de ses connaissances, Marnie attira Annie à l'écart.

— Je voulais vous remercier pour tout ce que vous avez fait pour Ed cette dernière semaine. Il m'a dit que vous aviez été fantastique.

— Oh ! Marnie, ce n'était rien. Je ne pouvais pas le laisser affronter cela tout seul. Un chagrin est toujours un peu moins pesant quand on le partage.

La vieille dame hocha la tête.

— Il vous aime, vous savez.

— Je sais. Je l'aime aussi, et je le lui ai dit.

— Je suppose qu'il n'a rien voulu entendre.

— Non.

— Et vous savez pourquoi, bien sûr. Il a tellement peur d'avoir cette fichue maladie. Si seulement il faisait ce test…

— Il l'a fait, mais il refuse de connaître le résultat.

— Je m'en doutais. Il n'a jamais su me mentir. En tout cas, je ne comprends pas sa décision. Et moi, j'ai besoin de savoir. Je me sens coupable de lui avoir transmis ce gène, et j'ai vraiment besoin d'être rassurée sur son sort avant de mourir.

Annie la regarda, désolée. Oh ! Non pas cet argument-là.

— Marnie, je ne peux pas lui demander ça, répondit-elle le plus gentiment possible. Ce doit être sa décision.

Elle acquiesça.

— Je sais. Je suis égoïste. Mais ne le laissez pas vous repousser. Il s'imagine qu'il souffrira moins s'il s'empêche de tomber amoureux, et c'est de la sottise. Il a tellement à donner.

Annie tourna la tête, comme en réponse à un appel muet, et vit qu'Ed avait les yeux rivés sur elle.

— Je sais, répliqua-t-elle doucement, tout en lui souriant à distance. Ne vous inquiétez pas, Marnie. J'y travaille. Je ne suis pas du genre à renoncer facilement.

— Je suis ravie de l'entendre. Parce que, même s'il n'a jamais d'enfants à lui, il fera un père merveilleux pour vos filles.

— Je sais. Il ne me reste plus qu'à l'en convaincre.

Marnie eut un petit sourire un peu triste.

— Eh bien, bonne chance. Il est tellement têtu…

Sur ces mots, elle s'éloigna, vite abordée par les invités, tandis qu'Ed rejoignait Annie.

— Ne me dis rien. Elle veut que tu me persuades de demander les résultats.

— En fait, elle voulait me remercier de t'avoir aidé, dit-elle, ne voulant pas trahir Marnie. C'était une jolie cérémonie. Ned aurait été fier de toi.

Elle se hissa sur la pointe des pieds et déposa un baiser sur sa joue.

— Nous devons y aller maintenant, et récupérer les filles. Ensuite, je dois retourner travailler. Occupe-toi bien de Marnie, et de toi. On se voit bientôt. Je t'aime.

Ed la regarda s'éloigner, tandis que les derniers mots qu'elle avait prononcés résonnaient dans sa tête.

Elle disparut et il ferma les yeux, submergé soudain par l'émotion.

La vérité était qu'il l'aimait aussi. Oh ! Mon Dieu, il l'aimait, et n'avait strictement rien à lui offrir…

9.

Durant les jours qui suivirent, les choses se calmèrent.

Le chagrin d'Ed s'apaisa quelque peu, et Marnie semblait faire face.

Mais il restait la question d'Annie.

Il s'était servi de Marnie comme d'une excuse, pour mettre un peu de distance entre eux en dehors de l'hôpital, mais durant leurs heures de travail ils étaient constamment ensemble, et cela le tuait.

Comme en ce moment.

Elle était là, à ôter ses gants en latex et son tablier en plastique. Il savait qu'elle n'allait pas tarder à venir vers lui. Et il savait ce qu'elle allait lui dire.

— Un café ?

Il hésita une seconde avant de céder.

— Bonne idée.

— Alors, comment ça se passe ?

— Bien, je crois. Elle fait face.

— C'est ce que m'a dit ma mère. Marnie et elle emmènent les filles à la plage aujourd'hui. Mais je parlais de toi, là.

— Moi ? Je vais bien.

Il retint un soupir. N'était qu'il avait perdu l'homme qu'il considérait comme son meilleur ami, et s'apprêtait à s'éloigner de la seule femme dont il ait jamais été amoureux…

112

Elle lui lança un regard dubitatif, mais ils faisaient la queue à la cafétéria, et Annie, heureusement, n'était pas du genre à se lancer dans une argumentation sans fin en public.

Il ajouta un muffin aux myrtilles et une banane aux cafés, et après avoir réglé l'addition, entraîna Annie à l'extérieur.

— Et nous voilà de nouveau ici, dit-elle, en prenant place sur « leur » banc. Alors, dis-moi comment tu te sens vraiment ?

Il haussa les épaules.

— Il me manque, mais en réalité nous l'avions déjà perdu depuis trois ans. Il n'existait plus vraiment. Ça s'est passé très vite, pourtant, je ne suis pas sûr qu'on puisse jamais se préparer à dire au revoir à quelqu'un qu'on aime.

Il la dévisagea alors longuement. Comment parviendrait-il à lui faire ses adieux quand il partirait ?

Car il s'en irait. Ce n'était plus qu'une question de temps.

Il le ferait parce qu'il y était obligé, mais cela ne voulait pas dire pour autant qu'il l'acceptait.

Il ne l'accepterait jamais, même s'il devait vivre jusqu'à cent ans.

— Que fais-tu ce soir ? demanda-t-elle en changeant brutalement de sujet.

— Pourquoi ?

Elle lui adressa un sourire amical.

— J'ai pensé que ce serait bien de passer un peu de temps ensemble, histoire de te changer les idées. Je pourrais cuisiner…

— Chez toi ?

— Non. Chez toi.

Il hocha la tête. Il était tenté.

Il savait bien toutefois comment cela se terminerait. Leurs deux corps enlacés entre les draps froissés, à bout de souffle, attendant que s'estompent les derniers soubresauts du plaisir avant de recommencer…

Il détourna le regard, inquiet que ses yeux ne le trahissent. En tout cas, à l'évidence, son corps, lui, était partant, pour ne pas dire enthousiaste...

— Je dois passer voir Marnie.

— Vraiment ?

Il se sentit un peu gêné. Non, pas vraiment. Il n'avait pas prévu de la voir, et elle lui avait clairement fait savoir qu'elle avait envie d'être seule pour trier les affaires de Ned et se rappeler les bons moments avec lui.

— Annie, cela ne nous mènera nulle part, dit-il soudain avec gravité.

Son sourire était si tendre. Cela lui donna envie de la prendre dans ses bras et de la serrer fort.

— Je sais. Je suis égoïste. Je veux passer du temps avec toi, pendant que je le peux.

Egoïste ? Non, certainement pas.

Il détourna la tête. Elle essayait de prendre soin de lui, s'assurant qu'il mangeait, qu'il ne sombrait pas dans la dépression...

Il la voulait dans sa vie, mais il ne pouvait pas l'avoir. Et elle compliquait diablement les choses...

— Non, je ne peux pas, répondit-il brusquement.

Il fallait qu'il arrête tout maintenant, avant que cela ne le détruise.

Il y eut une plage de silence avant qu'elle ne reprenne la parole, et sa voix était calme et neutre.

— Non, pas ce soir ? Ou non, plus jamais ?

Il s'obligea à tourner la tête et à la regarder.

Il se mordit la lèvre. Elle ne méritait pas cela après le soutien indéfectible qu'elle lui avait apporté pendant deux semaines et demie.

— Non, plus jamais, dit-il avec fermeté. Je suis désolé. Ça va trop loin, Annie, et nous allons souffrir tous les deux.

Il s'en voulut aussitôt. Mais de quoi parlait-il ? Ils

souffraient déjà. Il était cependant trop tard pour faire machine arrière. Les dégâts étaient faits.

Elle soutint son regard.

— Nous ne sommes pas obligés de souffrir. Rien ne nous oblige à nous dire au revoir.

— C'est impossible. Je ne veux pas que tu te retrouves un jour dans la situation de Marnie.

— Est-ce que tu en as parlé avec elle ? demanda-t-elle calmement, comme si le monde ne s'effondrait pas autour d'elle. Tu lui as demandé ce qu'elle ressent ? Car elle ne changerait pas une minute de leur vie ensemble.

Il détourna de nouveau la tête.

Il ne pouvait pas la regarder. Il ne pouvait pas affronter l'amour qui vibrait dans ses yeux, et l'espoir qu'elle avait de l'entendre dire qu'il l'aimait aussi.

Cela lui déchirait le cœur.

— Nous ne sommes pas à leur place. Ils n'ont pas eu le choix. Elle ne savait pas.

— Et si elle avait su ? Ils se seraient quand même mariés. Ils n'auraient sans doute pas eu d'enfants, mais ils se seraient engagés. Et ils auraient partagé leur vie jusqu'à la fin, parce qu'ils s'aimaient.

Sa voix se fit un peu plus suppliante.

— Tu sais que c'est vrai. Et, de toute façon, je ne vois pas pourquoi tu gâches ta vie sur de simples spéculations. Tu ne seras peut-être jamais malade.

Un poids pesait sur sa poitrine, et soudain il eut l'impression qu'il ne pouvait plus respirer.

— Je n'ai pas envie d'en parler ici.

Il se leva et partit, sans avoir touché à son café ni à son en-cas.

*
* *

Annie termina de boire son café, ramassa le muffin, la banane et le gobelet d'Ed, et les lui apporta.

Il était à la réception et inscrivait quelque chose dans un dossier.

— Tiens. Tu as oublié ça.

Et sans un mot, elle se dirigea vers le premier patient dans la file d'attente.

Les jours suivants furent un calvaire pour Annie.

Le jeudi se passa un peu mieux, parce qu'il était de repos. Et du vendredi au dimanche, ce fut à elle de prendre ses journées.

Mais le samedi soir suivant, trois semaines après la mort du grand-père d'Ed, elle se rendit compte qu'elle avait du retard.

Presque une semaine de retard…

Et ça ne lui arrivait jamais. Enfin, une seule fois, quand elle avait été enceinte des jumelles.

Elle dit à sa mère qu'elle avait besoin de prendre l'air, et alla à la pharmacie acheter un test de grossesse.

Puis elle appela Ed.

— Tu es chez toi ?

— Non, pourquoi ?

— Je dois te parler.

— Ça ne peut pas attendre lundi ?

— Non.

Elle l'entendit soupirer.

— Je suis chez Marnie, en train de jardiner. Viens maintenant. On se retrouve à la cabine.

Annie arriva à la plage en même temps qu'Ed. Il portait un vieux jean déchiré et un T-shirt décoloré et taché de terre, il était sale, en sueur, et n'avait visiblement aucune envie de se trouver là.

— Tu en as pour longtemps ?

Elle regarda vers la cabine fermée, comme s'il ne voulait pas ouvrir la boîte de Pandore de leurs souvenirs. Celui de la nuit où il lui avait fait l'amour. Celui de la nuit où son grand-père était mort, et où elle avait passé une heure à le bercer en silence dans ses bras…

— Je n'ai pas eu mes règles, lui lança-t-elle abruptement.

Il devint livide et saisit la rambarde en se penchant dessus, comme s'il venait de recevoir un coup à l'estomac.

— Combien de jours de retard ? marmonna-t-il.

— Cinq. Et ça ne m'arrive jamais.

Il jura violemment, avant de tourner vers elle un regard torturé.

— Ce n'est pas possible, Annie. Tu ne peux pas avoir cet enfant. Le risque…

— Tu ne sais même pas s'il y a un risque.

— Tu as fait un test de grossesse ?

— Non, mais j'en ai acheté un. Je l'ai avec moi.

— Fais-le maintenant. Les toilettes publiques sont juste à côté.

Ed se tenait derrière la porte, les bras croisés, le cœur battant à tout rompre. Sans avoir pris connaissance du résultat des tests génétiques, il ne savait pas s'il y avait un risque qu'il transmette cet horrible gène à l'enfant qu'elle portait peut-être. Lui-même risquait-il de développer la maladie ? Jusqu'à présent, il n'avait jamais voulu savoir. Mais si elle était enceinte…

Elle ressortit, et ils attendirent ensemble.

Une ligne.

Une seule ligne.

Ils attendirent et attendirent encore, mais il n'y eut pas de changement, et il sentit sa tension s'évaporer.

— Tu n'es pas enceinte.

— La dernière fois, je n'ai eu un résultat positif qu'après la deuxième semaine de retard. Un résultat négatif ne veut pas dire qu'on n'est pas enceinte, mais que les hormones de la grossesse n'ont pas été détectées. Donc, soit je ne suis pas enceinte, soit le taux d'hormones n'est pas encore assez élevé.

— Oui, mais il est très possible que tu ne sois pas enceinte.

— Comme il est possible que je le sois. Et si je le suis, je te préviens tout de suite, avant que tu ne poses la question, que j'aurai cet enfant.

— Tu n'es pas seule à décider.

— La loi te prouvera le contraire.

Il la dévisagea avec stupéfaction.

— Pourquoi me parles-tu de loi ? Il est question d'un enfant.

Il ne sut pas qui avait fait le premier geste, mais elle se retrouva soudain dans ses bras, blottie contre lui.

Pourtant, il n'était pas vraiment présent. Une seule question l'obsédait : Comment ? Comment pouvait-elle être enceinte ? Comment avait-il pu se montrer aussi imprudent ? Et quand ?

Il n'y avait qu'une seule possibilité. Lorsqu'il était si désespéré, si distrait, il avait dû oublier de se protéger. Oui, c'était pendant cette nuit si éprouvante au cours de laquelle son grand-père était mort.

— Je suis désolé, dit-il. C'est ma faute.

— Mais non.

— Si. J'ai oublié.

— Moi aussi. Il faut être deux, tu sais. Et je ne vais pas te laisser culpabiliser.

Elle le repoussa et chercha son regard.

— Tu transpires de façon dégoûtante, tu le sais ?

Il la considéra, méfiant. Mais elle souriait avec tendresse, et elle leva la main pour frotter une tache de boue sur sa joue.

Il tourna la tête et pressa les lèvres au creux de sa paume.

— Je suis sincèrement désolé.

— Pour la transpiration ?

— Pour le bébé.

— Nous ne savons pas s'il y en a un.

— Non, c'est vrai.

— Et si on procédait étape par étape ? proposa-t-elle.

— D'accord, mais en attendant, fais attention à ce que tu manges. Pas de caféine ni de fromage à pâte molle, et pas de lait non pasteurisé.

— Et aussi : ni alcool ni tabac, merci, je sais.

— Tu te sens malade ?

— Un peu, mais c'est probablement l'inquiétude.

— Tu as mangé ?

— Oui, et toi ?

Il hocha la tête.

— Ecoute, je vais retourner chez Marnie ranger les outils de jardin, et on se retrouve chez moi.

— Pour quelle raison ? En attendant que nous ayons la réponse, ça ne change rien.

Il se mordit nerveusement la lèvre. Sauf que le mur de défense qu'Ed avait soigneusement érigé autour de lui s'était fissuré. Il voulait être avec elle. Il voulait la tenir dans ses bras, et parler d'avenir, et faire des projets pour un bébé qu'ils n'auraient jamais dû concevoir, et qui n'existait peut-être même pas.

Il laissa retomber ses bras et s'écarta pour rendre les choses plus faciles.

— Non, tu as raison. Eh bien, on se voit lundi, alors. Tiens-moi au courant s'il y a du changement.

*
* *

Elle n'était pas enceinte.

Ou peut-être plus enceinte désormais.

Elle se réveilla le dimanche matin avec de fortes douleurs au ventre, et à midi elle saignait abondamment.

Une fausse couche précoce ? Mon Dieu, c'était possible.

Sa mère la trouva assise sur le bord de son lit, en larmes.

— Tu veux en parler ?

Elle secoua la tête.

Que pouvait-elle lui dire ? *Je crois que j'ai fait une fausse couche ?* Son test de grossesse n'était même pas positif. Il pouvait tout simplement s'agir de dysménorrhée.

— Va te rafraîchir le visage. Je te prépare une tasse de thé.

Elle acquiesça, puis se rendit à la salle de bains en traînant les pieds. Au moins Ed serait soulagé — pour ne pas dire ravi.

Elle le lui dirait demain. Mais pour le moment, tout ce qu'elle voulait, c'était se rouler en boule dans un coin et pleurer.

Ed ne dormit pas cette nuit-là.

Les pensées se bousculaient dans son esprit.

Si elle était enceinte, il ne lui restait qu'une seule option. Jamais il ne supporterait le suspense pendant les dix-huit prochaines années, jusqu'à ce que son fils ou sa fille soit en âge de faire le test.

Et admettons que son enfant ne veuille pas non plus savoir… Il se rongerait les sangs jusqu'à ce que l'un des deux développe la maladie ?

Pour la première fois, il prit conscience de ce qu'il faisait endurer à Marnie et à son frère, et la culpabilité l'envahit.

Si Annie était enceinte, il allait devoir se résoudre à

faire ce à quoi il se refusait depuis des années : découvrir enfin le résultat des tests.

Annie avait raison, quand elle l'accusait de fuir la vérité. Mais celle-ci venait sans doute de le rattraper.

Lorsqu'il entra dans le service le mardi matin, Ed tomba sur Annie qui l'attendait, le visage pâle et les yeux rougis.

— Bonne nouvelle, dit-elle.

Mais ses lèvres tremblaient, et ses yeux brillaient étrangement. Soudain, elle tourna les talons et prit la fuite.

Il courut derrière elle et, l'attrapant par le bras, l'obligea à se retourner.

— Que se passe-t-il ?

— Tu as vraiment besoin que je te l'explique ? répliqua-t-elle d'un ton froid, tout en secouant son bras pour se libérer.

Il desserra l'étau de ses doigts autour de son biceps, et la regarda s'éloigner.

Ainsi, elle n'était pas enceinte.

Bizarrement, cette nouvelle ne le réjouissait pas. Il savait qu'elle désirait cet enfant, et c'était aussi son cas, même s'il ne le comprenait que maintenant.

Sans bébé dont il aurait fallu s'occuper, il n'avait plus de raison d'être avec elle, de l'épouser et d'avoir une vie comme tout un chacun.

Elle n'était pas enceinte, et tout à coup les rêves qu'il ne s'était jamais autorisé à formuler lui glissaient entre les doigts comme du sable.

La prise de conscience de tout ce qu'il venait de perdre le frappa de plein fouet, et il eut soudain du mal à respirer.

Seigneur, il ne savait même pas qu'il désirait tout cela.

— Ed ? lança Kate d'un ton affolé. Annie ne se sent pas bien. Je crois que vous devriez venir.

Il la suivit aussitôt au pas de charge le long du couloir

menant à la salle de repos du personnel, qu'il utilisait rarement.

Annie était là, recroquevillée dans un fauteuil, tenant son abdomen à deux mains.

— Je m'en occupe, dit-il.

Et il mit Kate à la porte.

— Annie ? dit-il doucement en s'accroupissant à côté d'elle.

— Je vais bien.

Mais elle était blanche comme un linge, et il ne fut pas dupe.

— Que se passe-t-il ? Tu as une mine affreuse.

— Je fais une fausse couche. J'ai saigné hier, et ça recommence.

La culpabilité et les remords envahirent Ed. Comment avait-il pu lui dire qu'il ne voulait pas de cet enfant ?

— Tu devrais rentrer chez toi. Ta mère est là ?

Elle hocha la tête.

— Bien. Je vais t'examiner pour m'assurer que tu n'as pas besoin d'être admise, et je te raccompagnerai. C'est calme en ce moment. Je vais trouver une salle inoccupée et te faire une échographie.

Quelques minutes plus tard, Ed l'avait examinée et avait conclu que tout allait bien.

Il n'y avait pas de signe visible de fœtus, mais il était encore un peu tôt pour se prononcer.

Il ne s'agissait pas en tout cas d'une grossesse extra-utérine, ce qui était la principale crainte d'Ed. Sa pression sanguine et sa saturation en oxygène étaient normales.

Il la raccompagna et, après l'avoir confiée aux bons soins de sa mère, retourna au travail, où il fut assailli par un déluge de questions auxquelles il refusa de répondre.

*
* *

La généraliste se déplaça sur l'insistance de sa mère, et signa à Annie un arrêt d'une semaine.

Ce n'était pas vraiment nécessaire. Sur le plan physique, du moins. Emotionnellement, en revanche, elle avait l'impression d'être passée dans une essoreuse.

Ce n'était pas seulement son bébé qu'elle avait perdu, mais celui d'Ed. Et ce faisant, elle avait aussi perdu Ed. Car, sans bébé pour le lier à elle, il n'avait pas de raison de rester en lien.

Il envoya des fleurs. Elles arrivèrent le lundi après-midi, et la firent pleurer.

Sur la carte, il n'y avait que ces trois mots « je suis désolé ».

L'était-il vraiment ? Elle n'en savait rien. Et comme ils ne se parlaient pas, il était difficile d'en apprendre plus.

Il l'appela ce soir-là, pour demander comment elle allait et lui dire que Kate pensait à elle. Mais la conversation fut brève, et rien d'important ne fut dit.

Le mardi fut à peu près aussi morose, même si elle commençait à se sentir mieux.

Dès le jeudi, elle eut l'impression d'aller bien, excepté une fâcheuse tendance à fondre en larmes pour un oui ou pour un non.

— Ça t'ennuie si je vais faire un tour ? demanda-t-elle à sa mère. Je commence à devenir folle.

— Mais non, vas-y, si tu t'en sens la force.

— Ça va. J'ai seulement besoin de sortir et de bouger un peu.

— Prends ton téléphone, et ne va pas trop loin, je t'en prie. Appelle-moi en cas de besoin.

— Oh ! Maman ! Je t'aime.

Sa mère la serra gentiment contre elle.

— Je t'aime aussi. Fais attention à toi.

Elle sentit aussitôt sa gorge se nouer. Que pourrait-il lui arriver de pire que ce qu'elle était en train de vivre ?

Pas grand-chose. Son cœur était déjà brisé. Son bébé

n'était plus là. L'homme qu'elle aimait n'avait plus aucune raison de rester avec elle…

Non, vraiment, que pouvait-il lui arriver ?

A cet instant un coup de Klaxon la fit sursauter et se figer sur place, tandis qu'une voiture la contournait, la laissant tremblante sur le bord de la chaussée.

A quoi jouait-elle ? Elle s'apprêtait à traverser sans regarder. Elle ne savait même pas où elle était.

Elle entendit des bruits de pas, et quelqu'un lui prit le bras.

— Bon sang, Annie, j'ai cru que j'allais te tuer. Qu'est-ce que tu fais là ? Ça va ? Je ne t'ai pas touchée ?

Elle laissa échapper un gros soupir. Ed. C'était Ed, qui rentrait probablement du travail ou de chez Marnie.

Elle ferma les yeux et sentit les larmes couler sur ses joues tandis qu'il la serrait contre lui.

— Je suis désolée. Je ne regardais pas.

— Où allais-tu ?

— Je ne sais pas. Me promener.

Il garda un bras autour de sa taille et la poussa en avant.

— Viens. Monte dans la voiture. Je te reconduis chez toi. Tu es toute tremblante.

— Non. Pas à la maison. On peut aller chez toi ?

— Bien sûr.

Elle n'était qu'à quelques centaines de mètres de chez Ed, mais elle n'y serait sans doute jamais arrivée seule tant ses jambes tremblaient.

Il laissa la voiture dans la cour, la fit entrer dans la maison, et l'aida à s'asseoir sur le canapé.

— Ça va ? Tu es sûre que je ne t'ai pas heurtée ?

— Mais oui, ça va.

— Je n'en suis pas si sûr. Tu étais sur le point de te jeter sous mes roues.

Il blêmit.

— Tu n'allais quand même pas…

— Mais non, Ed, je n'essayais pas de me suicider,

répondit-elle d'un ton las. Je ne faisais pas attention, c'est tout. Je suis désolée de t'avoir fait peur.

— Peur ? Tu m'as retiré quelques années de vie.

Il se passa une main dans les cheveux en soupirant.

— Bon sang, Annie. Il te faut une garde-malade à temps plein. Ou un mari.

— Tu te portes volontaire ?

Le silence retomba aussitôt sur la pièce, rythmé seulement par le tic-tac de la pendule sur le manteau de cheminée.

Il s'assit à côté d'Annie, perturbé par sa question.

— Hé, n'aie pas l'air aussi paniqué ! Je plaisantais.

Il la regarda attentivement. Elle ne plaisantait pas. Et lui non plus.

Et cela le terrifiait.

Il lui était impossible de s'engager, tant que cette menace planerait sur sa tête. Luttant contre les regrets, il proféra la première chose qui lui passait par la tête.

— Tant mieux, car ce n'était pas mon intention. Je suis désolé de t'avoir entraînée dans cette histoire, mais c'est peut-être mieux que ça se termine ainsi, finalement.

Il la vit se figer.

— Mieux pour qui ? Pour toi, sans doute.

— Non, pour l'enfant. Il aurait pu hériter de ma maladie.

— Eh bien, nous ne le saurons jamais, n'est-ce pas ? D'ailleurs, tu ne sais même pas si toi tu es malade. Donc, cette conversation n'a aucun sens.

Elle se leva, en vacillant légèrement.

— Tu peux me ramener chez moi ? Je suis trop fatiguée pour en parler maintenant. D'ailleurs, il n'y a rien à ajouter.

10.

Il l'appela le lendemain matin.

— On peut se voir ?

Elle émit un soupir.

Elle n'avait vraiment, mais vraiment, aucune envie de recommencer tout ça.

— Y a-t-il quelque chose de nouveau à dire ?

— Oui. Tu es occupée ?

Assise sur la terrasse, elle regarda vers la petite cabane de bois où les jumelles « faisaient la cuisine » sur leur gazinière en plastique. Sa mère pendait du linge et elle se tourna pour lui chuchoter :

— Non, ça va.

Elle n'était pas certaine d'avoir envie de le voir. Mais il semblait avoir quelque chose à dire.

Peut-être...

Non. Elle refusa de s'accrocher à de vains espoirs.

— D'accord. Je viens chez toi ? demanda-t-elle.

— Non, je passe te chercher dans dix minutes.

Il raccrocha, et elle pesta en reposant le combiné. C'était un vrai dictateur. Sa mère entra dans la pièce à cet instant.

— Ed sera là dans dix minutes. Je suppose que je dois me changer ?

— A moins que tu ne veuilles sortir en pyjama.

Elle gloussa, et alla prendre la douche la plus rapide

de sa vie. Ses cheveux n'étaient pas trop mal. Elle les avait lavés la veille.

Elle décida d'enfiler un jean. Un jean et une ample chemise en lin, confortable mais jolie. Même si l'aspect esthétique n'était pas très important. Il y avait longtemps qu'elle avait renoncé à l'idée de séduire Ed Shackleton.

Elle n'avait pas le temps de se maquiller. Elle se contenta donc d'une touche d'anticerne et de gloss.

Il l'attendait dehors, appuyé contre l'aile du cabriolet, qu'il avait décapoté.

Il portait une chemise blanche, un jean et un pull en coton bleu marine jeté sur les épaules, les manches négligemment nouées autour de son cou.

Elle en eut un petit frisson. Comme toujours, il était superbe, et elle se reprocha de se laisser impressionner aussi facilement.

Il ne souriait pas, toutefois. Dès qu'il l'aperçut, il se redressa et vint lentement vers elle, les mains dans les poches.

— Salut. Comment tu vas ?

— Mieux.

— Tu ne veux pas prendre un gilet ?

— Je ne sais pas. Où allons-nous ?

— Pourquoi pas à Cambridge ?

Il ne dit pas pourquoi, mais elle sentit que c'était important, aussi retourna-t-elle à l'intérieur prévenir sa mère qu'elle risquait de rentrer tard.

— Voilà, c'est réglé, dit-elle à son retour.

— Bien. Commençons par aller boire un café, si tu veux bien.

Elle le regarda, surprise. Un café ? Mais elle pensait qu'ils allaient à Cambridge. Apparemment, ce n'était pas le cas. Ou alors, pas tout de suite.

Elle ne fit aucun commentaire, néanmoins, et prit place dans la voiture.

Ils se rendirent au nouveau restaurant qui avait ouvert

sur le front de mer, et où sa mère et Marnie avaient dîné. Ils choisirent de s'installer en terrasse pour profiter de la vue.

— Il fait de nouveau très beau, dit Ed. Tu as déjeuné ?

— Oui, mais je peux encore manger du gâteau, si c'est ce que tu demandes.

Il sourit pour la première fois, commanda deux cappuccinos et deux parts de cake à la carotte, puis posa les avant-bras sur la table, en regardant ses mains.

Il avait croisé les doigts et les remuait sans cesse, comme s'il cherchait ses mots et ne savait pas par quoi commencer.

Elle le toisa en secouant légèrement la tête :

— Ed, c'est bon, maintenant, crache le morceau.

Il se recula sur son siège et glissa ses mains sous la table, avec un petit rire gêné.

— C'est si évident ?

— Eh bien, tu as appelé pour me dire que tu voulais me parler. Je suppose que ce n'était pas du temps ou de mon petit déjeuner.

— Non, évidemment.

Il regarda autour d'eux avec hésitation, mais ils étaient seuls.

— Bien, imaginons que tu sois encore enceinte. Que tu n'aies pas…

Il s'interrompit, mais elle finit la phrase pour lui.

— Perdu le bébé ?

Elle tourna les yeux vers la mer, et eut un petit rire triste.

— Perdu. Quel genre de mot est-ce là ? Ça fait tellement insouciant, comme si je ne savais plus où je l'avais mis…

Elle reporta son attention sur lui, le regard douloureux.

— Et donc, si je ne l'avais pas perdu… ?

Ed fronça les sourcils.

— Comment verrais-tu la suite ? reprit-elle.

— Je ne sais pas. Nous deux ensemble, formant une famille avec les jumelles et notre petit bout ?

Elle eut un nouveau rire, teinté d'amertume cette fois.

— C'est difficile à imaginer. Tu as ta vie, et tu sembles déterminé à la mener comme tu l'entends. Et à présent, plus rien ne peut t'arrêter.

Ed la regarda, songeur. Rien, en effet. En dehors du fait qu'il l'aimait beaucoup, beaucoup plus qu'il ne l'aurait cru possible. En comparaison avec les besoins d'Annie, ses propres souhaits devenaient insignifiants. Ce fut ce qui le poussa à aller plus loin dans l'honnêteté.

— Quand j'ai cru que tu pouvais être enceinte, j'ai décidé de prendre rendez-vous avec le généticien.

Elle le dévisagea avec stupeur.

— C'est vrai ?

— Oui. Je me suis dit que si nous devions avoir un enfant, je devais savoir s'il avait hérité de ce gène défectueux. J'ai pris conscience que je ne pourrais pas continuer à vivre avec un tel suspense.

Elle hocha lentement la tête, puis sa bouche esquissa un petit sourire triste.

— Eh bien, tu n'as plus à t'inquiéter, maintenant.

— Sans doute, mais j'ai compris ce que Marnie et mon frère ressentent par rapport à moi. Cette horrible incertitude qui plane au-dessus d'eux… Et je ne veux plus leur faire vivre ça.

— Eh bien, quel cheminement tu as fait. Tu vas donc demander à connaître le résultat ?

— Oui. J'en ai assez de jouer au chat et à la souris avec la vérité. Je veux savoir maintenant. Ça pourrait tout changer.

Il la regarda intensément. A commencer par sa relation avec elle, mais de cela, il ne voulait pas parler avant d'être fixé.

— Et si tu es susceptible de développer la maladie, tu le leur diras ?

Il baissa la tête et contempla ses mains. Etrangement, il n'avait pas pensé à ça.

— Je ne sais pas. Ça dépend à quel point c'est grave.

Il grimaça.

— Je le fais en partie parce que Marnie veut être rassurée, mais il ne m'est pas venu à l'esprit que ça pourrait être encore pire pour elle.

Annie l'observa, inquiète pour lui, même si son mode de raisonnement et la façon dont il prenait les décisions à contretemps la faisaient souffrir.

— Tu n'as pas à le faire, tu sais. Ni pour moi, ni pour eux, ni pour personne d'autre. Ça doit venir de toi.

Il hocha la tête.

— Ça vient de moi.

— Donc, tu vas prendre un rendez-vous ?

— J'en ai déjà un. Il y a eu une annulation à 14 heures cet après-midi, à Cambridge. C'est pour ça que j'y vais.

Elle cilla. Eh bien, il avait réellement l'intention de le faire.

Elle comprenait mieux maintenant pourquoi il avait l'air si tendu.

— Tu veux que je vienne avec toi ? proposa-t-elle.

Il la scruta, l'air anxieux.

— Tu le ferais ?

— Si tu le souhaites, évidemment. Je ne suis pas obligée de rentrer avec toi dans le cabinet. Je t'attendrai à l'accueil, ou dans la voiture. Comme tu veux. A toi de voir.

Il hocha la tête, et elle devina qu'il n'avait pas encore tranché. Mais ce n'était pas grave. Elle accepterait sa décision quelle qu'elle soit.

*
* *

Ils traversèrent le pays en empruntant des routes de campagne. Cela leur prit un peu plus longtemps, mais ils n'étaient pas pressés, et il faisait un temps magnifique. La capote du cabriolet était baissée, et le vent soulevait les cheveux d'Annie, caressant son visage offert aux rayons du soleil. Ils profitaient de l'air pur, du chant des oiseaux, et le voyage lui parut finalement étrangement apaisant.

Quand ils arrivèrent à Cambridge, Ed n'avait toujours pas décidé s'il voulait qu'elle soit près de lui quand il aurait les résultats.

Ils n'en avaient pas parlé durant le trajet. D'ailleurs, la conversation avait essentiellement tourné autour de Marnie et de son souhait de vendre la maison pour s'installer dans un petit appartement.

Ed était attristé par cette décision, car il aimait la maison et y avait de merveilleux souvenirs, mais c'était le choix de Marnie.

Il trouva par miracle une place de stationnement sur le parking de l'hôpital, et ils firent une pause rapide à la cafétéria pour prendre un café.

Ed semblait nerveux et partagea avec Annie ses réticences de dernière minute.

— Je me demande si j'ai pris la bonne décision.

— Je ne sais pas, Ed. Je ne peux pas te conseiller. C'est trop important pour que je t'influence.

— Mais tu m'influences. Si je ne t'avais pas rencontrée, je ne ferais pas cette démarche.

— Je ne t'ai rien demandé.

— Mais tu en avais envie ?

— Evidemment. Seulement, je ne veux pas aller contre ta volonté. C'est une décision très grave, et tu dois être sûr de toi. Sache en tout cas que, quel que soit le résultat, ça ne changera rien à ce que je ressens.

— Ça devrait, pourtant.

— Pas du tout. Je t'aime, et je continuerai à t'aimer quoi qu'il nous arrive.

— Ça pourrait influencer tous nos choix. Nous pourrions décider de ne pas avoir d'enfants, ou de nous orienter vers une FIV avec un diagnostic préimplantatoire… D'autres techniques seront sans doute développées dans le futur…

Elle posa sa main sur la sienne et la pressa gentiment.

— Ecoute, je veux être à côté de toi quoi qu'il arrive, car je t'aime et je crois que tu m'aimes aussi.

Il secoua la tête.

— Tu ne sais pas ce que tu dis.

— Bien sûr que si ! Je suis médecin. Je suis bien informée. J'ai parlé avec Marnie. J'ai fait des recherches. J'ai rencontré des patients atteints de cette maladie… Ed, je sais ce que je dis. Et j'en pense chaque mot.

Elle plongea ses yeux dans les siens. Il soutint longuement son regard, sans qu'elle puisse deviner ce qui se passait dans son esprit. Puis il finit par hocher la tête.

— Tu m'attends ici ?

— Bien sûr. Juste une dernière chose. Tu veux bien me serrer dans tes bras avant d'y aller ?

— Oh ! Annie…

Ed referma les bras autour d'Annie et la berça doucement contre lui.

Il aurait pu rester ainsi une éternité, repoussant le moment fatidique, se nourrissant de la force de cette femme incroyable, qui l'aimait apparemment assez pour accepter sa différence.

Mais les minutes s'égrenaient, et il finit par s'arracher, non sans regret, à son étreinte.

— Tu as ton téléphone ?

— Evidemment.

— Je t'appelle dès que j'ai fini.

Il plaqua encore sur ses lèvres un long baiser appuyé, empli d'émotion et de désespoir, puis s'éloigna.

132

Annie attendit qu'il ait disparu au bout du couloir, avant de se laisser retomber sur sa chaise. Elle avait besoin d'une boisson réconfortante, d'air frais, et que tout cela se termine.

— Hé, je suis sorti. Où es-tu ?

Ed eut un petit sourire. Annie avait répondu à la première sonnerie, comme si elle attendait, le téléphone à la main.

— Où tu m'as laissée.

— Rejoins-moi à la voiture.

Elle était déjà sur place quand il arriva, et il actionna à distance le verrouillage des portières pour qu'elle puisse s'installer dans la voiture.

— Alors ? demanda-t-elle quand il se glissa au volant.

— Pas ici.

Il démarra, roula vers la campagne et, au bout d'un moment, se gara dans l'entrée d'un champ. Enfin, il se laissa aller contre le dossier du fauteuil.

Il lui jeta un coup d'œil. A côté de lui, Annie semblait se ronger d'anxiété, les mains crispées l'une sur l'autre, les jointures blanchies.

— Bon, je vais droit au but : j'ai le gène, mais il n'a pas muté quand mon père me l'a transmis.

— Donc, tu ne développeras pas la maladie ?

— Non. Jamais.

Il y eut un sanglot à côté de lui et, quand il se tourna, Annie se jeta dans ses bras, s'accrochant de toutes ses forces.

— Quel soulagement ! Je ne savais vraiment pas ce que tu allais dire. J'ai bien vu à ton expression que ce n'était pas totalement une bonne nouvelle, mais je m'attendais à pire que ça. Je suis tellement contente de savoir que tu ne risques rien.

Elle se recula et caressa son visage.

— Ça va ?

— Oui… Oui.

— Il faut appeler Marnie. Elle doit savoir.

— Non, je préfère le lui dire face à face. Si je n'avais pas le gène, je l'aurais appelée tout de suite mais, même si c'est une bonne nouvelle pour moi, ce n'est pas vraiment ce qu'elle a envie d'entendre. Je dois le lui annoncer doucement, car il y a quand même des répercussions.

Il soupira.

— Bon sang, je suis lessivé.

Il reposa un instant sa tête contre l'appui-tête.

Il était heureux, enfin presque. Plus libre, comme si on venait de lui ôter un poids des épaules. Il ne s'était jamais rendu compte à quel point ce fardeau avait été lourd à porter. Il émit un long soupir. Dieu, que c'était bon…

Le paysage défilait devant ses yeux mais, perdue dans ses pensées, Annie ne voyait rien. Confortablement calée dans son siège, elle se laissait bercer par le ronronnement du moteur, et elle finit par s'endormir, vaincue par le stress et la fatigue que les traumatismes des derniers jours avaient apportés.

— Hé, la Belle au bois dormant ?

Annie se réveilla en sursaut et regarda autour d'elle.

— Oh ! Nous sommes arrivés ?

— J'ai pensé que tes filles auraient envie de te voir.

Il hésita un instant.

— Que fais-tu plus tard ?

— Rien.

— Ta mère peut les garder ?

— Encore ?

— S'il te plaît ? Un énorme s'il te plaît, avec un ruban autour ?

Elle rit.

— On verra.

— Bien. A tout à l'heure.

Il l'aida à sortir de la voiture, déposa un petit baiser sur sa joue, et après l'avoir regardée entrer chez elle, redémarra en direction de la maison de Marnie.

Sa grand-mère était dans la serre, où elle rempotait des plantes.

— Je nettoie un peu, dit-elle. Il y a un tel désordre. Ned ne serait pas content s'il voyait ça.

— Viens, lança-t-il sans préambule. J'ai quelque chose à te dire.

Marnie posa la plante en pot et ôta ses gants.

— Quoi ? As-tu enfin retrouvé ton bon sens et demandé cette adorable jeune femme en mariage ?

Il rit.

— Oui à la première question. Non à la seconde. Viens, assieds-toi. Nous devons parler.

— Seigneur, tu as l'air bien sérieux.

— Parce que le sujet l'est. Je suis allé chercher les résultats de mon test.

Elle porta la main à sa bouche, retenant un petit cri.

— Et ?

— Pareil que pour toi et papa. Je ne serai pas malade, mais je n'aurai pas d'enfants, à cause du risque.

Le doux visage de Marnie s'assombrit aussitôt.

— Oh ! Mon chéri, j'espérais…

— Marnie, tout va bien. Je suis en bonne santé. C'est tout ce qui compte. Seulement, je ne veux pas prendre le risque de la transmission.

— C'est dommage. Tu ferais un si bon père.

Il haussa les épaules.

— Ce n'est pas la fin du monde.

— Tu en as parlé à Annie ?

Il hocha la tête.

— Elle était avec moi. Pas quand j'ai eu les résultats, mais elle m'a accompagné.

— Et qu'est-ce qui a provoqué cette décision ?

— Annie. Elle a fait une fausse couche durant le week-end.

Marnie se pencha pour lui presser la main, l'air accablé.

— Je suis désolée, chéri.

— Moi aussi. Je suis soulagé de ne pas avoir transmis le gène, mais je suis déçu pour le bébé. Ça m'a fait comprendre… eh bien, des tas de choses.

— Que va-t-il se passer, maintenant ?

Son téléphone sonna avant qu'il ait le temps de répondre.

« Oui, Annie ? Elle est d'accord ? »

« Oui. On dit quelle heure ? »

« Après le coucher des filles. »

« Donc, 19 h 30 ? »

« Ça me paraît bien. Mets ta robe bleue. Et ne mange pas d'ail ! »

Elle rit.

« Oh ! D'accord. A plus tard. »

« A tout à l'heure. »

Il glissa de nouveau son téléphone dans sa poche et sourit à Marnie.

— Maintenant, dit-il en réponse à la question restée en suspens, je l'emmène dîner.

— Dans un bel endroit ?

— Bien sûr.

— Parfait. Il était temps. Tu me diras ce qu'elle a répondu.

— A propos de quoi ?

Marnie se contenta de sourire en secouant la tête d'un air entendu.

— Allez, file ! Je dois finir de ranger la serre. Un agent immobilier va passer demain.

— Quoi ?

— Tu as très bien entendu.

— Non. Arrête. Ne fais rien. Fais-la estimer, mais ne signe rien.

— Pourquoi ?

— Parce qu'un poste va se libérer en pédiatrie, et si Annie… eh bien, je pourrais avoir envie de te racheter la maison.

Les yeux de la vieille dame s'emplirent de larmes, et elle le serra dans ses bras.

— Oh ! Mon adorable et sentimental petit garçon.

— Je ne suis rien de tout cela, Marnie. Et d'ailleurs, c'est un investissement intéressant.

Elle le repoussa, et lui donna une petite tape sur la joue.

— Ne mens pas à ta grand-mère. Tu sais parfaitement que je lis en toi comme dans un livre. Et maintenant, va te préparer pour cette soirée. Et rase-toi, veux-tu ? Tu ressembles à un homme des bois. Ah, attends, avant que tu ne t'en ailles, j'ai quelque chose pour toi.

Ed passa prendre Annie à 19 h 30 précises, et la conduisit au restaurant où ils avaient pris un café le matin même.

Cela lui semblait remonter à des siècles.

Cette fois, ils s'installèrent dans la salle, d'où ils purent contempler le coucher du soleil, dont les derniers rayons d'or illuminaient le ciel et le zébraient de longues traînées pourpres.

La nourriture était fantastique. L'atmosphère était fantastique. Le service était fantastique…

Annie eut un grand sourire. Elle exultait de bonheur,

bien qu'elle ne soit pas absolument certaine de savoir pourquoi ils étaient là.

Elle avait pensé que… peut-être… mais c'était un espoir complètement fou, et elle s'était sermonnée, préférant ne pas s'emballer.

— On ne prendra pas de café, déclara Ed, avant de faire signe au serveur de leur apporter l'addition.

Il paya, laissa un excellent pourboire et entraîna Annie sur la jetée. Et, à sa grande surprise, il n'emprunta pas le bon côté.

— Pourquoi allons-nous par là ?

— J'ai une surprise pour toi.

— Ah bon ?

Ils marchèrent main dans la main jusqu'à l'escalier qui menait à la plage, et elle comprit qu'ils allaient à la cabine de plage. Mais pourquoi ?

Elle eut un petit frisson. Elle n'allait pas tarder à le comprendre.

— Attends ici, dit-il en s'arrêtant à quelques pas.

Puis il ouvrit la porte en grand.

L'intérieur était illuminé par des dizaines de bougies chauffe-plat déposées dans des contenants de verre.

Du champagne attendait au frais dans le seau à glace, près d'un saladier de fraises, et d'une ravissante bonbonnière pleine de truffes au chocolat.

Il l'invita à s'asseoir, et elle crut qu'il allait ouvrir la bouteille de champagne. Mais il prit la bonbonnière et la lui tendit.

— Merci, dit-elle distraitement…

Avant d'ouvrir de grands yeux.

— Oh !

Nichée au milieu des truffes, il y avait une bague. Ce n'était rien d'extravagant, juste un joli solitaire monté sur platine.

Elle resta un moment à le contempler, sans trop savoir ce qu'elle devait faire.

— Je ne sais pas si tu pensais tout ce que tu m'as dit durant les dernières vingt-quatre heures, dit-il, mais si ce n'était pas le cas, c'est le moment de le dire.

Elle leva les yeux vers lui en esquissant un sourire, sauf qu'il ne plaisantait pas. Au contraire, il attendait manifestement sa réponse avec une gravité d'une rare intensité.

— Bien sûr que je le pensais.

— Alors, dans ce cas…

Et avant qu'elle ait eu le temps de réagir, il mit un genou en terre devant elle, se saisit de la bague, et lui prit la main.

— Je t'aime, Annie. J'ai lutté contre ça, comme je lutte contre tout depuis des années. J'ai essayé de faire comme si ça n'existait pas, mais je ne peux pas. Et j'ai enfin compris cette semaine que je ne le voulais pas. Quand tu m'as parlé du bébé, je me suis rendu compte que je voulais tout : toi, tes filles, un enfant à nous, un avenir radieux… Je voulais tout, et que ce « tout »soit parfait. C'est pour ça que je ne tenais pas à ce que tu m'accompagnes jusque dans le bureau du médecin. Si j'avais eu la maladie, je t'aurais quittée.

— Et je ne t'aurai pas laissé faire.

— Tu es vraiment une combattante.

— Je sais me battre pour ce que j'estime être juste et pour les personnes que j'aime. Et je t'aime. Et si tu t'es mis à genoux pour me demander de devenir mon garde-malade à temps plein, la réponse est oui.

Il sourit.

— Tu permets que je fasse les choses comme il faut ?

Elle l'enveloppa d'un regard attendri.

— Seulement si tu te dépêches. J'en ai assez de ce suspense.

Il eut un claquement de langue réprobateur à la manière de Marnie.

— Un peu de patience, jeune fille.

Levant de nouveau sa main, il planta son regard dans le sien.

— Annie Brooks, tu as apporté la lumière, l'espoir et la joie dans ma vie, et je t'aime. Je ne pourrai peut-être pas te donner d'enfants, en tout cas pas de manière traditionnelle, mais je peux te donner tout mon amour, mon cœur et mon âme, aussi longtemps que je vivrai. Me feras-tu l'honneur de consentir à devenir ma femme ?

Elle eut un instant de vacillement. Elle allait plaisanter de nouveau, mais ses yeux s'emplirent soudain de larmes, et elle se mordit la lèvre.

— Oui, dit-elle dans un petit sanglot de joie. Oh ! Oui, mon amour. Bien sûr que je veux t'épouser.

Elle enfila la bague qui lui allait à la perfection.

Elle l'observa avec fascination, la faisant rouler autour de son annulaire.

— D'où vient-elle ? Elle est magnifique.

— C'est la bague de Marnie. Mon grand-père la lui a offerte, il y a cinquante-six ans, quand il l'a demandée en mariage. Depuis, elle l'a portée tous les jours, et elle voulait absolument qu'elle soit maintenant pour toi.

— Oh ! Comme c'est adorable de sa part !

Et soudain, les larmes qu'elle retenait depuis un moment à grand-peine, se mirent à rouler sur ses joues.

Ed l'attira contre lui et lui tapota gentiment le dos.

— Pardon ! Je me sens tellement ridicule.

— Ne t'en fais pas. J'ai failli pleurer moi aussi, quand elle me l'a donnée.

Il l'aida à se rasseoir, attrapa la bouteille de champagne et l'ouvrit. Une délicate vapeur flotta au-dessus des flûtes en cristal, tandis qu'il y versait le vin pétillant. Il reposa la bouteille dans le seau à glace et tendit un verre à Annie.

— A Marnie et à Ned, un modèle pour nous tous.

— Et à nous, ajouta Annie avec un sourire radieux.

JOANNA NEIL

Un amour inoubliable

COLLECTION *Blanche*

éditions H**HARLEQUIN**

Cet ouvrage a été publié en langue anglaise
sous le titre :
A DOCTOR TO REMEMBER

Traduction française de
GENEVIEVE BLATTMANN

© 2014, Joanna Neil. © 2014, Traduction française : Harlequin S.A.
83-85, boulevard Vincent Auriol, 75646 PARIS CEDEX 13.

Service Lectrices — Tél. : 01 45 82 47 47
www.harlequin.fr

1.

Saffi s'accouda au garde-fou, d'où elle contempla la baie.

Elle était enfin arrivée ! Après toutes ces heures passées dans le car, c'était bon de pouvoir de nouveau respirer l'air frais.

Ce petit coin du Devon était un vrai bijou. D'ici, elle pouvait voir le quai où les bateaux de plaisance aux couleurs vives se balançaient sur l'eau et les pêcheurs qui déchargeaient leur cargaison de homards. Un tableau ravissant qu'accompagnaient les cris des mouettes qui tournoyaient au-dessus de la rade. Et au loin, des chemins tortueux gravissaient la colline vers des cottages blancs nichés parmi les arbres.

Tout était si paisible, si parfait. Si seulement elle pouvait s'emplir de cette paix !

C'était la raison de sa présence ici. La raison pour laquelle elle avait quitté tout ce qui représentait la sécurité dans sa vie, même si cette sécurité avait fini par devenir totalement illusoire.

Un léger frisson lui fit croiser les bras sur la poitrine.

Et si elle avait commis une erreur en venant ici ? Avait-elle pris la bonne décision ? Comment savoir ce que lui réservait l'avenir ?

Elle inspira une longue bouffée d'air marin, qu'elle relâcha lentement.

Même si elle vivait dans le Hampshire depuis plusieurs années, cet endroit devrait en principe lui évoquer des souvenirs. Et c'était le cas, d'une certaine manière : des images lui remontaient en effet à la mémoire. Mais, fugaces, elles retournaient aussitôt dans le brouillard d'où elles avaient émergé.

— C'est peut-être ce qu'il vous faut, lui avait dit son notaire en lui remettant les documents qu'elle venait de signer. Ce retour aux sources pourrait vous faire le plus grand bien, qui sait ? Retrouver vos souvenirs d'enfance pourrait se révéler salutaire. Vous devriez essayer.

— Oui. Vous avez peut-être raison, avait-elle acquiescé docilement.

Venir ici avait été une importante décision à prendre. Mais à présent que c'était fait, elle devrait peut-être considérer ce changement de vie comme un nouveau départ ?

Elle offrit son visage au soleil tandis que la brise tiède lui soulevait les cheveux et lui caressait les bras.

Sa chaleur parviendrait-elle à dissiper la gangue de froid qui enveloppait son cœur depuis quelques mois ?

Une mouette vint se poser à quelques pas d'elle.

— Désolée, je n'ai rien à te donner à manger, lui dit-elle en souriant.

Ce qui lui rappela qu'elle-même avait le ventre vide. Elle n'avait rien avalé depuis son petit déjeuner, il y avait de cela déjà longtemps. Elle avait tout simplement oublié de manger — ce qui, depuis quelque temps déjà, n'avait chez elle rien d'exceptionnel.

Il était temps de remédier à cette omission.

Son notaire lui avait organisé un rendez-vous à l'*Auberge du Marin*, de l'autre côté de la route. Elle avait encore plus d'une demi-heure à attendre avant de rencontrer celui qui devait la conduire à la propriété, soit bien assez pour apaiser sa faim.

Le restaurant était accueillant avec sa façade blanche

aux poutres apparentes, ses géraniums qui foisonnaient aux fenêtres et ses menus écrits à la craie sur un tableau noir devant l'entrée.

Ayant avisé une table libre près d'une fenêtre, elle passa sa commande auprès de la serveuse avant d'aller s'adresser au patron, un homme jovial en train de polir son comptoir.

— J'attends un certain M. Flynn, pourriez-vous m'avertir lorsqu'il arrivera ?

— D'accord. Comptez sur moi, répondit-il.

— Merci.

D'après le notaire, ce M. Flynn avait plus ou moins fait office de gardien pour la propriété des Glycines au cours des derniers mois.

— Il vous fera faire un tour du propriétaire et vous remettra les clés, lui avait-il dit. Je lui ai écrit pour lui annoncer votre arrivée, et il a proposé de lui-même de venir vous chercher. C'est visiblement un homme charmant, qui sera ravi de vous rendre service.

Quinze minutes plus tard, elle dégustait son omelette forestière et sa salade, quand une ombre tomba sur la table. Relevant les yeux, elle découvrit un homme planté devant elle et, d'émotion, faillit en lâcher sa fourchette.

Etait-ce M. Flynn ? Si oui, il était aux antipodes du gentil vieux monsieur qu'elle avait imaginé ! La trentaine, un mètre quatre-vingts au bas mot, les yeux gris, les traits anguleux, les cheveux noirs courts. Et beau ! D'une beauté virile confondante.

De son côté, il l'étudiait pensivement, et elle ne put s'empêcher de remarquer une sorte de réserve dans son regard.

— Saffi ? dit-il enfin.

— Oui, répondit-elle avec un sourire. Vous devez être M. Flynn ?

— Absolument. Matt Flynn.

Comme elle se taisait, il annonça d'un ton très professionnel :

— Votre notaire m'a écrit pour m'annoncer que vous souhaitiez vous rendre à la propriété des Glycines ?

— Oui, je… En effet, acquiesça-t-elle, pas très sûre d'elle-même. J'espérais que…

Elle baissa les yeux sur son assiette.

— Je ne voudrais pas vous faire perdre votre temps. Voulez-vous que nous y allions tout de suite ?

— Non, pas du tout, la rassura-t-il aussitôt. J'étais en avance, de toute façon. Finissez tranquillement de déjeuner.

Malgré cela, son expression était perplexe. Comme s'il réfléchissait à elle ne savait quoi. Il était intrigué, c'était certain. Peut-être même, d'une certaine façon, perturbé.

— En fait, reprit-il, je n'ai pas pris le temps de manger. Verriez-vous un inconvénient à ce que je partage votre table ?

Son sourire fit jouer un éclat d'argent dans ses yeux.

— On mange très bien dans ce restaurant, et une fois que l'on y a mis les pieds, il est difficile de résister aux odeurs appétissantes.

— Je m'en suis rendu compte, approuva-t-elle. Asseyez-vous, je vous en prie.

— Je vais passer ma commande et je reviens.

Elle le regarda s'éloigner vers le bar.

La vue de ses longues jambes serrées dans son jean et son torse moulé dans son T-shirt provoquait d'étranges remous dans son estomac. Et son cœur battait plus vite, tout à coup…

Des sensations qui la surprenaient.

Elle avait vécu en pilote automatique ces derniers temps, avançant à tâtons dans un labyrinthe de situations inconnues et potentiellement dangereuses, et elle n'avait aucune idée de la place que pouvaient avoir les hommes dans sa vie.

De retour à la table, Matt Flynn s'assit en face d'elle, posa son bock de bière devant lui et l'observa pensivement.

— Votre notaire m'a fait part de vos incertitudes concernant la propriété. Vous comptez y séjourner un moment ?

— Oui. Du moins le temps de me faire une idée avant de prendre ma décision — vendre ou m'y installer.

— Mmh. Ç'aurait été plus simple pour vous si vous aviez une voiture. Mais d'après votre notaire, vous l'avez vendue il y a peu ?

— Je… Oui.

Elle hésita une seconde avant de fournir une réponse aux questions que pouvait soulever son attitude indécise.

— J'ai eu un accident — un véhicule m'a percutée par l'arrière —, et j'ai décidé que finalement je n'avais pas tellement besoin de voiture. En fait, je vis à deux pas de l'hôpital où je travaille.

Une raison tout à fait plausible, et qui lui évitait de révéler celle qui lui avait fait perdre toute confiance en elle au volant. Au cours des derniers mois, toutes sortes d'activités quotidiennes étaient devenues pour elle de véritables défis.

— Je vois, dit Matt. Enfin, je *crois* voir.

Il la dévisagea un instant d'un air perplexe.

— Auriez-vous peur de conduire, depuis, Saffi ?

Il était clair qu'il n'avait pas cru à son prétexte.

— C'est possible. En fait, oui, un peu, répondit-elle du bout des lèvres, espérant qu'il n'insisterait pas.

La serveuse déposa son assiette devant lui, et il se tut un moment, comme s'il réfléchissait à un sujet perturbant. Quoi que ce soit, il parut le mettre de côté alors qu'il entamait son steak.

— Vous envisagez de travailler dans un hôpital de la région ? demanda-t-il en coupant une bouchée.

Elle secoua la tête.

— Non. Du moins pas tout de suite. Je vais prendre un congé.

Elle détestait devoir l'admettre, et elle fut encore plus contrariée en constatant que sa main tremblait alors qu'elle portait son verre à ses lèvres.

Elle le reposa en espérant qu'il ne l'avait pas remarqué.

— Et vous ? Je vous imagine mal dans le rôle d'un gardien en semi-retraite, ainsi que me le suggérait mon notaire.

Il esquissa un sourire ironique.

— Non. En fait, je suis urgentiste, et quand je ne travaille pas à l'hôpital, je suis de garde au BASICS pendant les week-ends et en soirée.

Elle haussa les sourcils.

— Oh ! Donc nous avons un point commun : je travaille moi aussi aux urgences.

Faire partie des BASICS signifiait qu'il intervenait sur le lieu même de l'accident, que ce soit sur le bord d'une route ou à tout autre endroit où il pouvait se produire. Ces médecins étaient pour la plupart des volontaires, ce qui leur laissait le choix d'accepter ou de refuser l'appel.

— Oui, c'est vrai, acquiesça-t-il, mais en la regardant curieusement. Vous ne vous souvenez pas du tout de moi, n'est-ce pas ?

Elle en fut atterrée.

— Me souvenir de vous ? Pourquoi ? Je devrais ?

Elle commençait à comprendre un peu mieux son attitude.

Ce n'était vraiment pas de chance ! Même ici, au bout du monde, il fallait qu'elle tombe sur une ancienne connaissance.

— Nous nous sommes déjà rencontrés ?

— Oh oui.

— Je suis désolée… C'était peut-être il y a longtemps ?

— Nous avons travaillé ensemble à Londres, au Old Compton's Hospital.

Là où elle avait commencé sa carrière, d'après ses propres états de service. Ils avaient donc été collègues.

— Ah… Vous… Tu étais dans le même service que moi ?

— Non. J'étais en traumatologie, mais je me souviens très bien de toi. Comment aurais-je pu t'oublier ?

Elle frémit alors que le regard de Matt s'attardait sur son visage, et elle se sentit soudain les joues en feu.

— Qui aurait cru que nous nous rencontrerions de nouveau dans le Devon ? s'efforça-t-elle de plaisanter pour dissiper son malaise.

— Nous devions être destinés à nous retrouver, répondit-il sur le même ton. Après tout, nous connaissions tous deux ta tante. C'est une autre chose que nous avons en commun, n'est-ce pas ?

Elle hésita.

— Je… Je ne sais pas.

Finalement, autant être honnête avec lui. Après tout, il avait pris la peine de faire le voyage jusqu'ici. Et d'après lui, ils se connaissaient bien. Alors…

— En fait, Matt, j'ai eu un accident il y a quelques mois, et j'ai subi un traumatisme crânien. A vrai dire, je ne sais pas vraiment ce qui s'est passé, mais quand je me suis réveillée à l'hôpital, une grande partie de mon passé s'était effacée de ma mémoire.

Il eut l'air sincèrement choqué.

— Je suis désolé… Ton notaire a en effet évoqué le fait que tu avais quelques problèmes de mémoire, mais j'ignorais que c'était aussi grave.

Spontanément, il couvrit sa main de la sienne.

— Quel genre d'accident était-ce ? Tu t'en souviens ?

— Il ne m'en reste que des images floues. Mais on m'a dit que j'avais dû faire une chute dans l'escalier et que ma tête avait heurté une marche. Je partageais une maison avec une amie, c'est elle qui m'a découverte en rentrant de l'hôpital. Elle a immédiatement appelé une ambulance, et on m'a conduite aux urgences.

Elle se força à se rappeler les événements qui s'étaient enchaînés.

— J'avais une fracture du crâne. L'équipe s'est occupée de moi, et ensuite il a fallu attendre que l'œdème se réduise afin que l'on puisse évaluer les lésions neurologiques. Mais d'une certaine façon, j'ai eu de la chance, parce que je n'ai subi en principe aucune séquelle durable. Seulement, mes cheveux...

Elle sourit, désolée, en passant les doigts dans ses mèches courtes.

— Ils étaient longs, on a dû me raser une partie de la tête.

— Cette coupe te va très bien, en tout cas.

— Merci.

Matt se redressa, et sa main glissa de la sienne, ce qui lui permit de porter son verre à ses lèvres pour boire une gorgée et rafraîchir sa gorge sèche.

— La mémoire me revient par bribes, et j'arrive à garder certains épisodes. D'autres se manifestent un instant puis disparaissent de nouveau avant que j'aie pu les fixer.

— Je suis vraiment désolé, Saffi. J'imagine que ce doit être plutôt difficile à vivre.

Elle haussa les épaules en un geste résigné, mais la compassion sincère qu'elle lut dans ses yeux gris lui procura un étrange réconfort.

— Venir ici, ce doit être un peu comme un saut dans l'inconnu, pour toi ? insista Matt. A moins que tu n'aies gardé des souvenirs du Devon et de la propriété des Glycines ?

Elle secoua la tête avec regret.

— Non. Je ne le pense pas. Mais j'espère qu'ils me reviendront quand j'y serai.

150

— Oui, sans doute… J'ai été sincèrement désolé d'apprendre, pour ta tante. C'était une femme adorable.

— Oui.

Elle avait répondu en hésitant, ne souhaitant pas admettre qu'elle n'avait que de vagues réminiscences de cette femme qui lui avait légué cette propriété dans un village pittoresque de la côte du Devon. Tout le monde lui disait qu'elles avaient été très proches toutes deux, et elle se sentait d'autant plus triste d'être incapable de se rappeler sa bienfaitrice. Triste, et d'une certaine façon coupable de prendre possession d'un héritage dans ces conditions. Mais tous ses amis du Hampshire l'avaient convaincue que c'était la meilleure chose à faire. Seul le temps dirait s'ils avaient eu raison…

— Il semble qu'elle soit morte avant mon accident et que j'aie assisté à son enterrement. La connaissais-tu depuis longtemps ? demanda-t-elle, soudain désireuse de savoir comment sa tante en était arrivée à confier à Matt le gardiennage de la propriété.

Celui-ci parut hésiter avant de répondre, et elle se demanda s'il s'agissait de quelque chose qu'elle aurait dû savoir. Etait-ce en rapport avec la façon dont ils s'étaient connus, elle et lui ?

— Annie et moi nous étions rencontrés il y a quelques années, mais je suis ensuite retourné travailler pour un service aérien d'ambulances, et je ne l'avais pas beaucoup revue jusqu'à ce que je vienne exercer dans le Devon l'été dernier. Elle me demandait de temps à autre de venir l'aider à faire un peu de bricolage chez elle.

— Je suis heureuse de savoir qu'elle avait quelqu'un sur qui compter. Je t'en suis très reconnaissante, déclara-t-elle avec chaleur.

Après cela, ils terminèrent leur repas en discutant de tout et de rien, ce qui lui permit de se détendre sensiblement, même si elle avait encore du mal à manier ce tutoiement qui suggérait entre eux une familiarité dont elle ne pouvait cerner les frontières.

Elle avait les nerfs trop à fleur de peau pour aborder le sujet de la relation qu'ils avaient eue par le passé, quelle qu'elle soit. Et sans doute Matt l'avait-il compris, car il s'abstint de toute question ou remarque personnelle, même s'il paraissait perturbé par l'aveu de son amnésie.

Ils quittèrent le restaurant ensemble et il l'invita à monter dans sa voiture, un coupé bleu visiblement assez neuf aux sièges en cuir.

Il lui jeta un coup d'œil alors que le paysage escarpé de la côte cédait la place à des collines verdoyantes parsemées de cottages très joliment fleuris.

— Ce séjour sera une sorte de répit pour toi, j'espère. Une occasion de te remettre de tous ces événements. Ou bien es-tu avant tout ici pour régler les affaires de ta tante ?

— Les deux, en fait. Je commençais à éprouver le besoin de prendre un peu de repos, de changer de décor. C'est l'occasion pour moi de le faire, même si j'aurais préféré que ce soit dans des circonstances moins tristes.

Elle hésita un instant avant de poursuivre.

— J'étais la seule famille qu'il lui restait. C'est donc à moi qu'il revient de régler les formalités concernant la propriété.

Peut-être avait-elle réussi à s'acquitter d'une partie de ces formalités avant son accident. Elle l'espérait vivement, car depuis, l'isolement auquel la condamnait son handicap lui rendait toute tâche difficile.

Toutefois, le plus pénible à vivre, c'était l'incapacité de se souvenir des êtres qui avaient pu lui être proches. Cela entraînait chez elle un terrible sentiment de solitude.

— Et tu penses pouvoir t'en sortir ? demanda Matt. Je veux dire, si tu ne travailles pas ?

Devant son hésitation, il soupira.

— Désolé, ça ne me regarde pas. N'hésite pas à me

dire quand je deviens trop indiscret. C'est un de mes défauts, j'ai tendance à ne pas réfléchir avant de parler.

Elle le rassura d'un sourire.

— Ce n'est pas grave. Et je préfère que tu sois franc avec moi, dit-elle avant de réfléchir une seconde à sa question. Je ne suis pas certaine d'être en mesure de reprendre mon travail dans l'immédiat. Mais j'ai heureusement assez d'économies pour m'accorder un congé, du moins jusqu'à ce que je retrouve mes marques. Il y a quelques années, apparemment, j'ai investi ce que j'ai touché en vendant la propriété dont j'avais hérité à la mort de mes parents. Au moins, je n'ai pas de souci à me faire de ce côté.

— C'est une bonne chose. Tu en as déjà assez comme ça.

Après un instant de silence, comme ils sortaient d'un virage, elle aperçut à l'écart de la route, en plein champ, une grande maison isolée entourée d'arbres.

Une sorte d'exaltation grandit en elle alors qu'ils approchaient de la propriété.

La bâtisse principale était tout en longueur, avec des parties visiblement ajoutées plus tard, d'où les différentes hauteurs des toits et des fenêtres à petits carreaux, et plusieurs pieds de glycine en fleur qui grimpaient à l'assaut de la façade.

— C'est elle, n'est-ce pas ? dit-elle en se redressant sur son siège.

— Tu t'en souviens ?

— Non. Mais le notaire m'en a montré une photo. Elle est très belle.

— Oui, c'est vrai.

Moins de deux minutes plus tard, Matt se garait dans la cour devant la bâtisse.

— Tiens, les clés, dit-il avant qu'elle ne descende du véhicule.

— Merci.

Elle resta un instant devant la demeure puis s'avança lentement vers la porte.

La glycine diffusait son odeur apaisante. Et comme elle l'inspirait en fermant les yeux, elle fut soudain visitée par l'image d'une femme mince à l'air doux.

— Oh... Annie...

Ses yeux s'emplirent de larmes, et elle porta la main à sa bouche pour contenir les sanglots qui lui serraient la gorge.

— Saffi ? Que se passe-t-il ? s'enquit Matt d'un ton inquiet. Tu te rappelles quelque chose ?

— Ma tante, répondit-elle en tremblant. C'était comme si elle était là. Elle me souriait... Mais elle est repartie, et... Et je ne le supporte pas.

Il hésita à peine un instant avant de lui entourer les épaules de son bras pour l'attirer contre lui.

— Je comprends, Saffi. C'est difficile pour toi. Mais il est bon que tu te souviennes d'elle.

Elle resta un instant sans bouger, submergée par le chagrin mais réconfortée par son étreinte. Ses jambes semblaient soudain trop faibles pour la porter. S'il ne l'avait pas tenue, elle serait probablement tombée.

— Je suis désolée, dit-elle enfin en essuyant ses joues mouillées d'un geste rapide. Je ne m'attendais pas à ce que... A ce qu'elle m'apparaisse ainsi.

— Te souviens-tu d'autre chose ? s'enquit Matt avec douceur. Peut-être peux-tu avoir des réminiscences concernant la maison, ton travail... Ou des amis ?

Il semblait anxieux d'entendre sa réponse. Peut-être espérait-il qu'elle se rappellerait des détails concernant leur relation ?

Elle secoua la tête, piteuse.

— Non. Je me souviens seulement que j'ai été heureuse ici. Et que je me sentais en sécurité. Je suis chez moi dans cette maison.

Matt acquiesça lentement, puis il se redressa et retira son bras de son épaule.

— C'est un début, dit-il sobrement.

Et, comme à contrecœur, il s'écarta d'elle sans évoquer leur relation passée.

— Veux-tu que je t'accompagne à l'intérieur ? proposa-t-il. Tu me sembles encore un peu faible, et je te serai peut-être utile pour te montrer ce qu'il faut faire pour les animaux.

Elle se tourna aussitôt vers lui.

— Les animaux ?

— Tu ne t'en souviens pas ?

Elle secoua la tête.

— Non. Première nouvelle ! Bon, tu as raison, il vaut mieux que tu m'accompagnes et que tu me mettes au courant de tout ce que je dois savoir.

Ce fut donc ensemble qu'ils entrèrent dans la grande demeure. Elle traversa lentement le vestibule avant de remonter un couloir, guettant les éventuels souvenirs qui pourraient lui revenir, mais en vain. La cuisine alliait le charme d'une authentique rusticité au confort pratique de la modernité. La cuisinière bordeaux semblait neuve, les murs et les placards avaient été repeints récemment en blanc cassé, et une table de bois ronde avec quatre chaises assorties occupaient le centre de la pièce.

— Quand j'ai appris que tu venais t'installer, j'ai stocké quelques produits de base, dit Matt. Ton notaire m'avait averti qu'il te faudrait sans doute un peu de temps pour t'habituer avant de pouvoir t'organiser.

— Merci. C'est très gentil.

Elle ouvrit quelques placards, ainsi que le réfrigérateur, et se tourna vers lui avec un sourire d'approbation.

— C'est mieux approvisionné que ça ne l'était chez moi, dans le Hampshire. Ces derniers mois, je passais mon temps à écrire des listes de courses pour penser à remplir les placards. Ma colocataire était encore pire que moi, question organisation.

— Si je comprends bien, je vais devoir te surveiller, dit-il, mi-sérieux, mi-amusé. Il n'est pas question que je te laisse dépérir…

Le regard qu'il porta sur elle à cet instant lui fit monter aux joues une rougeur importune. Malgré son jean et son débardeur, elle se sentit soudain comme nue sous l'attention dont il l'enveloppait.

— Je… euh… Je vais te montrer le reste de la maison, proposa-t-il en toussotant.

Il s'avança vers une porte au fond de la pièce.

— A moins que les souvenirs ne te reviennent peu à peu ?

— Malheureusement non, soupira-t-elle.

Ils passèrent dans la salle à manger décorée dans des tons chauds invitant à la détente. La porte-fenêtre donnait sur une terrasse pavée.

— Elle est très agréable en hiver aussi, surtout avec une bonne flambée dans la cheminée, dit Matt.

Elle eut la fugace vision d'une femme attisant le feu et sentit sa gorge se nouer.

— Ça va ? s'enquit-il gentiment.

— Oui, le rassura-t-elle aussitôt. Je vais devoir penser aussi à surveiller la provision de bois.

— Le boqueteau sur ton terrain devrait amplement fournir ce qu'il te faut, ta tante a toujours surveillé la replantation. Mais tu n'as pas à te soucier de ça pour l'instant, je me suis assuré que la réserve est pleine.

— J'ai l'impression que je te suis très redevable, dit-elle. Tu t'es occupé de tout. Au fait, ces animaux dont tu as parlé, où sont-ils ? Je n'ai vu ni chien ni chat.

— Ah oui. Je t'y conduirai dès que nous aurons fait un tour à l'étage.

Il y avait deux chambres, dont une avec cabinet de toilette. La salle de bains était au bout du couloir.

Curieusement, elle eut l'impression qu'il manquait quelque chose, comme si des pièces avaient disparu...

Etrange. Ses sens lui jouaient probablement des tours.

Ils descendirent ensuite dans le jardin, et elle fut surprise de découvrir que la propriété comprenait également un enclos et une écurie.

— Oh non, ne me dis pas qu'il y a des chevaux ! Je serais incapable de m'en occuper.

— Ne t'inquiète pas. Annie se servait des box pour stocker les fruits, rien de plus.

Elle soupira, rassurée, et comme elle se tournait vers une arche ménagée dans le mur de pierre, quelque chose tressaillit dans sa mémoire chancelante. Des images lui apparurent soudain d'arbres fruitiers et de serres où poussaient des melons, des cassissiers et des pieds de vigne.

Oui, ce devait être un potager ?

Après être passés devant l'écurie, ils atteignirent une petite bâtisse au centre d'une cour fermée par un grillage, où picoraient une demi-douzaine de poules.

— Des poules ? s'exclama-t-elle. Y a-t-il encore d'autres surprises de ce genre ? Je veux dire... Si je dois reprendre la médecine, je ne vois pas quand j'aurai le temps de me charger de tout ça — la cueillette des fruits, le jardinage, le ramassage des œufs...

Matt se mit à rire.

— Et je ne t'ai pas encore montré les trois ruches. Ta tante s'était dernièrement prise de passion pour l'apiculture.

Saffi leva les yeux au ciel.

— Je ferais peut-être mieux de repartir tout de suite.

Il l'observa avec attention quelques secondes qui la mirent au supplice.

— Je suis prêt à parier que tu n'es pas de celles qui capitulent facilement. D'ailleurs, je te rassure tout de suite, ça n'a rien de compliqué. Je vais te montrer. On va commencer avec les poules.

Il retourna vers le poulailler.

— On les libère le matin de bonne heure. On leur met leurs boulettes de nourriture et de l'eau fraîche, et plus tard dans l'après-midi elles ont droit à un mélange de bris de coquilles d'huîtres et de céréales. Tu veux leur en donner un peu tout de suite ?

— Euh… Pourquoi pas ?

Tout en jetant des poignées de la mixture, elle commençait à se dire que ses chances de trouver la paix à laquelle elle aspirait fondaient comme neige au soleil.

En quelques secondes, elle se trouva assaillie par une dizaine de poules qui n'hésitaient pas à lui monter sur les pieds pour atteindre le sac.

— N'oublie pas que tu es la chef, ici, lui rappela Matt avec un sourire amusé. Ne te laisse pas submerger.

Une fois le sac vide, elle parvint à s'échapper, et Matt referma la porte de l'enclos derrière eux.

— Il faudra les rentrer dans le poulailler à la tombée de la nuit. Tu t'y feras vite, tu verras. Et elles pondent bien, en ce moment. Tu devrais avoir des œufs frais tous les jours.

— Ah. Je suppose que je dois m'en réjouir ? ironisa-t-elle.

— Absolument. Il faut toujours voir le côté positif en toutes choses.

L'ironie qu'elle devinait sous son attitude l'agaçait. Elle serra les dents.

— Et les ruches ? s'enquit-elle. Que faut-il faire ?

— A cette époque de l'année, pas grand-chose. Il suffit de t'assurer qu'il n'y a pas de problèmes et de les laisser faire leur miel. La récolte a lieu vers fin août, début septembre. Mais il doit y avoir des manuels sur le sujet dans la bibliothèque.

158

Comme ils reprenaient le chemin de la maison, elle se tourna vers lui.

— Je te dois un grand merci pour tout ce que tu as fait depuis la mort de ma tante. Je n'avais pas idée de toutes les tâches qu'impliquait le gardiennage. Je te suis vraiment reconnaissante de t'être occupé de tout ça.

— En fait, je suis directement intéressé.

— Ah oui ?

— Oui. Ta tante m'a couché sur son testament. Le notaire ne t'en a pas informée ?

— Non. Enfin… Du moins, je ne le pense pas.

Elle fouilla dans sa mémoire pour tenter de se rappeler ses entretiens avec le notaire : aurait-il mentionné un autre bénéficiaire ?

Incapable de s'en souvenir, elle secoua la tête alors que l'effort lui valait un début de migraine.

— Désolée. Il l'a peut-être fait, mais…

— Ne t'inquiète pas. Je comprends.

— Donc, de quoi as-tu hérité, exactement ? D'une somme d'argent, d'une part dans les bénéfices ? Des outils de jardin ? demanda-t-elle, intriguée.

— Euh… Un peu plus que ça, répondit-il, visiblement mal à l'aise. Viens, je vais te montrer.

Il l'entraîna vers une dépendance, en ouvrit la porte et s'écarta pour la laisser entrer.

Totalement prise au dépourvu, elle promena un regard incrédule autour d'elle.

Elle se retrouvait dans une vaste salle de séjour superbement décorée et de laquelle, au-delà d'une arche de pierre, elle apercevait ce qui semblait être un coin-cuisine tout en chêne clair.

— A l'origine, cette bâtisse était d'un seul tenant, mais ta tante y a apporté des modifications. Il y a deux portes de communication avec ta partie de la maison : une au rez-de-chaussée et une autre à l'étage. Elles sont fermées à clé, et nous serons totalement séparés — la clé est sur le trousseau que je t'ai donné.

Elle observa la porte en question, dissimulée dans une alcôve du salon.

Sur son invitation, elle le suivit vers l'escalier, et elle eut alors l'explication du sentiment étrange qu'elle avait éprouvé quand ils étaient montés plus tôt à l'étage : les pièces qui manquaient étaient ici, transformées en une chambre spacieuse et une salle de bains.

— Tu es bien silencieuse, remarqua Matt.

— J'essaie de comprendre… En fait, tu veux dire que ma tante t'a légué cette partie de la maison ?

— Oui. Je n'en avais pas la moindre idée, et je ne l'ai appris qu'après sa mort. Est-ce que cela t'ennuie ?

— Je… Je crois, oui.

Ce n'était pas qu'elle regrettait de ne pas l'avoir pour elle seule. Non, certainement pas. C'était juste que sa tante ne pouvait pas avoir connu Matt Flynn depuis très longtemps. D'après lui, il n'était dans la région que depuis quelques mois. Et pourtant, elle lui avait légué un bien non négligeable. Comment en était-elle arrivée là ?

A présent, elle ressentait le besoin de se retrouver seule afin de réfléchir en toute tranquillité à ce problème.

— Je vais te laisser, dit-elle. J'ai besoin d'un peu de temps pour réfléchir à tout cela. Merci d'avoir pris la peine de me faire visiter.

— De rien, répondit-il en redescendant l'escalier avec elle. Et au moindre problème, ou si tu as besoin de moi pour quoi que ce soit, je serai là.

— D'accord.

Elle n'en doutait pas. Ils allaient être de très proches voisins…

Elle qui s'imaginait avoir hérité d'une demeure totalement isolée, un abri loin de tout et de tout le monde où elle pourrait récupérer du traumatisme qui l'avait privée de ses amis et de sa famille, elle se retrouvait soudain avec un colocataire difficile à ignorer.

Matt Flynn lui était apparu charmant. Mais devait-elle se fier à son apparente prévenance ? N'était-il pas aussi agréable que dans le but de lui soutirer des confidences ?

Depuis l'accident, elle ne pouvait plus compter sur son intuition. Et dans l'immédiat, elle ne savait pas si elle pouvait entièrement s'en remettre à la sollicitude que lui manifestait cet ancien collègue surgi du néant.

Qu'est-ce que sa tante avait vu en lui qui l'avait convaincue de lui léguer une part aussi importante de son héritage ?

2.

Quand Saffi eut terminé de désherber le carré de pois de senteur, elle s'assit sur ses talons pour observer son travail.

C'était un jardin magnifique, coloré et odorant, parfait pour les abeilles qui voletaient d'une fleur à l'autre afin de récolter le pollen. Contre le mur, le rose flamboyant des pivoines contrastait superbement avec celui, plus pâle, des roses trémières. A côté, les pieds-d'alouette étaient du même bleu profond que le ciel.

— Tu as bien travaillé, on dirait, dit la voix de Matt.

Elle sursauta et se retourna alors que celui-ci franchissait l'arche qui séparait cette partie du jardin du reste de la propriété.

Repoussant une boucle qui s'était libérée de sa pince, elle pesta contre son cœur qui se mettait à battre plus fort alors qu'il s'avançait vers elle.

Sa masculinité était presque oppressante. Et son physique presque trop parfait — son torse large moulé dans un T-shirt noir faisait avantageusement ressortir son léger hâle.

Elle avait du mal à savoir sur quel pied danser avec lui. D'après ce qu'il lui avait dit, ils se connaissaient avant son accident. Elle ne demandait qu'à le croire, mais les conditions de cet héritage la plongeaient dans le désarroi et l'incitaient à avancer prudemment en ce qui le concernait. Encore une fois, pourquoi sa tante avait-elle souhaité que sa ferme soit partagée en deux ? C'était vraiment étrange.

Cependant, elle devait reconnaître qu'il s'était parfaitement occupé de la propriété depuis la disparition d'Annie. D'après ses voisins, il avait fait réparer le toit de la grange et s'était assuré que les pelouses étaient régulièrement tondues. Il avait aussi pris soin des poules et des ruches. Autant d'attentions dont elle ne pouvait que lui être reconnaissante.

— Ah, je vois que tu as commencé la récolte des fruits, dit-il.

Le pêcher s'était épanoui en éventail contre le mur du sud, où il recevait le soleil presque toute la journée.

— Eh oui. Il était temps, j'ai juste eu à effleurer les pêches pour qu'elles me tombent dans la main. J'ai aussi cueilli les framboises avant que les oiseaux ne les mangent toutes. Je t'en ai mis une part de côté dans la cuisine.

— C'est très gentil à toi. Merci.

Il sourit alors que son regard s'attardait sur ses formes que son débardeur et son short en jean, sans être moulants, soulignaient malgré tout.

A son grand dam, elle sentit ses joues s'enflammer, et elle fit mine de se pencher sur son panier pour éviter qu'il ne s'en rende compte.

— Je me demande ce que ma tante pouvait faire avec tous ces fruits, dit-elle. J'ai pensé que je pourrais aller en offrir aux voisins, le long du chemin.

— Je suis certain qu'ils en seraient ravis. Je sais qu'Annie vendait des fleurs et des œufs aux commerçants locaux. Elle laissait aussi des paniers de fruits sur le chemin à l'entrée de la propriété, et les gens se servaient en laissant de l'argent dans la petite boîte qu'elle posait à côté.

— C'est vrai ? C'est une bonne idée. Je continuerai peut-être à le faire…

Comme elle s'apprêtait à se relever, Matt lui tendit

la main pour l'aider, et elle remarqua que son regard s'attardait une seconde sur ses jambes nues.

De nouveau, elle sentit ses joues s'enflammer.

— Tu devrais mettre un coussinet sous tes genoux, lui conseilla-t-il. Tu trouveras ce qu'il faut au rayon jardinage.

— Oui, tu as sûrement raison, approuva-t-elle, avant de soupirer. Je commence à me dire que l'entretien de cette propriété sera un travail à plein temps.

— Absolument ! Surtout à cette saison. Mais tu pourrais employer quelqu'un pour un mois ou deux. Tu en as les moyens.

Elle acquiesça distraitement en se dirigeant vers une table basse où un verre et une Thermos attendaient à l'ombre d'un cerisier.

— Je vais avoir beaucoup de décisions à prendre dans un avenir proche, dit-elle en se laissant tomber dans un des fauteuils en rotin.

Elle invita d'un geste Matt à venir la rejoindre, remplit le verre de jus de pomme frais et le lui tendit avant d'en remplir le gobelet de la bouteille et de l'avaler presque d'un trait.

— J'aime le soleil, mais pour travailler dehors, il est un peu trop fort à mon goût, dit-elle.

— Comment t'en sors-tu, d'une manière générale ?

— Plutôt bien, je crois. J'étais venue ici dans l'esprit de me reposer et de récupérer, mais je dois reconnaître que toutes ces tâches me font du bien. J'ai même pris le temps d'explorer un peu le village et les environs. La seule chose que je n'ai pas pu aborder encore, ce sont les ruches. Je suppose qu'il y a une tenue spéciale pour s'en approcher ?

— Oui. Il y en a deux accrochées dans l'écurie. N'hésite pas à me demander une démonstration quand tu seras prête.

— D'accord. J'avoue que ça me rassure. Je me voyais mal entrer dans l'arène toute seule.

Elle but une nouvelle gorgée puis inclina la tête en le regardant.

— Il t'arrivait d'aider ma tante, pour les abeilles ?

— De temps à autre, oui. Elle m'avait demandé de réparer certaines des ruches, et pendant que je le faisais, elle m'a enseigné la façon de s'en occuper. Elle me disait qu'elle leur parlait, qu'elle leur racontait ce qu'il lui arrivait — je ne pense pas qu'elle était vraiment sérieuse, mais visiblement ça lui permettait de trouver le calme indispensable pour en prendre soin.

— Hmm. Je devrais essayer. Ça m'aiderait peut-être à récupérer toutes mes facultés.

— Comment ça se passe, pour ta mémoire ?

Elle haussa les épaules.

— Les souvenirs me reviennent par bribes, de temps à autre. Surtout quand je suis dans la maison ou ici, dans le jardin. Beaucoup moins dans le village et les environs. On m'a expliqué qu'Annie m'avait recueillie après la mort de mes parents, et je sais — je le sens très fort en moi — qu'elle m'aimait comme si j'étais sa propre fille.

Elle s'interrompit une seconde alors que sa gorge se serrait.

— Elle me manque énormément. Je la revois toujours comme une femme âgée pleine de vie, mais je crois qu'elle était plutôt fragile sur la fin, non ? Le notaire m'a dit qu'elle avait subi une attaque cardiaque, mais je ne me le rappelle pas.

— Peut-être ton esprit s'y refuse-t-il.

— C'est possible. Mais ça ne m'empêche pas de ressentir une profonde tristesse.

Soudain une question lui vint à l'esprit : Matt était-il présent quand elle venait voir sa tante, les derniers temps, et pour l'enterrement ?

Tout le monde lui avait dit qu'elle venait régulièrement lui rendre visite, mais là encore elle n'en gardait aucun souvenir. Et pas davantage de lui.

— J'ai hésité à revenir ici, mais je me rends compte que je m'y sens réellement en paix, comme si c'était là qu'était ma vraie place.

— J'en suis heureux pour toi. Et je sais qu'Annie s'en serait réjouie aussi.

— Oui, j'en suis sûre.

Elle l'étudia avec attention un instant, hésita, puis finit par poser la question qui l'intriguait :

— J'ai l'impression que tu la connaissais très bien… Comment en es-tu venu à vivre ici ?

Matt prit le temps de boire une longue gorgée avant de répondre. Elle ne put s'empêcher de remarquer la façon dont sa main vigoureuse avait agrippé le verre avant de le reposer calmement sur la table.

— Je venais d'accepter un nouveau poste dans la région, et je cherchais un pied-à-terre. Ce n'était pas facile, étant donné que c'était en pleine saison touristique, mais j'avais fini par trouver un studio à deux pas de l'hôpital. Même si le confort y était un peu rudimentaire, cela me permettait au moins de prendre mon temps pour chercher mieux. Mais quand l'hiver est arrivé, j'avoue que l'eau froide, pour la douche, c'était un peu dur à supporter…

— Et Annie t'a offert de t'héberger ?

— Oui. Je l'avais aidée en venant faire quelques réparations, et un jour elle m'a suggéré de m'installer dans l'annexe.

— Sa proposition a dû être la bienvenue…

— Oh oui ! Avec le super bonus de délicieux repas — ce qui était tout à fait inattendu. Elle m'apportait des parts de rosbeef ou m'invitait à dîner avec elle. Je crois qu'elle appréciait la compagnie.

— Oui, sûrement. Et toi les douches chaudes.

Il se mit à rire.

— Oui, ça aussi !

Elle soupira.

— J'aimerais pouvoir m'offrir ce luxe, surtout après

mon désherbage en plein soleil. Mais il y a un problème de tuyauterie ou je ne sais quoi : la douche ne fonctionne pas, l'eau coule au goutte-à-goutte. J'ai contacté plusieurs plombiers, mais aucun n'a le temps de venir avant trois semaines.

— Je peux y jeter un coup d'œil, si ça t'arrange. Je ne suis pas un spécialiste, mais à nous deux, nous pourrons peut-être y remédier.

— Ça ne t'ennuie pas, c'est vrai ? demanda-t-elle, ravie de sa proposition.

— Pas du tout. Tu veux qu'on y aille tout de suite, si tu en as terminé ici ?

— Oui, je veux bien.

Dix minutes plus tard, ils avaient trouvé le coupable — le tartre. La pomme de douche était presque complètement bouchée.

— Pas de problème, dit Matt. Je connais le remède : on va la tremper dans une solution moitié eau chaude, moitié vinaigre d'alcool blanc pendant une heure ou deux. C'est infaillible. En attendant, tu peux venir te doucher chez moi, si tu veux.

— Ce n'est pas de refus. J'avoue que je ne me vois pas patienter aussi longtemps…

— Va prendre tes affaires, Je t'attends.

Elle courut chercher des vêtements propres, ainsi qu'une serviette et tout ce dont elle avait besoin, puis elle rejoignit Matt pour le suivre chez lui.

Une fois encore, elle fut surprise par le goût et la simplicité avec lesquels il avait décoré son intérieur.

Deux canapés en cuir crème, une table basse et des étagères de bois sombre, un tapis de laine brun et orange meublaient la grande pièce. Le grand écran de la télévision occupait le mur opposé au divan, et elle put voir, au-delà de la porte ouverte, la cuisine visiblement aménagée avec tous les équipements ultra-modernes.

Pour quelle raison Annie lui avait-elle fait don de cette superbe dépendance ?

— Je suis de garde pour l'équipe de premiers secours, dit-il, donc si je dois partir pendant que tu es sous la douche, ne te gêne pas : il y a du thé et du café dans la cuisine et des cookies dans le placard. Sinon, je t'attends ici. A moins, bien sûr, que tu n'aies besoin de moi sous ta douche ! Je serai trop heureux de te rendre service…

Même si c'était évident qu'il plaisantait, elle sentit ses joues s'empourprer devant la lueur soudain apparue dans ses yeux.

Elle se força à rire.

— C'est très aimable à toi, mais non, merci. Je devrais pouvoir me débrouiller seule.

L'expression de Matt resta amusée, mais elle crut y déceler un soupçon de déception.

— Eh bien, tant pis. Une autre fois, peut-être ?

Elle dut se retenir pour sortir dignement de la pièce et gagner la salle de bains sans courir.

Elle devait bien l'admettre : sa suggestion audacieuse l'avait interpellée. Pour être franche, elle avait même été tentée.

Et pourquoi pas ? Matt était un homme très séduisant, avec un charisme quasi irrésistible et de nombreuses autres qualités, comme celle de savoir manifestement remédier à presque tous les problèmes auxquels elle se heurtait depuis son arrivée ici.

Alors, pourquoi avoir écarté sa proposition ? Elle était libre, et lui aussi apparemment. Pourtant…

Pourtant, elle refusait de se jeter aveuglément dans une relation, alors qu'il était en fin de compte un étranger pour elle. D'après lui, ils se connaissaient depuis plusieurs années, mais quel genre de rapports avaient-ils entretenus ? Et même s'il était agréable, prévenant et intelligent — autant de qualités qui avaient dû convaincre sa tante de lui léguer une partie de ses biens —, pouvait-elle lui faire confiance ?

Quoi qu'il en soit, il semblait indéniablement prêt à ne pas en rester à une simple relation de bon voisinage avec elle…

L'eau tiède l'aida à se détendre, et elle finit par reconnaître qu'elle-même était le seul obstacle à des rapports plus détendus entre eux. Les soupçons qu'elle pouvait nourrir quant aux motivations de Matt envers sa tante n'avaient désormais plus lieu d'être. Il était temps pour elle de se montrer un peu plus conviviale avec son voisin.

Une demi-heure plus tard, vêtue d'un jean propre et d'un T-shirt du même bleu que ses yeux, elle descendit dans le salon, où Matt l'accueillit d'un large sourire.

— Tu es fraîche comme une nymphe des sources.

— Je vais aller me sécher les cheveux chez moi, dit-elle en se dirigeant vers la porte.

— Le déjeuner est prêt. Nous pouvons manger dehors, suggéra-t-il. Tes cheveux sécheront au soleil.

Après tout, pourquoi pas ?

— Je n'y avais pas pensé. D'accord.

Ils s'installèrent sur la terrasse pavée, où Matt servit de la pizza qu'il avait sortie du congélateur et passée au four.

L'odeur de la mozzarella réveilla aussitôt l'appétit de Saffi.

— Veux-tu du vin ? proposa-t-il. Je n'en prends pas moi-même pour le cas où je serais appelé en urgence, mais je ne voudrais pas t'en priver.

— Non, merci. Le jus de fruits sera très bien.

Ils mangèrent en silence quelques instants.

— C'est très bon, dit-elle avec sincérité. A vrai dire, il y a longtemps que personne n'a cuisiné pour moi.

— Je suis content que ça te plaise. En fait, c'était souvent Annie qui cuisinait quand tu venais. Ou alors, les soirs d'été, elle me demandait de sortir le barbecue, et nous mangions dehors. Elle invitait même parfois les voisins à nous rejoindre.

Il la regarda avec insistance.

— Ça ne te rappelle rien ?

— Non…

Elle essaya de retenir les images fugaces qui lui passaient par la tête, mais en vain. Jusqu'à ce qu'une vision s'impose soudain à elle.

— Sauf une fois… Ça n'a pas de rapport direct avec ces repas dont tu parles, mais… J'ai l'impression que j'étais allée travailler ou voir des amis, je ne sais plus, et quand je suis revenue, il y a eu un problème.

Elle remarqua que Matt se raidissait brusquement, mais toute à sa vision, elle ne s'y attarda pas.

— J'ignore ce qui s'était passé, mais je sais que j'étais horriblement malheureuse, et je crois qu'Annie me tenait dans ses bras pour me réconforter… Oh ! gémit-elle, pourquoi est-ce que je ne peux pas me rappeler ?

Cela devait ressembler à un appel au secours, car Matt posa fugacement la main sur la sienne pour la réconforter.

— Sois patiente, Saffi. Ton esprit est en voie de guérison. Peut-être y a-t-il certaines choses qu'il rejette pour l'instant. Accorde-lui du temps. Ne le force pas. Je suis presque certain que ta mémoire te reviendra petit à petit au cours des semaines ou des mois à venir.

— Des mois ? répéta-t-elle en secouant la tête. Aussi longtemps ? Quand vais-je être de nouveau normale ? Et quand est-ce que je pourrai reprendre le travail ? Je dois gagner ma vie, mais comment faire si je ne suis pas capable de me souvenir des gestes tout simples de la médecine ?

Matt allait répondre, quand son mobile sonna. Elle le vit froncer les sourcils alors qu'il écoutait.

— C'est une urgence, dit-il en se levant. Il faut que j'y aille. Désolée de t'abandonner, Saffi, mais je n'ai pas le choix.

170

— Tu as des détails ?

— Je sais juste qu'un garçon de six ans a été renversé par une voiture. Les infirmiers ont besoin d'un médecin sur place.

Il traversait déjà la terrasse, quand il s'arrêta soudain et tourna vers elle un regard interrogateur.

— Je me demandais si…

— Oui ? Qu'y a-t-il, Matt ?

— Voudrais-tu m'accompagner ? Ce serait peut-être une bonne chose pour toi de retrouver l'ambiance d'une urgence. Mais en même temps, j'ai peur que ce ne soit pas indiqué. Ça pourrait avoir l'effet inverse.

En proie à une soudaine sensation de panique, elle hésita.

— Tu n'aurais pas à intervenir, ajouta-t-il aussitôt. Juste à regarder.

D'accord, ce n'était pas à elle qu'il reviendrait de prendre les décisions. Mais il s'agissait tout de même d'un enfant. C'était cela, surtout, qui la faisait tergiverser…

Elle atermoya encore deux secondes puis hocha la tête.

— D'accord. Je viens avec toi.

Elle n'eut pas le temps de s'interroger davantage. Matt était déjà en train de sortir la voiture équipée pour les urgences du garage, et elle courut derrière lui. Il mit le gyrophare et la sirène en marche, et démarra sitôt qu'elle eut fermé sa portière.

Elle sentait son cœur battre à tout rompre.

Pourtant elle n'avait rien à craindre, il ne lui serait rien demandé. Tout ce qu'elle aurait à faire, c'était d'observer et éventuellement d'assister Matt.

— On y est, annonça celui-ci moins de dix minutes plus tard.

Sur place, deux policiers se chargeaient de faire ralentir les voitures et d'interroger des témoins. Une ambulance était arrêtée sur le bas-côté, les portes arrière grandes ouvertes, et deux infirmiers étaient penchés sur le petit blessé gisant au bord de la route. Une femme visiblement angoissée, la mère sans doute, était auprès de l'enfant.

A peine Matt eut-il arrêté la voiture qu'il agrippa sa mallette et courut vers l'attroupement.

Saffi le suivit et considéra, le cœur serré, le petit blessé gémissant et ensanglanté.

Six ans… Il n'avait que six ans. Pourquoi fallait-il que ce genre de chose arrive à des êtres aussi innocents ?

Après avoir échangé quelques mots avec les infirmiers, Matt s'agenouilla devant la jeune victime.

— Bonjour, Charlie. Je m'appelle Matt, et je suis médecin. Je vais t'examiner, d'accord ?

Bien que ses yeux soient ouverts, le petit ne répondit pas.

— Je vais faire très attention, ajouta Matt en se penchant sur lui.

— Touche pas à ma jambe, marmonna alors Charlie.

C'était bon signe. Au moins, c'était une preuve qu'il était conscient et lucide.

— Ne t'inquiète pas, je vais être très prudent. Mais il faut que je sache où tu as été blessé. Ensuite, je te donnerai un remède pour que tu aies moins mal.

Un instant après, alors qu'elle venait de s'accroupir près de lui, il se tourna vers elle.

— Fracture du fémur, dit-il à voix basse. Il tremble, ce qui veut dire qu'il perd du sang. Il faut poser une canule et l'hydrater au plus vite.

Calmement, il expliqua à Charlie et à sa mère blême ce qu'il s'apprêtait à faire.

Saffi s'en rendait compte, les veines du garçon étaient déjà minces et faibles. Mais Matt parvint à en trouver une au dos de la main où il put insérer un tube étroit, qu'il fixa à l'aide de sparadrap avant d'y attacher un sachet de solution saline et un autre d'analgésique.

Sans même réfléchir, elle tendit la main pour tenir le dispositif de perfusion en hauteur.

Voilà qu'elle prenait l'initiative ! Ce n'était pas prévu. Est-ce qu'elle avait bien fait ?

Comme elle croisait le regard de Matt, celui-ci l'encouragea d'un signe de tête.

Son geste avait été un pur réflexe professionnel. C'était rassurant, et il le lui faisait comprendre.

Les infirmiers aidèrent ensuite Matt à poser une attelle sur la jambe. Mais alors qu'ils s'apprêtaient à soulever Charlie pour le mettre sur le brancard, le garçon devint brusquement très pâle et commença à perdre conscience.

Matt jura entre ses dents et l'examina de nouveau.

— Le bassin est peut-être atteint, remarqua-t-elle.

Et ça, elle savait qu'on ne pouvait pas le détecter par un simple examen.

Il acquiesça.

— Je vais devoir le bander. Il doit aussi avoir des blessures internes, il faut absolument qu'on l'hydrate davantage.

Tandis qu'elle pressait le sachet de solution saline afin d'en accélérer le débit, un des infirmiers alla chercher le drap de la civière dans l'ambulance. Avec l'aide des deux hommes, Matt enroula le drap en le serrant doucement autour des hanches du garçon, immobilisant ainsi les os brisés tout en limitant l'hémorragie.

Un bref instant après, les infirmiers transportaient Charlie dans l'ambulance.

Matt vint lui confier ses clés.

— Je vais monter avec lui. Il me faudra la voiture pour rentrer, ensuite. Tu penses pouvoir nous suivre ?

Elle considéra un instant les clés avec stupeur.

Elle n'avait pas conduit depuis son accident.

— Saffi ?

— Je… Bon, d'accord, je vous suis, dit-elle, déterminée de toute façon à avoir la confirmation que le garçon était hors de danger.

Son cœur battait fort quand elle s'assit dans la voiture

et que ses doigts agrippèrent le volant. Pendant un temps, paralysée par la peur, elle fut incapable de bouger.

Mais déjà l'ambulance s'engageait sur la route, sirène hurlante.

Du revers de la main, elle essuya son front moite, puis elle tourna la clé de contact.

Ses doigts tremblaient lorsqu'elle passa une vitesse, puis une autre, mais la voiture obtempéra avec la plus grande docilité et s'engagea normalement sur la route à la suite de l'ambulance, en direction du plus proche hôpital.

En arrivant en ville où la circulation se faisait plus dense, elle perdit de vue l'ambulance. Mais curieusement elle ne céda pas à la panique.

Charlie était à l'arrière de cette ambulance, inconscient, perdant son sang. Sa vie même était en jeu. L'important, c'était qu'il arrive au plus vite. A elle de s'orienter pour trouver l'hôpital.

Matt était seul quand elle le rejoignit dans la salle d'attente des urgences.

— Comment va-t-il ? s'enquit-elle aussitôt.

— Son état est critique. On lui fait un CAT scan en ce moment.

Elle sentit sa gorge se serrer et essuya discrètement les larmes qui lui montaient aux yeux.

C'était stupide, un médecin n'était pas censé pleurer. Elle n'aurait jamais dû venir jusqu'ici, elle n'était pas prête pour cela.

— Nous n'aurons pas les résultats tout de suite, dit Matt en la prenant par les épaules. Nous pourrions aller attendre dehors. Ils m'avertiront lorsqu'il y aura du nouveau.

Il l'entraîna jusqu'à un banc de bois, non loin du parking des ambulances, à deux pas d'une pelouse où trônait un superbe saule pleureur.

Il la fit asseoir, gardant son bras autour de ses épaules.

Un peu réconfortée, elle se laissa aller à fermer les yeux un instant.

Ces derniers jours avaient été plutôt riches en événements. Le chaos semblait régner dans ses émotions, et il était évident que Matt Flynn n'y était pas étranger. Pourtant, en présence de cet homme que, dans le monde où elle se débattait en ce moment, elle ne connaissait que depuis quelques jours à peine, elle se sentait plus en confiance qu'elle ne l'avait été avec quiconque.

Etait-ce une bonne chose ? Elle n'aurait su le dire. Tout ce qu'elle savait, c'était qu'elle avait besoin de son réconfort dans l'immédiat.

Abandonnant ses réticences, elle s'autorisa à poser la tête sur son épaule.

— Ça va mieux ? demanda Matt en lui décochant son merveilleux sourire.

Il la tenait toujours par les épaules, ce dont elle lui était infiniment reconnaissante.

— Je suis désolé, reprit-il en secouant la tête, je n'aurais pas dû te faire subir cela. Il est toujours difficile d'avoir affaire à un enfant malade ou blessé. J'avais pensé que le fait de te retrouver en pleine action pourrait réveiller certains souvenirs de ton travail aux urgences.

— Ça a été le cas, et je me sens bien, répondit-elle avec un calme qui l'étonna elle-même. La vulnérabilité et la souffrance de ce garçon m'ont fait comprendre que je n'avais pas le droit de rester oisive à la maison, à me morfondre sur mon sort.

— Ce n'est pas ainsi que je vois les choses. Tu as eu des coups durs à affronter en peu de temps : la mort de ta tante d'abord, et ton accident ensuite. Annie était comme une mère pour toi, la perdre a été un gros choc. Personne ne pourrait te reprocher d'avoir besoin de temps pour récupérer.

Elle fixa la frondaison verdoyante du saule, pensive.

— C'est très étrange, en fait. Je revis sans cesse des instants que j'ai partagés avec elle, et les émotions qui les accompagnent sont très fortes. Mais tout disparaît aussitôt. C'est très troublant — et très frustrant, aussi.

— Je comprends. Mais ces flashes sont tout de même bon signe. Et encore une fois, essaye de ne pas trop t'impatienter. Avec le temps, la mémoire te reviendra, j'en suis certain.

— Je l'espère, dit-elle avant de soupirer. Je n'ose pas imaginer ce que les parents de Charlie vivent en ce moment. Ce doit être épouvantable. Quelles chances a-t-il de s'en sortir, à ton avis ?

— Je dirais cinquante-cinquante, pour l'instant. Il a perdu beaucoup de sang et a été en état de choc, mais nous avons pu intervenir rapidement. Et un autre plus, c'est qu'il est entre les mains de l'équipe de Tim Collins, un chirurgien exceptionnel. Si quelqu'un peut le sauver, c'est lui.

Il s'écarta très légèrement pour mieux la regarder.

— Tu as tout de suite diagnostiqué la fracture du bassin, et tu as eu les bons gestes pour la perfu.

— C'était instinctif. Mais dans des circonstances différentes, j'ignore si je saurais assumer seule une situation de ce type. Il y a un grand trou dans ma vie, et j'ai perdu ma confiance en moi.

— C'est normal, mais au moins est-ce un début.

Etirant ses jambes, il regarda autour de lui.

— Ça te dirait de marcher un peu dans ce parc ? Nous risquons de devoir attendre un moment avant d'avoir des nouvelles.

— Pourquoi pas ? De toute façon, ce sera mieux que de rester assis.

Ils empruntèrent une allée, longèrent un bosquet de bouleaux et se retrouvèrent bientôt devant la terrasse de la cafétéria de l'hôpital, déserte à cet instant.

Sans même se concerter, ils se dirigèrent vers une table.

— Tu prends un café ? proposa Matt.

— Oui, s'il te plaît.

Il revint deux minutes après avec deux gobelets fumants et en posa un devant elle.

— Ça devrait te remonter. Tout ce qu'il te faut, c'est un peu de couleurs pour que je retrouve la fille que j'ai connue.

« La fille que j'ai connue »…

Etrangement émue par cette expression, elle leva les yeux vers lui.

— Vraiment ? Tu ne penses pas qu'elle a à jamais disparu ?

Il secoua la tête en s'asseyant près d'elle.

— Non, Saffi. Ta vraie personnalité est bien là, juste sous la surface, prête à resurgir dès que tu l'y inviteras.

Elle avala une gorgée de son café, consciente du regard de Matt sur elle.

— Nous nous connaissions bien, toi et moi ?

Elle remarqua une légère gêne dans ses yeux avant qu'il ne réponde.

— Assez bien, oui.

Son regard gris glissa sur ses épaules puis remonta sur sa bouche, où il s'attarda un instant.

Devant la lueur qui éclairait à présent son regard, elle sentit monter en elle une indéniable excitation.

Il était si masculin, si irrésistiblement désirable ! L'attirance qu'il exerçait sur elle était tellement impérieuse qu'elle aurait été incapable de la combattre si elle l'avait souhaité.

Il continua à l'observer sans bouger, et peut-être esquissa-t-elle une invite à son insu car, sans quitter ses lèvres des yeux, il se pencha vers elle.

Elle sentit ses sens s'affoler délicieusement à la perspective de ce qui allait se passer. Et pourtant, en même temps, un léger frémissement le long de son dos l'avertit d'un danger latent, d'une menace subtile capable de mettre à mal sa tranquillité d'esprit déjà bien rudoyée.

Un bruit à l'intérieur du restaurant — sans doute une assiette qu'on venait de lâcher sur le carrelage —, rompit le charme.

Bien que soulagée, elle n'en fut pas moins frustrée : elle avait eu envie que Matt l'embrasse, *vraiment* envie. Et ce désir révélait la profonde attirance qu'il exerçait sur elle.

En relevant les yeux vers lui, elle sentit que lui aussi avait été déçu par cette interruption.

— Tu n'as pas vraiment répondu à ma question, le pressa-t-elle doucement. « Assez bien »… Qu'est-ce que ça signifie, exactement ? Pourquoi restes-tu si évasif ?

Il paraissait réellement embarrassé par son insistance.

— Je crois que… Il est préférable que tu t'en souviennes par toi-même. Comme ça, tu n'auras pas d'idées préconçues. Et d'ici là, cela nous permettra de refaire connaissance, comme des étrangers qui ont envie de se découvrir.

Pourquoi ne voulait-il pas être franc avec elle ?

Elle contint un soupir d'agacement et s'apprêtait à insister, quand le bipeur de Matt se manifesta.

— Ils préparent Charlie pour le bloc, dit-il après avoir coupé la communication. J'y vais. Je veux voir ce que le scan révèle.

— Je t'accompagne.

— Tu es sûre d'être prête pour ça ? demanda-t-il, l'air soucieux.

— Oui.

Il ne lui avait pas été facile de se retrouver confrontée à cet horrible accident, à plus forte raison parce que la victime était un enfant. Peut-être n'avait-elle pas été assez rétablie jusque-là pour affronter une telle situation, mais elle se sentait à présent émotionnellement plus solide, et tout à fait capable de supporter ce qui les attendait.

— Salut, patron, lança l'interne quand Matt entra dans le service de traumatologie.

Saffi tourna vers Matt un regard incrédule.

Patron ? Il était le responsable de ce service ? Quoi

d'étonnant à ce qu'il soit aussi sûr de lui et qu'il n'hésite pas à prendre des décisions ?

— Bonjour, Jake. Qu'ont-ils découvert, en radiologie ?

Jake lui montra l'écran de l'ordinateur.

— Rien de bon, j'en ai peur.

Saffi grimaça malgré elle en découvrant les images.

— Tu sais interpréter ces radios ? demanda Matt devant sa réaction.

Elle hocha la tête.

— Lacération de la rate, blessure à la jambe et fracture du bassin, comme nous le craignions.

— Il a perdu beaucoup de sang, mais pour l'instant son état est stable, les informa Jake. Nous ignorons encore s'il sera possible de sauver la rate. Le Dr Collins décidera de ce qui doit être fait, mais le petit est sûrement au bloc pour un moment, c'est sûr.

Il hésita puis haussa les épaules.

— En fait, vous ne pouvez rien faire de plus. Il serait inutile que vous vous attardiez ici.

— Oui, je sais, dit Matt en soupirant. Merci, Jake.

Une fois sur le parking, il se tourna vers elle.

— Tu n'étais pas sûre de pouvoir conduire jusqu'ici, tout à l'heure, n'est-ce pas ?

— J'ai eu un peu de mal à m'y remettre au début, avoua-t-elle, mais les réflexes sont vite revenus. Je regrette maintenant d'avoir vendu ma voiture.

Matt hocha la tête, l'air satisfait.

— Bien. Il ne te reste plus qu'à en retrouver une autre. Il est important que tu continues sur ta lancée.

Elle l'observa avec insistance alors qu'il s'installait au volant et démarrait.

Un soupçon venait de germer en elle.

— Tu l'as fait exprès, n'est-ce pas ? Tu m'as donné les clés pour que je n'aie pas le choix ? Et si j'avais refusé, comment serais-tu rentré ?

— Comme toujours. J'aurais demandé à un des infirmiers de me déposer, ou j'aurais appelé un taxi. Mais je ne doutais pas que tu y arriverais. Tu n'es pas du genre à baisser les bras trop facilement.

Elle l'observa une seconde avec perplexité.

— C'est la deuxième épreuve que tu me fais passer en une seule journée. J'imagine que tu en as d'autres en réserve, non ? Mais pourquoi ? As-tu un intérêt précis à ce que je retrouve toutes mes facultés ?

Matt fit mine d'y réfléchir.

— Peut-être bien, répondit-il enfin, avec un sourire un rien énigmatique. D'un autre côté, il serait peut-être préférable que…

— Que *quoi* ? demanda-t-elle comme il s'interrompait.

Mais il garda le silence, et son air presque soucieux la perturba.

Redoutait-il qu'elle se rappelle quelque chose en particulier ? Mais quoi ? Qu'avait-il pu se passer entre eux qu'il n'ait pas envie de partager avec elle ? Saurait-elle jamais ce qu'il refusait de lui révéler ?

Cette amnésie était exaspérante…

Et puis une autre pensée lui vint à l'esprit.

Elle ne pouvait pas nier l'attirance qui grandissait en elle pour cet homme. Mais l'éprouverait-elle encore si elle se remémorait ces zones obscures de son passé ? Peut-être était-ce cela qui le tourmentait.

Une fois de retour chez Annie, elle laissa Matt rentrer seul chez lui après lui avoir fait promettre de l'avertir s'il avait des nouvelles de l'hôpital.

La journée avait été éprouvante, et elle avait besoin elle aussi de se retrouver seule. Elle était toutefois heureuse de constater que les gestes lui étaient instinctivement revenus face à une situation d'urgence.

Que devait-elle en conclure ? Etait-elle prête à reprendre le travail ? Aurait-elle les moyens d'assumer son rôle à plein temps ?

Elle n'en savait rien, mais quoi qu'il en soit, elle ne

devait rien brusquer. Dans l'immédiat, l'essentiel était de retrouver une sorte de normalité. Et pour cela, le mieux était de suivre les conseils de son médecin et de profiter de ces vacances forcées pour se reposer, faire un peu de jardinage et de shopping, et d'explorer les environs quand le temps le permettait.

Dans cet état d'esprit, le lendemain après-midi, elle décida de descendre à la plage.

Elle mit son maillot, enfila rapidement par-dessus un short et un T-shirt, attrapa une serviette qu'elle jeta dans son sac fourre-tout avec un tube de crème solaire et une bouteille d'eau, et elle emprunta un sentier menant à une superbe petite crique nichée entre les falaises, à laquelle on accédait par un escalier taillé dans la roche.

Il faisait un temps superbe.

Quelques familles avaient elles aussi choisi de venir profiter de cette magnifique journée, mais elle trouva un coin isolé d'où elle s'amusa à observer les enfants en train de jouer. Une ombre passa sur son plaisir lorsqu'elle songea que le petit Charlie n'allait pas pouvoir en faire autant avant longtemps.

Ils n'avaient pas eu de nouvelles, et si elle appelait elle-même l'hôpital, n'étant pas de la famille, elle ne pourrait pas obtenir d'informations. Elle devait donc attendre que Matt s'en charge.

Cela, au moins, il le lui dirait…

Pourquoi était-il si réticent à lui parler de leur passé ?

Soudain, elle prit conscience qu'un petit garçon en maillot de bain bleu s'était approché d'elle et la regardait avec insistance.

— Bonjour, dit-elle. Tu t'appelles comment ?

— Ben.

— Alors bonjour, Ben. Moi, je suis Saffi. Tu t'amuses bien ?

Il acquiesça en silence en continuant à l'observer.

— Qu'y a-t-il, Ben ? Tu as un problème ?

Il haussa les épaules, en un geste gauche qui l'intrigua davantage encore.

— Tu peux me le dire, tu sais. Ça m'est égal.

— T'as l'air triste, dit-il enfin.

Ah.

— C'est vrai ? dit-elle avant de sourire. Oh ! ne t'inquiète pas, je ne suis pas si triste ! Il fait trop beau pour ça, tu ne trouves pas ?

Il acquiesça en silence, mais son expression semblait bien trop sérieuse pour un enfant de son âge.

— Et toi ? Ça t'arrive d'être triste ? s'enquit-elle, poussée par une soudaine intuition.

Il hocha de nouveau la tête.

— Un peu, parce que je ne vois pas papa tous les jours comme avant. Mais c'est mieux, maintenant.

— Ah ? Je suis contente pour toi. Tu es en vacances ?

— Nan. On habite ici.

Elle promena son regard sur la plage pour voir si le père ou la mère de l'enfant était dans les parages, et elle aperçut un homme de dos, agenouillé dans le sable.

Le jean roulé sur les chevilles, il était en train de procéder aux finitions d'un grand château de sable. Il releva la tête pour scruter le rivage, cherchant manifestement le petit garçon, et quand il se tourna dans leur direction, elle sursauta malgré elle, effarée.

Matt !

Il s'avançait déjà vers eux.

— Que fais-tu ici, Ben ? Je croyais que tu devais aller remplir ton seau ? Tu as changé d'avis ? Tu ne veux plus finir ce château ?

Il se tourna alors vers elle, et elle eut l'impression que son regard s'attardait un peu plus longtemps que nécessaire sur ses jambes exposées et sa poitrine moulée par le débardeur.

— Salut, dit-il. Je me demandais s'il t'arrivait de venir ici.

Elle acquiesça distraitement, encore trop choquée par ce qu'elle venait de découvrir. Elle en éprouvait comme un coup à l'estomac.

Matt avait un fils ! Il était donc marié, ou au moins engagé dans une relation sérieuse…

Etait-ce cela qu'il s'efforçait de lui cacher ?

Elle comprenait mieux maintenant les réticences qu'elle éprouvait envers lui. Son subconscient devait l'avoir avertie.

— Si, dit Ben, je veux finir le château. Je parlais juste à la dame.

— Hmm. Dis donc, je ne t'avais pas dit qu'il ne fallait pas parler aux étrangers ?

— Mais c'est pas un étranger, puisque je sais son nom ! Elle s'appelle Saffi.

Matt se retint visiblement de sourire devant ce magnifique exemple de logique enfantine.

— Donc, j'arrive trop tard pour faire les présentations, dit-il en ébouriffant les cheveux du gamin. Ben va rester avec moi pendant une semaine, ajouta-t-il en se tournant vers elle.

Elle se força à sourire.

— J'ignorais que tu avais un fils.

— Un fils, moi ? Ça ne risque pas ! Je n'ai aucune intention de me lancer dans une histoire trop sérieuse. Chat échaudé, comme on dit…

Il laissa sa phrase en suspens, et elle le fixa un instant, éprouvant un mélange de soulagement et de déception.

Il n'était pas marié. Bon. C'était déjà une bonne nouvelle. Quant au reste… La spontanéité avec laquelle il s'était exprimé trahissait clairement sa sincérité. Qui avait pu le blesser au point de lui faire rejeter ainsi toute idée de relation durable ?

— Ben est mon neveu, ajouta-t-il plus calmement. Le fils de ma sœur. J'aurais dû te le dire tout de suite, mais j'étais un peu perturbé de l'avoir perdu de vue… Avoir un enfant sous sa responsabilité, ça peut devenir un vrai cauchemar si on est distrait, conclut-il en soupirant.

— Je comprends, répondit-elle.

Elle comprenait surtout que son attitude envers elle ne signifiait rien de plus qu'une simple attirance physique, une invitation à partager quelques bons moments avec elle.

Bien. Au moins, désormais, elle savait à quoi s'en tenir. Or, elle ne pensait pas être du genre à se contenter d'une liaison purement physique, dépourvue de tout sentiment.

A moins que… ?

Après tout, son passé restait encore une page blanche pour elle, en tout cas en ce qui concernait ses relations amoureuses.

Matt s'était accroupi devant son neveu.

— Ben, tu te souviens de ce que je t'ai dit, pour les étrangers ?

Le garçon acquiesça d'un hochement de tête hésitant.

— Que fais-tu si quelqu'un que tu ne connais pas t'offre un bonbon ou autre chose ? Ou s'il t'invite à aller se promener avec lui ?

Ben considéra sérieusement la question.

— Je lui dis « s'il vous plaît » et « merci » ?

Matt soupira.

— Bon. Je crois que nous devrons reprendre le sujet, déclara-t-il en se relevant. Tu peux aller nous chercher des cailloux ? Tu ne prends que les petits, hein ?

Le garçon s'éloigna de quelques mètres avec son seau, et Matt s'assit près d'elle.

— Comment se fait-il que tu le gardes ? demanda-t-elle.

— Gemma, ma sœur, est malade. Il y a déjà un moment qu'elle ne se sent pas bien, mais cette nuit elle m'a appelé en catastrophe, et cette fois je l'ai convaincue de se faire admettre à l'hôpital, ne serait-ce que pour subir des examens dans un premier temps. Elle a beau me répéter que c'est une simple question de surmenage, je serai plus rassuré une fois que j'en saurai davantage.

— J'imagine que c'est très stressant, autant pour elle que pour toi. Et pour Ben, bien sûr. Comment le prend-il ?

— Pour l'instant, pas trop mal. Je lui ai expliqué que sa mère a besoin de repos, et il est finalement ravi de passer des vacances avec moi.

— Quel genre de problème a ta sœur ? Si je ne suis pas indiscrète, bien sûr.

— Non, pas du tout… En fait, nous ne savons pas exactement. Il y a maintenant plusieurs semaines qu'elle se sent fatiguée et qu'elle a très souvent des nausées. Et hier, elle a vomi du sang.

Il s'assura d'un coup d'œil que Ben n'entendait pas avant de poursuivre.

— Je l'ai aussitôt conduite à l'hôpital pour que l'on détermine la source de l'hémorragie. Elle aura droit dès demain à une série d'examens.

— Dans son malheur, elle a au moins la chance de pouvoir compter sur toi. Mais comment vas-tu faire, avec Ben ? Tu es de garde toute la semaine à l'hôpital, non ?

— Oui, mais il sera à la garderie une partie de la journée, et j'engagerai une baby-sitter pour s'occuper de lui jusqu'à ce que je sois libre. On se débrouillera.

Il haussa les épaules en souriant.

— En attendant, je suis heureux de te voir ici. Tu ne veux pas nous aider à finir notre château ? Ben me harcèle depuis son réveil pour qu'on le fasse. Et évidemment, il ne veut pas se contenter de quelque chose de simple. Plus il sera grand et tarabiscoté, mieux ce sera.

Elle le suivit et découvrit l'œuvre, déjà bien avancée.

— Eh, c'est superbe ! Il y a même des tours, des balcons et des fenêtres !

Ben, qui venait de revenir avec son seau de cailloux, s'épanouit sous le compliment.

— Vous avez dû y passer la journée, ajouta-t-elle.

— Presque, admit Matt, visiblement heureux lui aussi de ses louanges.

Ben s'agenouilla et, avec un soin inattendu pour un enfant de son âge, se mit à incruster les cailloux dans le mur de façade du château.

Se prenant au jeu, elle s'agenouilla à côté de lui.

— Et si je faisais un escalier sur le côté ?

Ben approuva son idée, et elle se mit au travail tandis que Matt fignolait le pont-levis. Au bout d'un moment, il se recula et, assis sur ses talons, étudia leur forteresse.

— Ce n'est pas mal du tout, remarqua-t-il en essuyant son front moite du revers de la main.

Elle sourit.

— Tu as l'air d'avoir chaud.

Elle fouilla dans son sac pour en sortir la bouteille d'eau, encore à peu près fraîche.

— Tiens…

Il en but une longue rasade puis lui rendit la bouteille, qu'elle passa à Ben.

— Tu as eu des nouvelles de l'hôpital ? s'enquit-elle après avoir bu elle-même.

— Oui. J'ai appelé juste avant de sortir. Tim a pu sauver la rate et stabiliser le bassin. Charlie ne pourra soulever aucun poids avant un bout de temps, et il devra porter un plâtre pelvi-pédieux pendant quelques semaines, le temps que les fractures de la jambe et du bassin se ressoudent, mais il devrait progressivement retrouver des activités normales. Il a bien supporté l'opération, et d'après Tim il devrait se remettre assez vite.

— Tant mieux. Et son moral ?

— Il est encore choqué pour le moment, bien sûr. Mais les enfants récupèrent très vite. Bien plus vite que nous. Ce qui me fait penser que Gemma… J'espère qu'ils ne vont rien lui découvrir de grave.

Elle posa doucement la main sur son bras.

— Tu as bien fait de la conduire à l'hôpital. Ils vont découvrir l'origine du problème, et elle pourra recevoir les soins adéquats.

— Oui, je l'espère.

Baissant les yeux sur sa main, il la couvrit de la sienne.

Elle frémit sous la chaleur qu'il lui transmit.

— Tu es un vrai réconfort, pour moi, Saffi. Je suis heureux que tu sois ici.

Elle répondit d'un sourire mais s'écarta de lui alors que Ben les appelait pour leur montrer son travail.

— Super, Ben ! dit Matt. Je crois que cette fois on peut considérer que ce château est terminé, non ?

— Oui. Et il est magnifique, approuva-t-elle en s'écartant pour les laisser tous les deux admirer leur chef-d'œuvre.

Une douce chaleur se répandit en elle.

Comment pourrait-elle résister à Matt ? Il était tout ce qu'une femme pouvait désirer… Et pourtant, instinctivement, elle continuait de lutter contre la puissante attirance qui la poussait vers lui.

N'avait-elle pas déjà assez de problèmes comme ça ? Le beau Matt Flynn n'était pas de ceux qui restent. Il avait eu l'honnêteté de l'en avertir à mots couverts. Et la dernière chose dont elle aurait besoin, maintenant, serait d'avoir à guérir d'une peine de cœur.

4.

Saffi nettoyait le petit parterre de pétunias dans le jardin de devant. Elle n'avait pas encore pris son petit déjeuner, mais elle voulait terminer sa tâche avant que le soleil ne soit trop chaud.

Ce fut un bruit de gravier foulé qui la fit se retourner.

Ben se tenait à quelques mètres d'elle, immobile et la mine sombre.

— Bonjour, dit-elle. Tu es bien matinal. Tu es déjà prêt pour aller à la garderie ?

Il acquiesça d'un simple hochement de tête et continua de la regarder tandis qu'elle travaillait.

— J'enlève les mauvaises herbes, tu vois. Il faut le faire régulièrement, sinon elles finissent par prendre toute la place.

Il ne répondit pas davantage mais persista à l'observer en silence. Comme il semblait satisfait de rester ainsi auprès d'elle, elle n'insista pas pour l'inciter à parler.

A quoi pouvait-il penser ? A sa mère ?

C'était très possible. Ce genre de perturbation dans une famille était toujours difficile à vivre pour un enfant.

Elle s'occupa ensuite des glaïeuls en les liant autour d'un piquet central.

— Sinon, ils tombent parce qu'ils sont trop lourds, expliqua-t-elle.

Le petit hocha imperceptiblement la tête, et quelques

autres minutes s'écoulèrent ainsi jusqu'à ce que Matt vienne les rejoindre.

— Il est temps d'aller à la garderie, Ben, annonça-t-il en se tournant vers elle.

Elle se sentit frémir sous la chaleur de son sourire.

Il portait sa tenue de chef des urgences — costume d'excellente coupe, chemise blanche et cravate de soie au motif discret.

— Superbe, ton parterre, dit-il. Tu as vraiment la main verte.

— Et pleine de terre, répondit-elle en riant. Je vais me passer sous la douche, et ensuite j'irai faire quelques courses. Mes placards sont presque vides.

Le regard de Matt glissa sur sa silhouette.

— Ah. Il vaut mieux les remplir, alors. Ce serait dommage de perdre ces délicieuses courbes.

Elle sentit ses joues prendre feu, mais il ajouta aussitôt d'un ton plus neutre :

— Je peux te déposer au village, si tu veux. Mais je pars dans dix minutes.

— D'accord. Je vais me préparer, dit-elle en se relevant aussitôt pour courir vers la maison.

Il l'attendait dans le véhicule d'urgence quand elle le rejoignit.

— Tu es de nouveau de garde ? s'étonna-t-elle.

— Juste ce matin.

— Et tu arrives à concilier cela avec ton travail à l'hôpital ?

— En général, oui. Je m'arrange pour le faire les jours où je n'ai pas de réunions ou de consultations. Sinon, le centre d'appels doit trouver un autre médecin disponible. Le bon côté des choses, c'est que je peux conduire moi-même Ben à la garderie plutôt que de le confier à Laura, la baby-sitter. Ses habitudes sont déjà assez perturbées comme ça, je m'efforce de les brusquer le moins possible.

Il se gara bientôt devant un bâtiment blanc avec de

grandes fenêtres aux vitres ornées de dessins, et elle l'accompagna pour voir où Ben passerait les prochaines heures.

La salle principale était lumineuse, colorée, décorée de posters d'animaux. De grandes tables rondes à hauteur d'enfant proposaient des feuilles et des crayons pour dessiner, ainsi que des puzzles ou autres jeux.

— Ton père va sans doute venir te chercher pour le déjeuner, dit-il en s'accroupissant devant son neveu, dont le visage s'éclaira à cette nouvelle. S'il n'arrive pas à temps, ce sera Laura qui viendra, comme d'habitude. Amuse-toi bien, mon bonhomme. Et à tout à l'heure.

Une fois de retour dans la voiture après qu'ils furent passés au supermarché du coin pour faire quelques provisions, elle se tourna vers Matt.

— Est-ce que… Le père de Ben ne vit pas avec eux ? Ben m'a confié l'autre jour qu'il était triste de ne pas le voir assez souvent.

— Oui, je sais, c'est un problème. James est très souvent parti. Il travaille pour une compagnie informatique. Son rôle est d'aller remédier aux problèmes des clients dans l'industrie bancaire ou les services de santé. Pour ça, il doit quelquefois se rendre séance tenante en Ecosse ou au pays de Galles, ou ailleurs. Si le système d'un client tombe en panne, leur contrat garantit une intervention immédiate.

— Est-ce pour cette raison que Ben s'inquiète ? Parce que son père a une vie imprévisible ?

— C'est possible. Mais il y a aussi que Gemma et lui ont traversé une mauvaise passe, dernièrement. Ils ont décidé de se séparer. Ils ne lui ont encore rien dit, mais il est clair qu'il doit percevoir les tensions entre eux.

— Sans doute. C'est une situation terrible à vivre, et pour tout le monde.

— Oui, mais au moins James est là en ce moment. Je ne lui ai pas parlé personnellement, mais il a laissé un message à Gemma pour lui dire qu'il irait chercher Ben à la garderie. Je n'ai pas encore réussi à le joindre afin de l'avertir, pour Gemma. Il est possible qu'il ait changé de numéro.

— Je vois. Ça ne doit pas être facile pour toi de t'occuper de Ben, dans ces conditions. Comment va ta sœur ? Tu as eu des nouvelles ?

Matt secoua la tête.

— Ils cherchent toujours la cause de ses problèmes. Ils ont fait tous les examens sanguins, plus une endoscopie de l'estomac et du duodénum, et ils prévoient une biopsie. Mais elle reste à l'hôpital. Elle a été très affaiblie par des pertes de sang et de poids, dernièrement. Il est probable qu'ils souhaitent la garder pour la remonter.

— D'après ce que tu m'as dit, je suppose qu'elle souffre d'un ulcère de l'estomac ou du duodénum ?

— En effet. Mais d'après les analyses, ce ne serait pas dû à une infection bactérienne.

Voyant l'inquiétude dans le regard de Matt, elle sentit son cœur se serrer.

— S'il y a quoi que ce soit que je puisse faire pour t'aider, n'hésite pas à me le demander, Matt. Je pourrais par exemple garder Ben pendant que tu vas la voir, si ça t'arrange.

— Merci, Saffi, dit-il en lui pressant fugacement le bras. Mais Ben insiste pour voir sa mère, alors je l'emmènerai sûrement avec moi.

— D'accord. En attendant, si tu as envie d'en parler, n'hésite pas. Vous avez de la famille, en dehors de Gemma ?

— Nos parents. Mais ils ne vivent pas dans la région, et ils travaillent, eux aussi. Et de toute façon, Gemma veut absolument avoir Ben près d'elle. Ça la rassure…

La sonnerie de son portable l'interrompit, et Matt répondit aussitôt.

— Oui ?

Il écouta un instant, avant de se faire confirmer les données qu'il avait enregistrées et de raccrocher.

— Apparemment, tu as gagné un billet pour une nouvelle balade, annonça-t-il en mettant le gyrophare en marche.

Saffi sentit un frisson d'appréhension lui parcourir le dos.

Etait-elle prête pour cela ? Et si c'était cette fois encore un enfant dont la vie serait en jeu ?

Elle éprouva l'envie irrésistible de descendre de la voiture, mais une force plus impérieuse encore, totalement instinctive, la contraignit à tenir tête à ses démons.

— Où allons-nous ? s'enquit-elle alors que Matt manœuvrait pour quitter sa place de parking.

— Au centre d'équitation ou à proximité. Une jeune fille est tombée de cheval.

Il leur fallut moins de dix minutes pour arriver sur place après avoir emprunté un chemin de terre menant au haras en question.

Plusieurs personnes étaient groupées devant une large barrière de bois ouverte au milieu d'une haie touffue d'aubépine. Quelqu'un tenait les rênes d'un cheval, et un peu plus loin deux cavaliers attendaient silencieusement avec leurs montures près de la victime allongée sur le sol. Tous les visages exprimaient l'inquiétude et le désarroi.

Matt attrapa son kit médical et s'approcha. Saffi lui emboîta aussitôt le pas.

— Que s'est-il passé ? s'enquit-il. Quelqu'un a-t-il été témoin de l'accident ?

— Le cheval a rué brusquement, expliqua une jeune fille d'une voix tremblante. Katie a perdu le contrôle et est tombée. Et Major l'a frappée dans le dos avec son sabot en retombant sur ses pieds.

— D'accord. Merci.

Il s'agenouilla devant la jeune fille, qui ouvrit les yeux.

Mince et apparemment assez grande, elle devait avoir

dix-sept ou dix-huit ans. Ses longs cheveux auburn étaient répandus dans l'herbe.

— Comment vous sentez-vous, Katie ? Eprouvez-vous une douleur particulière quelque part ?

— Mon… Mon cou, répondit-elle d'une voix tendue. Ça me fait mal quand j'essaie de le bouger.

Elle semblait complètement traumatisée et angoissée de se retrouver dans cette situation.

Ça se comprenait, songea Saffi avec compassion. En cas de fracture des cervicales et de lésion de la moelle épinière, la jeune fille pourrait très bien ne plus jamais remarcher.

— Bien, dit Matt, s'adressant d'une voix apaisante à la blessée. Vous allez vous efforcer de bouger le moins possible, et je vais vous mettre une minerve. Dès que ce sera fait, je procéderai à un rapide examen. D'accord ?

— Oui, répondit la fille entre ses dents serrées.

Saffi lui tint délicatement la tête tandis que Matt lui plaçait la minerve autour du cou, après quoi il chercha d'éventuelles blessures.

— Veux-tu que je lui pose un masque ? proposa-t-elle, consciente que tout dommage ou œdème dans cette région pourrait priver les tissus d'oxygène et ajouter au problème.

— Vas-y, dit-il sans cesser de contrôler les signes vitaux. Pouls et pression artérielle faibles, murmura-t-il un bref instant après. Nous allons devoir surveiller ça. Je vais lui injecter un soluté intraveineux pour tenter de remonter sa tension.

— D'accord. Et elle se refroidit, aussi. Sa peau est rouge et sèche. Il faudrait qu'on la couvre.

— Oui, on a affaire à un choc neurogène. Mais nous devons d'abord la glisser sur la planche dorsale. Je vais la chercher.

Il revint quelques secondes après et enrôla deux des garçons parmi les témoins silencieux, afin qu'ils les aident à y installer la jeune fille.

— Nous devons être très prudents et la bouger le moins possible, les avertit-il.

Après qu'il eut expliqué la manœuvre, tous les quatre parvinrent à faire glisser la victime sur la planche.

Une poignée de minutes après, l'ambulance arriva. Katie fut hissée à l'arrière du véhicule. Un infirmier resta près d'elle. Matt leur donna quelques instructions, puis l'ambulance repartit.

Saffi se tourna vers lui.

— Et maintenant ?

— Je vais les suivre, annonça-t-il. Tu veux venir, ou je t'appelle un taxi pour rentrer ?

— Je t'accompagne, dit-elle sans hésiter.

— Alors, viens. Je demanderai aux infirmiers s'ils peuvent te déposer chez toi quand ils en auront terminé à l'hôpital.

Ses traits figés trahissaient son anxiété. Ce ne fut qu'à leur arrivée à l'hôpital qu'il se détendit assez pour se tourner vers elle.

— Comment supportes-tu l'épreuve ? s'enquit-il. Ces urgences ne sont pas trop stressantes pour toi ?

— J'ai l'impression de plutôt bien le supporter, dit-elle en examinant ses propres sensations. C'est comme de sauter dans l'inconnu : au début, je suis un peu effrayée à la perspective de ce que nous allons découvrir…

— Mais tu tiens tout de même à venir.

— Oui. Il faut que je me jette dans le bain. Après tout, c'était mon métier avant que je ne tombe dans ce fichu escalier. Il faut bien que je sache si je suis capable de le reprendre.

— Tu penses que ce sera le cas ?

Elle secoua la tête en soupirant.

— Je n'en sais rien. C'est une chose d'assister en simple témoin à une intervention, c'en est une autre de prendre les décisions pour sauver une vie.

— Oui, c'est certain.

Quelques minutes plus tard, Matt s'arrêta devant les urgences. Jake les retrouva à l'accueil.

— Vous êtes ici pour la cavalière ?

— Exact, dit Matt. Où en est-on ? On a pu joindre les parents ?

— Ils sont en route. On l'a conduite en radio, et pour l'instant le neurologue examine ses réflexes. Sa tension est toujours basse, on lui a donné de la dopamine pour améliorer le débit cardiaque.

— Et le rythme ? Il s'est amélioré ?

— Oui, c'est mieux. Elle a eu droit à deux milli-grammes d'atropine pour l'instant.

— Bon, c'est toujours ça. Et les radios ?

Jake fit apparaître les clichés sur l'écran de l'ordina-teur, et Saffi vit Matt grimacer devant ce qu'il découvrit.

— Fracture de la C7. Elle va devoir être opérée pour la stabiliser. Allez voir si Andrew Simmons peut venir tout de suite. En attendant, elle a besoin d'analgésiques et de stéroïdes pour faire baisser l'inflammation.

— O.K. J'avertis Gina, c'est elle qui s'occupe de ta patiente.

Matt eut un léger sursaut de surprise.

— « Gina » ? Tu veux dire Gina Raines ?

Il était clair que, pour quelque raison que ce soit, cette information l'étonnait.

— Oui, répondit Jake, elle travaille généralement à l'hôpital communautaire, mais elle a été transférée ici il y a deux jours sur une base temporaire. Et d'après ce que j'ai pu voir, elle est très capable.

— Oh ! elle est qualifiée, c'est sûr ! grommela Matt.

Saffi, intriguée, l'observa.

Pourquoi ce ton circonspect ? Qu'est-ce qui avait pu motiver son changement d'humeur ? Avait-il travaillé auparavant avec cette Gina ? D'après son attitude, il était clair qu'il la connaissait bien.

— Je vais aller la voir moi-même, dit-il. Essayez plutôt de me trouver Andrew Simmons.

— D'accord.

Matt se tourna alors vers elle, l'air préoccupé.

— Ça t'ennuierait de rentrer avec les infirmiers ? Ils doivent passer par le village pour rejoindre la station d'ambulance...

Elle s'empressa de le rassurer.

— Pas de problème, ne t'en fais pas pour moi. Tu as besoin d'aller voir ta patiente, je suis bien placée pour le comprendre. Si en plus ils me donnent un coup de main pour récupérer mes sacs de courses dans ta voiture, ce sera parfait.

Elle le vit se détendre quelque peu.

— D'accord. Ils sont sans doute à la cafétéria, mais je leur ai demandé de me prévenir quand ils seront prêts à repartir.

Elle l'accompagna dans la salle de soins, où une équipe de médecins et d'infirmières s'occupait de Katie.

L'adolescente était visiblement effrayée malgré les efforts d'une des infirmières pour la rassurer.

Cette dernière était très jolie, avec des yeux verts, une bouche sensuelle et bien dessinée, et de longs cheveux châtains relevés en queue-de-cheval nattée.

Etait-ce Gina ?

La jeune femme leva les yeux à leur entrée, et Saffi n'eut aucun mal à ressentir la tension qui jaillit entre Matt et elle lorsque leurs regards se croisèrent.

— Quelle surprise, dit-elle d'une voix douce. Il y a bien longtemps que nous ne nous sommes vus, Matt.

— C'est vrai. Et je ne m'attendais pas à te voir ici.

— Je remplace la fille qui est partie en congé-maternité.

— Ah.

Matt s'éclaircit gauchement la voix. Visiblement, cette rencontre inopinée le perturbait.

— Donc, comment va notre patiente ?

— Elle a très peur.

— Ce qui se comprend, dit-il en s'avançant vers le lit pour presser doucement la main de Katie. Vos parents sont en route, Katie. Ils arriveront d'ici peu.

Il continua à lui parler d'une voix calme et apaisante, répondant à ses questions de manière toujours positive, et au bout de quelques minutes, Saffi la sentit se détendre sensiblement.

Alors qu'ils ressortaient tous les trois de la salle, Gina lança un regard approbateur à Matt.

— Tu as toujours su y faire avec les patients, remarqua-t-elle. C'est vraiment un don chez toi.

— Souhaitons que je n'aie pas à trahir sa confiance, rétorqua-t-il d'un ton un peu sec.

Comme Gina se tournait vers elle, Saffi la vit esquisser un sourire.

— Je te croyais basée dans le Hampshire, Saffi. Tu travailles ici, maintenant ?

— Non. Je suis de passage, répondit-elle, perturbée.

Apparemment, l'infirmière la connaissait bien, et cela la plongea de nouveau dans la perplexité.

Combien de personnes devrait-elle encore rencontrer qu'elle ne reconnaîtrait pas ?

— Saffi a eu un accident, expliqua Matt avec un regard appuyé à l'infirmière.

Il sortit son bippeur qui vibrait dans sa poche avant d'ajouter :

— Elle souffre d'amnésie, elle est ici pour se remettre.

— Oh. Désolée.

— Ce n'est pas grave, dit Saffi, qui avait soudain très envie de s'éclipser.

Qui était cette Gina ? A la façon dont elle regardait Matt, tous deux semblaient très bien se connaître. Avaient-ils été ensemble ?

La contrariété proche de la colère qu'elle éprouvait à cette idée la prenait au dépourvu.

Elle n'avait aucune envie d'imaginer Matt avec une autre femme. Mais de quel droit ? Jusqu'à preuve du contraire, la vie sentimentale de Matt Flynn ne la regardait pas.

— Je vais vous laisser travailler, tous les deux. De toute façon, il faut que j'y aille, dit-elle avant de se tourner vers Matt. C'étaient les infirmiers qui t'appelaient, à l'instant ?

— Oui, ils t'attendent à la réception. Je t'accompagne.

— Non, ne te dérange pas. Ta patiente a plus besoin de toi que moi.

— D'accord. Alors, à plus tard, Saffi.

— Oui, à plus tard.

Elle s'éloigna rapidement, avec une sensation d'urgence.

Comment cet homme était-il parvenu à se glisser aussi vite dans son cœur ?

Les infirmiers compensaient le plus souvent le stress auquel ils étaient quotidiennement confrontés en plaisantant. Et ceux qui la raccompagnèrent ne faisaient pas exception. Cette fois, visiblement, c'étaient Matt et Gina qui fournissaient le prétexte de la conversation.

— Tu crois que le Dr Flynn est prêt à alimenter de nouveau le courrier du cœur ? demanda le chauffeur à son confrère.

— On dirait bien, oui. Je ne sais pas comment il s'y prend, mais je lui demanderais bien de me donner des leçons de charisme ! plaisanta l'autre, avant de rire avec lui.

A l'arrière, Saffi se fit la plus discrète possible, priant pour qu'ils ne la voient pas comme la future conquête du séducteur des urgences.

Après que les infirmiers l'eurent déposée chez elle, elle se jeta sur les tâches ménagères qu'elle avait un peu négligées récemment. Une façon comme une autre de chasser Matt Flynn de son esprit avant qu'il n'y prenne toute la place.

Elle s'était promis de ne plus s'engager, mais, elle ne savait comment, il était parvenu à franchir ses défenses, et à présent elle allait devoir en subir les conséquences.

Sérieusement, pour pouvoir prendre ses distances avec Matt — ce qui était impérieux si elle tenait à se protéger — elle allait devoir se trouver un moyen de transport.

Après deux heures de ménage, elle s'installa avec un café sur le canapé du salon et parcourut le journal local à la page des annonces de véhicules d'occasion.

Il y avait une ou deux voitures qui lui conviendraient. Mais était-elle vraiment prête à reprendre le volant ? Elle frémissait encore en songeant à sa peur, quand elle s'était trouvée forcée de conduire la voiture de Matt…

Comme elle remplissait le seau de grain pour les poules dans la grange, elle les entendit qui s'affolaient brusquement en caquetant et en poussant des cris effarés.

Bien qu'effrayée à l'idée de se trouver nez à nez avec un renard, elle se rua vers le poulailler.

Ce n'était pas un renard, mais Ben qui les pourchassait en courant d'un bout à l'autre de l'enclos, à grand renfort de cris et de battements de bras.

Comment y était-il entré ?

Comme elle se précipitait vers lui, elle aperçut un grand pot de fleurs renversé devant le grillage.

Il avait dû grimper dessus pour atteindre le loquet de la porte.

— Ben ! Arrête !

Matt arrivait lui aussi d'un pas résolu, et Ben s'immobilisa aussitôt, visiblement confondu d'être pris en flagrant délit de bêtise. Mais il réagit toutefois en serrant les lèvres et en relevant la tête d'un air de défi.

— Je sais que tu trouves ça amusant, dit Matt quand il eut fait ressortir le garçon et refermé la porte du poulailler derrière eux. Mais les poules ne sont pas comme nous, elles pourraient mourir de peur. Il ne faut pas crier ou courir avec elles, d'accord ?

Ben baissait la tête, son petit visage sérieux, comme

s'il essayait de comprendre ce que pouvait bien vouloir dire « mourir de peur ».

— Je suis désolé, Saffi, soupira Matt en se tournant vers elle. Il est grognon depuis que je l'ai ramené de la garderie.

— Ce n'est pas ta faute, le rassura-t-elle. Mais... Il n'était pas censé être avec son père, cet après-midi ?

— C'est bien le problème. Il était avec lui, mais apparemment James a été appelé pour une intervention.

— Je vois. Il était en train de passer sa déception, ni plus ni moins.

— Oui, sûrement. Bien... Je vais le remmener. Encore désolé, Saffi. Ben, viens avec moi. On rentre.

Le garçon obtempéra, mais elle sentit son cœur se serrer devant ses larmes de frustration.

Il était évident que le brusque départ de son père l'avait perturbé. Peut-être avait-il simplement besoin dans l'immédiat d'une occupation capable de le détourner de sa déconvenue.

— Et si je lui apprenais à s'occuper des poules, plutôt que de les effrayer ? suggéra-t-elle.

Ben releva un regard anxieux vers Matt qui, apaisé, sourit.

— C'est une bonne idée. Merci, Saffi, dit-il avant de se pencher vers son neveu. Tu sais, Ben, c'est très gentil à Saffi de faire ça. Alors, j'espère que tu sauras être raisonnable et bien écouter ce qu'elle dira. D'accord ?

Le petit, dont les larmes s'étaient instantanément taries, acquiesça avant de la suivre dans le poulailler, où elle lui montra comment lancer les graines que les poules, rassurées, vinrent bientôt picorer autour d'eux.

Ravi, Ben arborait un large sourire, et Matt saisit plusieurs clichés sur son portable avant de les leur montrer.

— Je veux les faire voir à maman ! s'écria-t-il, enthousiaste.

Et puis, soudain, les larmes lui montèrent aux yeux.

— Je veux maman, dit-il, le menton tremblotant.

Matt s'accroupit pour l'attirer contre lui.

— Je sais, mon bonhomme. On ira la voir tout à l'heure, d'accord ?

— Tu veux qu'on cueille des fleurs pour elle ? proposa Saffi. Ça devrait lui faire plaisir, tu ne crois pas ?

— Oui, approuva le petit en s'essuyant les joues. Tout de suite ?

— Donne-moi juste le temps de ranger le seau, et on y va.

Une demi-heure plus tard, tous deux rejoignaient Matt sur la terrasse avec un petit seau plein de pois de senteur odorants.

— Je vais trouver un ruban pour les attacher, annonça Ben en disparaissant à l'intérieur de la maison.

Elle sourit à Matt.

— Annie aurait été heureuse que je choisisse ces fleurs-là, dit-elle. Tu sais, c'étaient ses préférées. Elle en plantait de nouvelles tous les ans.

Devant le regard que Matt posa sur elle, elle haussa les sourcils.

— Quoi ?

— Tu t'en es souvenue ! Ta tante, les pois de senteur…

Elle partit d'un rire joyeux.

— C'est vrai ! Je me rappelle qu'elle m'apprenait à les planter et à m'en occuper quand j'étais petite. Et il nous arrivait aussi d'en préparer des paniers pour les fillettes qui devaient être demoiselles d'honneur à des mariages.

Elle rit de nouveau, heureuse de voir cette fenêtre de sa mémoire s'ouvrir.

Matt la prit par les épaules.

— Je suis vraiment content pour toi, Saffi. Et…

Il hésita une seconde.

— Il ne te revient rien d'autre ?

Elle secoua la tête.

— Non, à part les images de ma vie avec Annie

quand j'étais enfant. C'était une femme merveilleuse. Elle avait toujours du temps à me consacrer, et je sais que… je l'aimais énormément.

Comme sa gorge se serrait, elle sentit le bras réconfortant de Matt lui presser un peu plus les épaules.

— Je crois qu'elle t'a transmis beaucoup de ses qualités, dit-il doucement. Tu as eu pour Ben, tout à l'heure, la même attention qu'elle avait pour toi. Je n'aurais pas su régler le problème aussi bien, c'est certain.

— Ben est un gamin adorable, dit-elle. Il est juste perturbé par la situation, et je peux le comprendre. Son monde a été brusquement bouleversé, comme le mien.

Il soupira et elle frémit sous la chaleur que sa main lui transmit en glissant sur son dos.

— Je sais. Et j'aimerais tellement te voir rire plus souvent, comme tu viens de le faire. Ton visage en est tout éclairé… Quand tu souris comme ça, c'est plus fort que moi, j'ai terriblement envie de t'embrasser.

Lentement, il se pencha vers elle pour effleurer sa bouche de la sienne. Si doucement, si tendrement, qu'elle sentit son souffle s'accélérer et le désir monter en elle.

Comme elle entrouvrait les lèvres, un gémissement sourd jaillit de la gorge de Matt, qui l'attira plus étroitement contre lui.

Elle sentit une fièvre grisante l'étourdir.

Elle se sentait si bien contre lui, elle aimait tant entendre son cœur battre sous sa joue. Elle avait tellement besoin de lui, tellement envie de lui. Le désir qu'il faisait jaillir en elle était si fort…

Etait-ce simplement dû à son attirance d'aujourd'hui pour lui, ou Matt l'avait-il déjà tenue ainsi dans ses bras ? N'avait-elle pas déjà éprouvé ces sensations *avant* que sa mémoire ne soit effacée par l'accident ?

— Tu es si belle, Saffi, murmura-t-il d'une voix vibrante. C'est si dur de te retrouver après tout ce temps, de te serrer contre moi, et pourtant de ne pas pouvoir… Excuse-moi, mais je ne peux pas m'en empêcher.

Il l'embrassa de nouveau tandis que ses mains glissaient le long de son dos jusqu'au bas des reins, la faisant délicieusement frémir.

C'était si bon. Comme si… Comme si c'était exactement ainsi que les choses devaient être entre eux.

Elle posa la main sur son épaule, sentit ses muscles à travers le fin tissu de sa chemise.

— Moi aussi, j'ai envie de toi, avoua-t-elle.

En proie à un mélange de désarroi et de curiosité, elle s'écarta pour rencontrer son regard.

— Matt… Que nous est-il arrivé ? Tu dis que tu me retrouves après tout ce temps. Qu'est-ce que ça signifie ?

Il secoua la tête, et elle eut l'impression qu'il livrait bataille contre un autre lui-même avant de répondre d'une voix sourde :

— Ne me demande pas ça, Saffi. C'est une question dont tu devras trouver toi-même la réponse. Je n'aurais pas dû t'embrasser, il n'est pas question que je profite de ton amnésie. J'aurais dû me contenir, et peut-être même dans mon propre intérêt.

Dans son « propre intérêt » ? Mais que pouvait-il bien vouloir dire ? N'avait-il pas déjà évoqué le fait d'avoir été échaudé ? Avait-il été si cruellement blessé par le passé qu'il refusait d'ouvrir son cœur de nouveau ?

Elle s'apprêtait à lui poser la question lorsque son téléphone sonna, en même temps que Ben ressortait de la maison pour les rejoindre.

— Quand est-ce qu'on y va à l'hôpital, voir maman ? s'impatienta-t-il. T'as dit qu'on y allait, oncle Matt.

— Oui. On y va bientôt.

— Promis ?

— Oui. Promis.

Comme Matt lui adressait un signe d'excuse avant de prendre l'appel, elle hocha la tête.

— C'est peut-être à propos de Kate, dit-il.

— Oui, vas-y, réponds.

L'instant de précieuse intimité était passé.

Il pressa le bouton pour répondre à l'appel.

— Oui, Gina ? dit-il.

Et elle sentit son cœur se serrer douloureusement.

Matt n'était manifestement pas pressé de lui confier la nature de leur relation passée. Mais quelles que soient ses raisons, elle était sûre d'une chose : il était déjà trop tard pour éviter de tomber amoureuse. Et ce malgré les doutes et les questions qu'il suscitait en elle. Il s'était glissé dans son cœur, et elle ne pouvait plus imaginer la vie sans lui.

5.

— Je peux le faire, moi aussi ? demanda Ben, qui regardait Saffi cueillir des haricots verts qu'elle jetait dans son panier.

Le week-end avait bien débuté par une journée ensoleillée, avec une brise chaude qui, à deux pas, faisait frissonner les feuilles des pieds de tomates.

— Bien sûr. Je te montre… On casse la tige comme ça, dit-elle, joignant le geste à la parole. Tu vois ? Tu n'as qu'à cueillir ceux qui sont en dessous, moi je m'occupe de ceux qui sont plus haut.

Tout en travaillant, Ben lui raconta à sa manière sa visite à l'hôpital.

— Maman va pas très bien, encore. Elle a plein de… d'acide dedans elle, et ça lui fait mal. Et les docteurs savent pas pourquoi elle a ça.

— Oh. Mais ils s'occupent bien d'elle, et je suis sûre qu'ils trouveront bientôt le moyen de la guérir, le rassura-t-elle.

— Oui. Oncle Matt dit qu'ils vont prendre des photos dans son ventre.

— C'est bien. Ça devrait les aider à trouver ce qu'elle a.

Il s'agissait probablement d'une tomodensitométrie, ce qui n'augurait rien de bon.

— Salut, Saffi.

Elle sentit aussitôt son cœur s'emballer au son de la voix chaude et familière.

— Salut, répondit-elle en levant la tête.

En jean et T-shirt noirs, les cheveux encore humides de la douche, Matt était irrésistible. Sa force était presque palpable, et elle n'avait aucun mal à deviner que la femme qui vivrait auprès de lui ne pourrait que se sentir en sécurité.

Elle s'efforça de repousser cette pensée en se remémorant sa rencontre de la veille avec l'infirmière : Gina et lui se connaissaient manifestement très bien si elle en jugeait par la tension qui avait jailli entre eux, et il était évident que leur relation était chargée d'affects.

— Superbe journée, non ? dit-elle sur un ton faussement léger. Tu as des projets pour aujourd'hui ? A moins que tu ne sois de garde ?

Matt secoua la tête.

— Non. Aucun. Mais nous pourrions peut-être aller à la plage tous les trois, si ça te tente ?

— Oui ! s'écria Ben. Viens avec nous, Saffi !

Elle sourit au petit garçon.

Il avait été plutôt silencieux ces derniers jours, cette réaction enthousiaste était réconfortante.

— D'accord, dit-elle avant de relever les yeux vers Matt. Que ferais-tu si tu ne devais pas t'occuper de Ben ? s'enquit-elle, curieuse. Comment passes-tu tes week-ends, d'habitude ?

Il eut un haussement d'épaules évasif.

— Quelquefois, je vais simplement nager, à la plage ou à la piscine, ou bien je fais un peu de squash avec un ami. Je passe aussi du temps au gymnase. Et par une belle journée comme aujourd'hui, il m'arrive d'aller faire du kite-surf avec un groupe de copains.

— Du kite-surf ? répéta-t-elle, intriguée, en haussant les sourcils.

— Oui. On va sur l'eau avec une planche et une voile

accrochée à un harnais, et on se fait tracter par le vent. C'est assez fantastique — une fois que l'on maîtrise la technique, bien sûr. Parce qu'on boit beaucoup de bouillons avant d'y arriver !

— Je m'en doute. Mais ça a l'air super. Pourquoi n'irais-tu pas aujourd'hui ? Ben et moi pourrions t'accompagner sur la plage pour te voir. Qu'en dis-tu, Ben ?

Un large sourire éclaira le petit visage du garçon à cette perspective.

— Oh oui !

— Tu es sûre que ça ne t'ennuie pas ? demanda Matt.

— Au contraire.

— Alors, on va se préparer.

Elle attrapa son panier et s'apprêtait à se diriger vers la maison, quand son pied s'accrocha dans un des tuteurs.

— Aïe ! Oh ! flûte…

— Qu'y a-t-il ? Tu t'es tordu la cheville ?

— Non, répondit-elle en portant la main à son mollet. Je me suis fait piquer par une abeille.

— Viens dans la maison, je vais y jeter un œil. Ben, tu peux porter le panier de haricots ?

— Oui. Je suis fort, moi.

Dans la cuisine, Matt la fit asseoir sur une chaise avant d'attraper dans un placard un kit de secours dont il sortit une pince fine.

— Assieds-toi et pose le pied là-dessus, dit-il en approchant un petit tabouret.

Elle portait un corsaire, dont il dut rouler le bas afin d'exposer la zone déjà enflammée. Puis, minutieusement, il ôta le dard avec la pince. Après quoi, il sortit un pack de glace du freezer et le posa sur l'endroit de la piqûre.

— Et voilà. Ça va ?

Elle laissa échapper un soupir.

— Oui. Ce n'est pas un très bon début pour le rôle de l'apicultrice, je suppose ?

Matt eut la gentillesse de sourire à sa plaisanterie.

— Tu as dû la déranger. En général, quand on est calme et du moment que l'on ne fait aucun mouvement brusque, elles ne piquent pas. Le mieux, pour travailler avec elles, c'est entre 10 et 14 heures, lorsque la plupart sont occupées sur les fleurs. Et toujours avec une tenue bien couvrante. C'est ce que m'a enseigné Annie.

Il se pencha de nouveau sur sa jambe et souleva le pack.

— L'inflammation a déjà diminué. Je vais appliquer un peu de gel antihistaminique. La douleur devrait diminuer d'ici quelques minutes.

Ses mains étaient si douces sur sa peau qu'elle en oubliait presque d'avoir mal. Et comme il se penchait sur sa jambe, elle éprouva de plus une irrésistible envie de glisser les doigts dans ses épais cheveux noirs et soyeux.

— Ça va ? s'enquit-il en relevant la tête. Tu tiens le coup ?

Il l'observait attentivement, et elle eut l'impression de prendre feu sous son regard. Puis, à son grand soulagement, il se releva.

— Tu veux déjeuner avec nous avant d'aller à la plage ?

— D'accord.

Elle se releva sans brusquerie, posa précautionneusement le pied par terre.

— Je peux emmener Ben chercher des œufs avec moi, suggéra-t-elle.

Encore une fois, elle devait absolument prendre ses distances avec lui.

— Oui ! s'écria Ben. Des œufs !

— Pendant ce temps, tu peux appeler tes amis pour le kite-surf. Nous serons de retour d'ici dix minutes.

Après avoir attrapé un panier au passage, elle sortit en compagnie de Ben, avec qui elle entra dans le poulailler. A eux deux, ils ramassèrent les œufs dans les nichoirs.

— Ça fait six ! s'exclama-t-il, tout fier, en déposant le dernier au fond du panier.

— Oui, nous en aurons deux chacun. On va d'abord les laver avant de les préparer pour le petit déjeuner.

Trois quarts d'heure plus tard, profitant que Ben s'était éclipsé dehors après avoir terminé son assiette, elle prit des nouvelles de Gemma.

— Comment va-t-elle ? Ils ont trouvé l'origine du problème ? Est-ce en rapport avec le stress et ses ennuis avec son mari ?

Matt hocha la tête, repoussant son assiette vide.

— C'est possible, je suppose. Mais ils continuent les examens. Elle a un CAT scan lundi.

— Je peux imaginer ton anxiété. Tu as pu en discuter avec vos parents ?

— Ils viennent aussi souvent que possible lui rendre visite. Et je crois que ma mère prendra Ben le week-end prochain.

— Ça lui fera sûrement du bien. Et Katie, la fille qui est tombée de cheval ? As-tu eu des nouvelles ?

— Elle a été opérée pour stabiliser les cervicales, et elle est sous stéroïdes pour faire baisser l'inflammation, en plus des analgésiques. Ils essaieront de la mettre debout dès que possible. A mon avis, elle s'en sortira bien. Elle est jeune, résistante, et très motivée pour être le plus vite possible sur pied.

— Tant mieux.

— Oui…

Devant l'expression songeuse de Matt, Saffi se demanda une fois de plus à quoi il pouvait bien penser.

A Gina, peut-être ?

Cette idée l'insupportait au plus haut point.

Elle se lança.

— A l'hôpital, tu as eu l'air surpris de croiser Gina. Je me demandais… Vous avez été ensemble ?

Et peut-être l'étaient-ils encore. A moins qu'il n'envisage de se remettre avec elle.

Elle vit les mâchoires de Matt se crisper.

— Nous sommes sortis ensemble pendant un temps, oui.

Elle accusa le coup en silence. Mais n'était-ce pas ce qu'elle s'était attendue à l'entendre dire ?

— Et… vous avez rompu ?

Il soupira en hochant la tête.

— Elle espérait de moi un engagement plus profond. Et à l'époque, je n'étais pas du tout prêt pour ça.

Etait-ce sa façon de se comporter avec toutes les femmes ?

Au moins, avec elle, il avait eu l'honnêteté de dire qu'il ne souhaitait pas profiter d'elle.

— Ça a dû être difficile à vivre pour Gina.

— Je suppose, oui, marmonna Matt sur un ton indifférent.

Elle s'en sentit troublée : le considérer comme une sorte de séducteur dépourvu de toute considération pour les femmes avec qui il sortait, c'était insupportable.

Ils finirent de déjeuner en silence avant de ranger la cuisine, puis il alla chercher son matériel. Quelques minutes plus tard, après qu'il eut chargé son cerf-volant et sa planche dans le coffre de sa voiture, ils se mirent en route.

— Et comment pourras-tu répondre à une urgence si tu es sur l'eau ? demanda-t-elle, intriguée.

— Je ne le pourrai pas. Si c'est le cas, ils devront demander à quelqu'un d'autre d'y aller. Je n'ai jamais trop d'appels le week-end, mais on ne sait jamais.

Moins d'un quart d'heure plus tard, ils atteignaient la plage des surfers, une petite crique délimitée par des rochers escarpés couverts de lichens et d'herbe rouge.

Matt se changea pour enfiler sa combinaison, et elle eut toutes les peines du monde à affecter le désintérêt en gardant les yeux fixés sur la ligne d'horizon. Ses jambes et son torse musclés attiraient irrésistiblement son regard, qu'elle reportait non sans mal sur les autres surfers évoluant au loin.

— Ce doit être très exaltant, remarqua-t-elle.

— Ça oui ! Si ça te tente, je suis tout disposé à te servir de professeur. Il faudrait venir un jour où il n'y a personne. Tu pratiques des sports nautiques ?

Elle réfléchit une seconde.

— Je crois, oui. Je sais nager, ça, c'est certain, et je suis presque sûre que j'aimerais le kite-surf. Mais ce sont surtout des hommes qui le pratiquent, non ?

— Pas obligatoirement. Les femmes s'y mettent de plus en plus. Tu commencerais avec un cerf-volant d'entraînement pour apprendre les techniques de base. Ça te dirait ?

— Je peux toujours essayer…

Le sourire qu'il lui adressa alors lui donna l'impression de ne plus avoir de jambes, et elle prit une forte inspiration pour retrouver son assiette.

C'était bon d'être ici avec lui. Mais elle savait bien qu'elle jouait avec le feu. Elle se sentait toujours plus proche de lui, or la seule attitude raisonnable serait au contraire de prendre ses distances ! Il était évident qu'il n'était pas le genre à s'engager dans une relation sérieuse.

Après qu'il lui eut présenté ses amis, elle s'installa avec Ben sur la plage pour le suivre des yeux tandis que, avec les autres surfers, il évoluait au-dessus de l'eau au gré du vent.

Un vent qui commençait peu à peu à se faire plus fort, avec des bourrasques qui soulevaient des nuages de sable. Elle sortit le sweat de Ben que Matt avait eu la bonne idée d'ajouter dans son sac et le lui enfila.

— Je vois plus oncle Matt, dit-il en plissant les yeux vers l'horizon. Il est trop loin.

— Ils sont deux en combinaison noire. Je ne suis pas sûre, mais je crois que ce doit être lui qui arrive vers…

Elle s'interrompit brusquement pour porter la main à sa bouche.

Le surfer venait d'être soulevé par une violente rafale.

Son cerf-volant se gonfla, et il fut rapidement entraîné vers la falaise, avec une telle force qu'il était visiblement incapable de s'y soustraire.

Elle sentit son ventre se crisper douloureusement sous l'effet de l'angoisse. Sous ses yeux horrifiés, l'homme percuta les rochers et retomba inerte sur le sable.

Etait-ce Matt ? se répéta-t-elle. Non, ce n'était pas possible. Elle ne le supporterait pas.

— Ben ! Viens avec moi, dit-elle en le prenant par la main. Il y a un homme blessé, il faut que j'aille l'aider. Mais on va d'abord aller chercher le kit médical dans la voiture.

— Est-ce que c'est oncle Matt ? demanda-t-il alors qu'elle l'entraînait.

— Je ne sais pas, mon bonhomme, dit-elle en sortant son portable pour appeler les secours.

— Tu vas le soigner ?

Elle lui pressa gentiment la main.

— Je vais faire tout ce que je pourrai. Mais il faut me promettre de rester près de moi, Ben. Je vais être occupée, et je ne pourrai pas te surveiller. Tu promets ?

— Oui.

— C'est bien. Ce ne sera peut-être pas très agréable de voir cet homme blessé, il vaudra mieux que tu regardes ailleurs.

— D'accord, dit-il avec un sérieux étonnant pour son âge.

Une fois qu'elle eut récupéré le lourd kit de premiers secours dans la voiture de Matt, elle entraîna Ben sur les rochers, par chance aisément accessibles jusqu'au blessé.

Les autres surfers l'entouraient, et elle ne pouvait pas encore le voir, mais ses gémissements de douleur lui serrèrent le cœur.

— Je suis médecin, annonça-t-elle. Laissez-moi passer, s'il vous plaît.

Aussitôt, tout le monde s'écarta et, soulagée, elle vit que deux nageurs-sauveteurs étaient déjà sur place.

— Il a le pied tordu à un angle anormal, dit l'un d'eux. Comme s'il avait été à moitié arraché.

Elle ferma les yeux, le temps d'une courte prière.

Par pitié, faites que ce ne soit pas Matt...

— Je vais l'examiner. Mais l'un de vous pourrait-il veiller sur ce garçon pour moi ? Si vous pouviez l'emmener à l'écart mais pas trop loin, afin que je puisse toujours le voir ?

— Bien sûr. Je m'en occupe. Allez, viens, mon gars.

Elle se tourna alors vers le surfeur et éprouva un immense soulagement en constatant que son visage lui était inconnu.

Où était Matt, alors ?

— Je suis médecin, répéta-t-elle à l'intention du blessé. Je vais m'efforcer d'apaiser votre douleur afin que ce soit supportable pour votre transport à l'hôpital. Comment vous appelez-vous ?

— Josh, répondit-il entre ses dents serrées.

Son visage était blême sous le hâle.

Elle procéda à un examen préliminaire.

Son pied était violacé, mais il n'avait pratiquement pas perdu de sang. Il pouvait de plus bouger ses orteils de l'autre pied, de même que sa jambe.

Apparemment, la colonne vertébrale n'avait pas été atteinte, mais elle devait tout de même prendre toutes les précautions possibles. Aussi demanda-t-elle à un des sauveteurs de l'aider à poser un collier cervical.

Matt n'était toujours pas visible.

— Je vais lui injecter un analgésique, expliqua-t-elle. Dès que ce sera fait, il faudra le rouler doucement sur le dos afin que je puisse lui poser un masque à oxygène.

— D'accord.

Où était Matt ? se demanda-t-elle une fois de plus tandis qu'elle fixait le masque sur le visage du blessé.

Enfin, comme elle relevait les yeux pour s'assurer que Ben était toujours là où elle l'avait laissé, elle vit Matt auprès de lui, et elle fut réconfortée par le signe d'encouragement qu'il lui adressa.

Au même instant retentit au loin la sirène annonçant l'arrivée de l'ambulance.

— Merci de votre aide, dit-elle aux sauveteurs. Mais j'ai encore besoin de vous pour une dernière chose : nous allons devoir remettre son pied dans la bonne position.

Faute de quoi le sang ne pourrait pas y circuler, et la victime risquerait de le perdre.

— D'accord, dit l'un d'eux. Que faut-il faire ?

— Le tirer.

L'homme hésita une fraction de seconde mais, sur ses directives, il tira d'un coup sec.

Un instant après, le pied reprit une couleur presque normale, et elle put y sentir le pouls de nouveau.

Il ne restait plus qu'à poser une attelle et à transférer Josh sur une civière. Sa tâche était presque terminée.

Quelques instants plus tard, lorsque le blessé eut été porté jusqu'à l'ambulance, elle vit Matt approcher.

Il avait laissé retomber le haut de sa combinaison, et elle eut du mal à ne pas fixer son torse hâlé et puissamment musclé.

Comme tout le monde redescendait vers la plage, il la prit furtivement par les épaules.

— Tu as été parfaite, Saffi. J'étais prêt à venir t'aider, mais j'ai vu que tu avais la situation bien en main, et jusqu'au bout. Ça a dû être exaltant pour toi, non ?

Le terme la prit au dépourvu.

Exaltant ? Elle avait agi par pur instinct. Ses émotions avaient été prudemment bridées, comme chez tout urgentiste en pleine action… Mais à présent que Matt lui en faisait prendre conscience, oui, c'est vrai, elle avait pris un réel plaisir à se retrouver en pleine action.

— Je ne réfléchissais pas, bien sûr, répondit-elle.

Tout ce que je sais, c'est que j'ai eu très peur que ce soit toi, et je voulais à tout prix m'assurer que tu n'étais pas en danger. C'était tout ce que j'avais en tête. Après, l'adrénaline m'a donné la force nécessaire.

— Je savais que tu en serais capable, dit Matt en se penchant pour l'embrasser sur les lèvres.

Un baiser fugace, mais qui ne la mit pas moins sens dessus dessous. Comment s'y prenait-il pour insuffler un tel désir en elle ? Jamais elle n'avait éprouvé cela, avec aucun homme…

Et d'où tenait-elle cette certitude ? se demanda-t-elle soudain. Sa mémoire n'était pas assez fiable pour qu'elle puisse l'affirmer.

Pourtant, étrangement, si, elle le *savait*. C'était une conviction absolue.

— On peut retourner sur la plage ? demanda Ben en tirant sur la main de Matt. Je voudrais faire un château.

Matt leva les yeux au ciel. De toute évidence, lui aussi aurait aimé prolonger ce baiser.

— Je n'aurais jamais dû commencer quelque chose que de toute évidence nous ne pourrons pas terminer. Mauvais endroit, mauvais moment. Je le savais, mais je n'ai pas pu résister, dit-il avec un sourire craquant.

Et elle-même n'aurait jamais dû répondre avec une telle fougue, songea-t-elle. En aucun cas elle ne voulait subir le sort de Gina.

Alors, pourquoi ne pouvait-elle brider ses émotions et se détourner de lui tout simplement ?

6.

Il était presque midi, et Saffi nettoyait le poulailler au jet d'eau — ce qu'elle faisait une fois par semaine pour s'assurer que les poules vivaient dans un endroit propre —, quand Matt arriva en coup de vent de l'hôpital pour récupérer son ordinateur.

— Est-ce que tu as réfléchi à ton éventuel retour aux urgences ? demanda-t-il en s'appuyant au mur baigné de soleil du potager.

Elle alla fermer le robinet pour s'octroyer une petite pause à ses côtés.

Elle était heureuse de le voir, et plus encore qu'il prenne le temps de bavarder un peu. Il semblait sincèrement s'inquiéter de ce qu'elle envisageait de faire sur le plan professionnel, sans doute par souci de la voir de nouveau en pleine possession de ses moyens.

— A mon avis, retravailler à l'hôpital te serait très profitable, ajouta-t-il. Ça pourrait t'aider à retrouver des souvenirs.

Pensive, elle contempla les poules qu'elle avait transférées sur l'herbe, où elles picoraient les graines qu'elle leur avait jetées.

Reprendre le travail pour lequel elle était qualifiée constituait indéniablement une part très importante du processus. Mais était-elle vraiment prête pour cela ? Matt semblait être tellement confiant en ses capacités.

— Oui, c'est ce que je pense aussi, admit-elle. Le problème, c'est que je ne suis pas sûre d'être capable d'assumer des responsabilités. On ne sait jamais, je pourrais avoir oublié certaines techniques…

— Je sais que ce serait un grand pas pour toi à franchir, mais tu as déjà prouvé sans doute possible que tu n'avais rien perdu de ton efficacité professionnelle : tu t'en es très bien sortie avec Josh.

— Peut-être, dit-elle, évasive. Comment va-t-il ?

— Andrew Simmons lui a posé des broches et des vis, il a aussi pratiqué une greffe osseuse. Il a de longs mois de rééducation devant lui, avec des séances de physiothérapie, mais je crois qu'il s'en sortira bien au bout du compte. Tu lui as sauvé son pied, Saffi. Si tu n'avais pas eu le réflexe de rétablir la circulation, il aurait probablement dû subir une amputation.

— Je suis heureuse de savoir qu'il va bien… Enfin, aussi bien que possible dans cette situation. En tout cas, cette expérience m'a convaincue de ne jamais toucher au kite-surf, déclara-t-elle fermement. Tu es sûr de vouloir continuer à le pratiquer ? J'étais malade à l'idée que c'était peut-être toi qui étais blessé.

— C'est vrai ? Ravi d'apprendre que tu te soucies de mon sort ! ironisa gentiment Matt.

Il effleura avec douceur son bras nu du bout des doigts.

— Je comprends que tu n'aies pas envie d'essayer. Quant à moi, je prends toujours soin de rester au large des rochers. Tu n'as pas à t'inquiéter.

— D'accord.

— Donc, que penses-tu de revenir travailler ?

Elle poussa un long soupir.

Matt était trop près d'elle, ça l'empêchait de bien réfléchir.

— Je ne sais pas. Ce serait peut-être à envisager… J'avais pensé attendre d'avoir complètement récupéré toutes mes facultés, mais je commence à penser que ça ne marche pas ainsi.

— Non, en effet. L'amnésie peut se manifester de façon bizarre, parfois. Mais tu t'en sors vraiment très bien, je trouve. Tu te rappelles ta tante et ta carrière, et chaque jour tu revis des bribes de ton passé. Alors peut-être que retrouver les gestes et l'ambiance du travail accélérera le processus… Ah non, Mitzi ! dit-il soudain à une des poules venue picorer dans la plate-bande fleurie. Retourne avec les autres.

— Tu as peut-être raison, acquiesça-t-elle. Ça me permettrait d'être de nouveau moi-même. Pour l'instant, j'ai l'impression de n'être qu'une partie de la personne que je suis vraiment.

— Je ne supporte pas de te voir triste, dit-il en l'attirant contre lui. Et à mes yeux, tu es une femme à part entière, Saffi. A tel point que je ne peux pas m'empêcher de penser à toi tout le temps. Tu es si belle, si douce…

Il pressa une seconde sa joue sur ses cheveux en soupirant.

— J'ai de plus en plus de mal à garder mes distances avec toi.

Il lui aurait été si facile de céder à la tentation, elle aussi, mais il lui fallait pourtant résister, en dépit de l'effort que cela exigeait d'elle.

— D'après ce que j'ai entendu dire, ironisa-t-elle en s'écartant de lui, c'est le genre de choses que tu dis à toutes les filles, non ?

— Moi ? C'est faux ! protesta Matt. Tu ne vas tout de même pas croire aux racontars ? Saffi, je me sens si bien quand tu es dans mes bras. J'ai le sentiment que là est ta vraie place. Et tu auras du mal à me convaincre que le fait que nous soyons voisins est le simple fruit du hasard.

Il lui disait tout ce qu'elle avait envie d'entendre, mais souhaitait-elle finir comme toutes ses autres conquêtes ? Elle ne pouvait pas s'ôter de la tête ce que les infirmiers avaient raconté sur lui, dans l'ambulance. Matt Flynn était incontestablement un séducteur, et il serait naïf de sa part de se laisser séduire par ses belles paroles. Même si elle n'avait pas accès à sa propre vie sentimentale, elle n'avait tout de même plus la candeur d'une adolescente !

— Oui, nous sommes voisins, c'est vrai. Et ça m'intrigue toujours autant. Pourquoi ma tante t'a-t-elle légué une partie de la maison ? Pour moi, c'est insensé. On n'oblige pas deux étrangers à vivre sous le même toit.

D'un geste machinal, elle se massa les tempes pour tenter de dissiper la légère migraine qui s'y était installée.

— C'est un des mystères que je n'arrive pas à résoudre, reprit-elle. Peut-être que j'y parviendrai avec le temps. Pour l'instant, j'ai l'impression que mon esprit est un puzzle à peine commencé. J'arrive de temps à autre à remettre une pièce en place, mais c'est rare.

— Je comprends, dit Matt. Mais je suis sûr que tout irait beaucoup plus vite si tu retrouvais ta vie d'avant l'accident. J'ai besoin d'un autre médecin dans mon équipe, et je serais heureux de t'y accueillir. Tu pourrais travailler à mi-temps pour commencer. Ce serait idéal, non ?

— Tu as vraiment besoin de quelqu'un ? Tu ne viens pas de l'inventer pour me convaincre ?

— Non. Nous sommes sérieusement en manque d'urgentistes. Et je souhaite de tout cœur que tu acceptes, Saffi. Pas seulement pour moi, mais pour toi. Pour commencer, il faudra sans doute que tu travailles en équipe afin de tranquilliser la direction. Je te surveillerai de loin pour rassurer tout le monde, jusqu'à ce que tu regagnes toute ta confiance en toi.

Il semblait totalement sincère, et elle savait qu'il veillerait sur elle. De plus, un mi-temps, ce serait idéal pour elle au début.

Elle prit une forte inspiration, puis la relâcha en hochant la tête.

— D'accord. On essaye comme ça.

— Super ! s'exclama Matt en l'attirant une fois encore dans ses bras, et cette fois en l'embrassant.

Un baiser bref, mais si passionné qu'elle eut du mal à reprendre son souffle lorsqu'il la relâcha.

Il plongea son regard gris dans le sien.

— Fantastique, Saffi. Et nous allons fêter cette décision. Je t'emmène dîner ce soir.

— Oh… Ce serait super, mais j'attends une visite ce soir, vers 9 heures. Jason doit m'apporter des affaires que j'ai laissées dans le Hampshire : des livres, ma cafetière, de la vaisselle… Des choses comme ça. Chloe, ma colocataire, les avait gardées pour moi, et Jason a proposé de me les apporter. Apparemment, il a l'intention de prendre quelques jours de vacances dans le Devon.

Matt inclina la tête.

— Jason ? Qui est-ce ? Je croyais que tu ne te rappelais plus les personnes que tu fréquentais ?

— C'est vrai, et je ne me souviens pas de lui. Mais d'après Chloe — qui est la seule dont j'aie gardé quelques souvenirs après l'accident —, on se connaissait.

— Et tu ne trouves pas bizarre qu'il vienne te rendre visite aussi tard le soir ?

— Il a dit à Chloe qu'il ne pourrait se mettre en route qu'après sa journée de travail.

— Bon. Alors ça n'a en fait rien de si étrange, je suppose, concéda Matt, visiblement à contrecœur. Il doit être tout de même pressé de te voir, si ça ne peut pas attendre demain matin ! Ta colocataire t'a-t-elle parlé de lui ?

La méfiance qu'il exprimait la surprit quelque peu.

— Non. Enfin, elle m'a simplement dit que nous étions plusieurs fois sortis ensemble. Et je me souviens vaguement qu'il est venu me voir à l'hôpital. Mais j'étais trop stressée à ce moment-là pour me rappeler quoi que ce soit. Ceux qui me rendaient visite étaient des étrangers pour moi, et c'était horriblement perturbant. Les médecins ont dû lui dire de me laisser le temps de retrouver moi-même mes souvenirs.

Elle secoua la tête en soupirant.

— Je me sens vraiment coupable de ne plus me rappeler tous ces gens que je suis censée connaître.

— Ce n'est pas ta faute, Saffi. Tu n'as rien à te reprocher. Et si nous allions dîner de bonne heure ? J'ai envie de passer un peu de temps avec toi. Je te promets que nous serons de retour à temps pour ce Jason — même si, pour être franc, je préférerais que tu le manques.

Elle vit son regard s'assombrir.

— L'idée que vous puissiez reprendre votre relation là où elle en était me déplaît au plus haut point, ajouta-t-il. Je déteste penser que tu sors avec un autre.

— Je ne sors avec personne, Matt. Je ne le connais même pas.

Elle inclina la tête en souriant.

— Et ta proposition de dîner est une bonne idée. Mais comment vas-tu faire, pour Ben ? Tu veux l'emmener avec nous ?

— Non, son père va s'en occuper. Il vient de rentrer de sa dernière mission, et d'après lui il devrait rester sur place plusieurs jours.

— C'est une très bonne nouvelle ! Ben va être aux anges.

— Oui. Espérons qu'il ne sera pas trop perturbé quand James devra une fois de plus repartir.

— A ton avis, il va l'emmener voir Gemma à l'hôpital ?

Matt hocha la tête tout en consultant sa montre.

— C'est ce qu'il lui a promis, oui. Il veut connaître les résultats du CAT scan… Excuse-moi, mais je dois y aller. On se retrouve pour dîner à 19 heures ? Ça te va ?

— Parfait.

— Très bien. Je réserve une table, alors.

Ce ne fut qu'après le départ de Matt que Saffi prit conscience que, une fois encore, elle avait accepté de passer du temps avec lui au lieu d'élever des barrières entre eux comme elle se l'était promis.

Cherchait-elle vraiment à finir comme Gina, à solliciter ses faveurs longtemps après qu'ils auraient épuisé tous les plaisirs de leur relation ? Et comment s'entendraient-elles toutes les deux, si elles devaient travailler ensemble ?

Décidément, elle avait encore commis une erreur en acceptant sa proposition.

Mais il était trop tard pour revenir en arrière, se raisonna-t-elle. Pour l'instant, elle avait une sortie en perspective, et elle n'aurait pas trop de quelques heures pour se préparer.

D'abord, la tenue. Qu'allait-elle mettre ?

Elle passa sa penderie en revue et choisit sa robe préférée : noire avec des motifs argentés, manches trois quarts, col légèrement échancré. Simple et élégante à la fois. Parfait pour un dîner avec Matt.

Une fois douchée, elle appliqua un peu de mascara sur ses cils et une touche de blush sur ses pommettes, sécha ses cheveux et laissa ses boucles retomber librement autour de son visage.

Quand le carillon de la porte d'entrée retentit à 18 h 30, elle était prête.

— Bonsoir, dit-elle en souriant à Matt. Je n'étais pas sûre que tu finirais à temps pour être à l'heure. Je ne sais que trop comment ça peut se passer aux urgences ! Ce n'est pas toujours facile de partir quand on l'a prévu.

Il laissa courir son regard sur ses formes que sa robe mettait en valeur, et elle se sentit rosir sous la vive appréciation qu'elle y lut.

— J'ai confié le service à mon interne… Tu es superbe, Saffi.

— Merci. Tu n'es pas mal non plus.

Un doux euphémisme. Il était tout simplement resplendissant. Il avait pris le temps de se doucher en rentrant de l'hôpital, car ses cheveux étaient encore humides. Il portait un costume d'une excellente coupe qui mettait en valeur sa carrure avantageuse et le rendait incroyablement masculin.

Toutefois, sur le chemin du restaurant, il restait inhabituellement silencieux, ce qui l'intrigua.

Y avait-il eu un problème à l'hôpital ? A moins que ce ne concerne sa sœur ? Ou peut-être était-il simplement fatigué.

Elle se garda de l'interroger. S'il souhaitait lui confier les raisons de son attitude, il le ferait peut-être de lui-même au cours du repas, une fois qu'il se serait détendu.

Il avait choisi un restaurant sur le bord de mer, et ils pouvaient voir depuis leur table les bateaux de plaisance qui évoluaient dans la baie.

— C'est très agréable, ici, remarqua-t-elle. Très paisible.

Le petit box isolé, éclairé par des bougies, offrait une intimité qui la fit délicieusement frissonner. Elle apercevait toutefois les serveurs qui évoluaient silencieusement dans la salle, ainsi que la vitrine des pâtisseries, crèmes glacées et salades de fruits.

— Si je m'écoutais, je sauterais le repas pour arriver tout de suite aux desserts, plaisanta-t-elle.

Matt se mit à rire.

— C'est ce que tu dis toujours !

Elle haussa les sourcils.

— C'est vrai ? Nous sommes déjà allés au restaurant tous les deux ?

Il hocha la tête en reprenant son sérieux.

— Oui. Mais détends-toi et profite de l'instant présent, rien de plus.

Elle s'y efforça. Toutefois, une question la tracassait : s'ils avaient été ensemble, pourquoi s'étaient-ils séparés pour travailler, elle dans le Hampshire, et Matt ici dans le Devon ? Que lui cachait-il ?

Tout en dégustant leurs pointes d'asperges à la mayonnaise, ils discutèrent de son retour dans le service des urgences la semaine suivante, avant d'évoquer des sujets plus généraux.

Matt semblait éviter soigneusement celui qui le tracassait, quel qu'il soit, et il était clair qu'il devait fournir un effort pour être aussi attentionné qu'à son habitude.

Après avoir entamé sa daurade, elle décida de prendre le taureau par les cornes.

Elle prit une gorgée du vin qu'il avait commandé et le regarda dans les yeux.

— Qu'est-ce qui te préoccupe, Matt ?

Il sursauta légèrement et cessa de faire tourner le pied de son verre entre ses doigts.

— Excuse-moi, soupira-t-il. Rien de grave, je m'en voudrais de gâcher notre soirée. Donc, tu disais que tu pensais acheter une nouvelle voiture ?

— Oui. Si je dois reprendre le travail, il m'en faudra une, de toute façon. Mais ce n'est pas le sujet, pour le moment… Matt, dis-moi ce qui te préoccupe. Est-ce ta sœur ?

Il hocha la tête en soupirant.

— J'ai vu les résultats des analyses et du CAT scan. Elle souffre du syndrome de Zollinger-Ellison.

Un syndrome caractérisé par des ulcères digestifs graves, souvent multiples, résistant aux traitements usuels et provoqués par des tumeurs endoctrines du pancréas produisant une hypersécrétion de la gastrine, stimulant elle-même une sécrétion gastrique acide maximale.

C'était une maladie très rare, et il y avait un risque sur deux que les tumeurs soient malignes.

— Oh non… Oh ! Matt !

A court de mots, elle posa sa main sur celle de Matt, qu'il serra entre ses doigts.

— Le sait-elle ?

— Oui. Ç'a été un gros choc pour elle. Mais elle s'efforce de surmonter son angoisse pour Ben.

— Est-ce qu'ils vont tenter la chirurgie ?

— En premier lieu, oui. L'opération de Whipple semblerait s'imposer. Mais, comme tu le sais sûrement, c'est une intervention délicate et très spécialisée. Et si les tumeurs se sont déjà propagées ailleurs, ce ne sera de toute façon pas efficace.

Elle acquiesça, atterrée.

Elle avait entendu dire que dans ce cas il était préférable que le patient bénéficie d'une chimiothérapie *avant* l'opération aussi bien qu'après.

Comment imaginer l'angoisse que Gemma et Matt devaient vivre en ce moment ?

— S'il y a quoi que ce soit que je puisse faire… Si Gemma a besoin de livres, de magazines pour se changer un peu les idées de tout ça…

— Merci, Saffi, mais je crois qu'elle n'a pas encore fini ceux que tu lui as envoyés la semaine dernière. En revanche, peut-être que des DVD de films comiques seraient indiqués. La thérapie par le rire est une excellente méthode. A nous deux, nous pourrons peut-être trouver quelque chose.

— Oui, tu sais sûrement ce qu'elle préfère dans ce genre-là… Tes parents sont au courant ?

— J'ai appelé ma mère cet après-midi. Elle était au travail — elle est vétérinaire à Cheltenham. Ça l'a bouleversée, et elle a décidé de fermer son cabinet sur-le-champ pour venir aussitôt.

— Ça devrait faire du bien à Gemma. Et ton père ?

— Il est généraliste dans le Somerset. Il va chercher un remplaçant pour quelques jours.

— Tes parents sont divorcés ? s'enquit-elle, étonnée. Je l'ignorais. Ils sont séparés depuis longtemps ?

— Oui. J'avais huit ans, Gemma n'en avait que cinq.

Ç'a été un gros choc pour nous deux. Comme pour tous les enfants qui doivent subir cette épreuve, je suppose. Surtout quand ça se passe mal, comme c'était le cas pour nous. L'hostilité entre eux deux n'arrangeait rien.

Matt attendit que le serveur vienne prendre leurs assiettes vides et noter leur choix de desserts, puis il remplit leurs verres avant de poursuivre.

— Ils se sont tout de même entendus pour que nous restions avec ma mère. Mon père était trop souvent distrait, et de toute façon nous ne le voyions pas souvent.

Il but une gorgée de son vin avant de reprendre.

— Et puis, trois ans plus tard, ma mère a été victime d'une maladie de reins, et nous avons été placés dans des foyers d'accueil.

— Oh… Ç'a dû être horrible pour vous, de subir ça après l'éclatement de votre famille, dit-elle en secouant la tête. Comment va-t-elle, maintenant ?

— Mieux, heureusement. Les médecins ont pu faire en sorte que les reins ne soient pas trop atteints, mais elle est tout de même sous médication constante pour la tension et pour le cholestérol. Elle voit un spécialiste tous les ans, et elle a l'air de plutôt bien s'en sortir du moment qu'elle suit rigoureusement son traitement.

Matt se tut un instant en faisant tourner son verre entre ses doigts.

— En fait, c'est sans doute pour toutes ces raisons que je suis devenu médecin.

Le serveur vint déposer leurs desserts devant eux — des tartes tatin dorées à souhait et couronnées d'une boule de glace à la vanille.

Mais, trop concentrée sur ce que lui révélait Matt, elle l'attaqua sans l'apprécier vraiment.

— J'ignorais que tu avais eu une enfance aussi difficile, remarqua-t-elle. Je suppose que ça s'est arrangé un peu quand ta mère est ressortie de l'hôpital ?

— Oui. Mais Gemma et moi sommes tout de même

restés assez longtemps en foyers d'accueil, et c'était plutôt difficile à vivre. Nous avons été brusquement arrachés à tout ce qui constituait notre univers, notre sécurité… Mais je suppose que ça ne pouvait pas être pire que ce que tu as vécu, toi. Tes parents sont morts, n'est-ce pas ?

— Oui. Un accident de train. J'étais encore très jeune quand c'est arrivé, mais j'avais Annie. Elle m'a aussitôt prise sous son aile avec son mari. Mon oncle et elle sont devenus de seconds parents pour moi. Mon oncle est mort il y a presque trois ans.

Elle plongea sa cuillère dans sa tarte et savoura le goût des fruits caramélisés.

— Tu voyais tout de même un peu ton père, après la séparation ?

— Un peu, oui. On allait chez lui quand il avait un week-end de libre. Mais ensuite, il s'est remarié avec une femme qui avait elle aussi des enfants, et nous ne nous sommes pas très bien entendus avec eux. Ils étaient plus âgés que nous, et Gemma et moi avions la nette impression qu'ils ne nous supportaient pas.

— Je vois. Ça a dû être terriblement difficile, pour vous deux.

Matt eut un haussement d'épaules fataliste.

— J'imagine que, en tant qu'enfant, on vit les choses sans trop analyser ce qu'il se passe. Ce n'est que plus tard que l'on se rend compte que ç'aurait pu se passer mieux, ou que l'on aurait pu se comporter différemment. Le plus dur a été le remariage de ma mère. Nous nous étions plus ou moins résignés à celui de mon père, mais ç'a été beaucoup plus difficile quand ça a été son tour à elle. Surtout pour moi. J'ai eu un comportement très rebelle pendant un temps.

Elle l'observa pensivement tandis qu'il commandait deux cappuccinos.

— Crois-tu que cela a encore des répercussions sur

l'homme que tu es aujourd'hui ? s'enquit-elle quand le serveur fut reparti.

— Je suppose, oui. Ça me rend plus prudent. Mais c'est évidemment plus fort quand on est adolescent, les émotions sont bien plus à fleur de peau. Je me souviens qu'il m'arrivait de penser que je n'avais de place nulle part. Gemma était mon seul port d'attache.

— C'est peut-être pour cette raison que tu es toujours célibataire. Parce que tu fuis dès qu'une relation commence à devenir trop sérieuse ? Au plus profond de toi, tu redoutes que ça se passe mal, et tu refuses de revivre la douleur d'une séparation.

Matt la considéra avec une sorte d'étonnement, avant de secouer la tête dans un demi-sourire amer.

— Je n'avais jamais considéré les choses sous cet angle, avoua-t-il. Mais tu as peut-être bien raison. Les hommes sont censés être forts, pourtant il leur arrive à eux aussi d'avoir le cœur en miettes.

Avait-il connu des revers avec une ou des femmes par le passé ? Cela, en plus de son passé familial, expliquerait sa volonté de ne pas trop vouloir s'engager. Et peut-être aussi son refus d'accepter les sentiments qu'il pouvait nourrir à son égard…

Il était encore tôt lorsqu'ils quittèrent le restaurant, et ils marchèrent un moment le long du bord de mer, admirant les yachts à l'ancrage qui se balançaient dans le crépuscule.

A un moment, Matt la prit par les épaules.

— Je regrette de t'avoir imposé mes problèmes, Saffi. Mon intention première était de t'offrir une agréable soirée.

— Elle l'a été. Et je serais ravie de réitérer l'expérience.

Elle se sentit rosir devant sa propre audace et s'empressa d'ajouter :

— Enfin, quand tu seras moins préoccupé.

Son sourire la fit fondre.

S'arrêtant devant un parapet, ils contemplèrent un instant les voiliers sans bouger.

Les vagues s'échouaient sur les rochers et contre les hautes falaises qui délimitaient la baie. Plus loin encore, le puissant faisceau lumineux du phare s'était allumé, il lançait son signal aux bateaux croisant au large.

— Je crois qu'il est temps de rentrer, dit Matt après quelques minutes. Je préférerais passer le reste de cette soirée avec toi, mais j'ai promis de te ramener à temps pour ce Jason.

Il esquissa un sourire ironique.

— J'avoue que j'éprouve une antipathie croissante pour cet homme.

Il noua ses doigts aux siens, et ils retournèrent tous deux à la voiture.

C'était si bon d'être avec lui, rien que tous les deux ! Elle aussi, elle aurait aimé que cette soirée ne connaisse jamais de fin.

Bien qu'ils soient en avance par rapport à l'heure prévue de l'arrivée de son visiteur, elle eut la surprise de voir celui-ci sortir de sa voiture garée devant chez elle.

Jason était grand, brun, cheveux courts et yeux verts, et vêtu d'un costume sombre d'excellente coupe.

— Saffi ! Je suis si heureux de te revoir.

Avant qu'elle ait pu prévoir son intention, il l'attira contre lui pour l'étreindre avec chaleur.

Jason était comme un étranger pour elle, elle ne savait pas comment se comporter. Elle sentit Matt se figer à côté d'elle, et elle-même se raidit.

Elle eut le sentiment que Jason était sur le point de l'embrasser, mais il parut se reprendre au dernier moment.

Peut-être s'était-il rendu compte qu'elle ne réagissait pas comme il l'avait espéré ?

— Bonjour, Jason. Je… Je ne pense pas que tu connaisses Matt. C'est mon voisin, expliqua-t-elle gauchement avec un geste vague en direction de la maison. Il m'a beaucoup aidée ces dernières semaines.

Jason resta un instant figé, et quelques secondes s'écoulèrent dans un silence embarrassé, que Matt fut le premier à rompre.

— Saffi vient de traverser des moments difficiles. J'ai plus ou moins veillé sur elle, et j'ai bien l'intention de continuer.

Il y avait incontestablement dans son ton une bonne dose d'avertissement de mâle à mâle.

Surprise, elle lui lança un bref regard, qu'il ignora.

Toutefois Jason ne parut pas en prendre ombrage.

— Merci d'être venu jusqu'ici, Jason, dit-elle.

— Tout le plaisir est pour moi puisque ça me donne l'occasion de te revoir, ironisa gentiment celui-ci.

— Tu es venu me rendre visite à l'hôpital, n'est-ce pas ?

— Oui. J'y serais allé plus souvent, mais les infirmières me l'ont déconseillé. Et ta coloc refusait de me laisser entrer sous prétexte que tu n'étais pas assez en forme. Tu te rends compte ? Comme si j'étais un étranger ! Enfin… Je suis content que nous soyons de nouveau ensemble.

Elle ressentit la soudaine crispation de Matt à côté d'elle.

Il y avait de quoi ! Elle-même était atterrée par ce que les propos de Jason laissaient entendre. Comment lui expliquer qu'il était pour l'instant un parfait étranger pour elle ? Il était évident que, pour lui, rien n'avait changé, et qu'il comptait renouer leur relation, quelle qu'elle ait pu être.

— Jason, je… Enfin, j'ai encore des problèmes de mémoire. Je suis désolée, mais je ne sais toujours pas qui tu es pour moi. Il est donc hors de question de reprendre les choses là où elles étaient avant l'accident. Ce n'est pas envisageable pour l'instant.

Jason secoua la tête.

— Je sais ce qu'il t'est arrivé, Saffi. Mais ne compte pas sur moi pour renoncer à ce qu'il y avait entre nous.

Même si tu as des trous de mémoire, à nous deux, nous les comblerons. Il n'y a aucune raison pour que cette amnésie nous sépare. Nous nous aimons, Saffi, nous étions pratiquement fiancés… Donne-nous un peu de temps, tu retrouveras vite toutes tes facultés, et nous reprendrons là où nous en sommes restés.

Elle fixa cet étranger qui se disait son fiancé avec une consternation grandissante, et l'impression que le sang se retirait de ses veines.

Avait-elle réellement été sur le point de se fiancer avec Jason avant son accident ? Comment pourrait-elle envisager d'aller vers cet homme dont elle ne gardait aucun souvenir, alors que Matt était le seul à qui elle souhaitait ouvrir son cœur ?

Mais tourner le dos à celui qu'elle était censée avoir aimé, n'était-ce pas la pire trahison qui soit ?

Matt semblait tout aussi atterré qu'elle. Profondément troublée, elle lui jeta un regard suppliant.

Il réagit aussitôt.

— Ne précipitons rien, dit-il à Jason. Quoi qu'il ait pu se passer entre vous deux, il est clair que vous devrez attendre que Saffi récupère toutes ses facultés. Pour l'instant, elle ne se souvient pas de vous. Donc, armez-vous de patience, il ne servirait à rien d'insister.

7.

Matt donna un coup de main à Jason pour décharger son coffre, et Saffi les aida ensuite à porter ses affaires chez elle.

Cette tâche l'aida à supporter le malaise qu'avaient provoqué les révélations de Jason.

Quand ils eurent terminé de vider le coffre, les deux hommes la suivirent dans la cuisine.

Tous deux semblaient s'être mis tacitement d'accord pour ne plus évoquer le passé, mais Matt n'était de toute évidence pas disposé à la laisser seule avec Jason.

Peu à peu, le choc qu'elle avait ressenti aux révélations de Jason se dissipait. Suffisamment en tout cas pour lui permettre de retrouver sa voix et d'aborder des sujets anodins afin de dissiper un peu la tension entre eux.

— Ma cafetière ! dit-elle, ravie, en ouvrant le carton d'appareils ménagers. Elle m'a manqué. Qui veut un espresso ?

Sans attendre de réponse, elle versa le café moulu dans le filtre avant d'ajouter l'eau.

Atterrée de constater que ses mains tremblaient, elle se dirigea vers le frigidaire et s'activa à verser du lait dans un petit pichet de se retourner vers ses deux invités.

— Combien de temps restez-vous dans le Devon ? demanda Matt, le regard rivé sur Jason.

— Environ deux semaines. J'ai pris une chambre à l'hôtel, en ville.

Saffi lui tendit une des tasses.

— D'après Chloe, tu as pris un congé ?

Elle esquissa un sourire d'excuse.

— Pour être franche, je ne sais même plus ce que tu fais.

— Je suis visiteur médical. Je travaille surtout dans le Hampshire, mais j'étends mon territoire dès qu'une occasion se présente.

— Ah bon ? Et tu as un client dans la région ?

— Oui. Mais de toute façon, j'avais décidé de venir te rendre visite. J'avais besoin de te voir, Saffi.

Le regard qu'il posait sur elle était d'une intensité gênante.

— Nous étions si proches tous les deux, avant l'accident ! Je veux que nous retrouvions ce que nous vivions. Dis-moi que c'est possible, je t'en prie !

Incapable de soutenir son regard, elle baissa les yeux sur sa tasse.

Pourquoi ne ressentait-elle pas la moindre attirance pour cet homme alors que, selon lui, ils avaient été très proches ? Il semblait si triste, si désemparé. Comment pouvait-elle l'avoir oublié ? Elle s'en sentait terriblement coupable.

— Je ne sais pas quoi te dire, Jason, avoua-t-elle. Et je ne sais pas quoi faire non plus.

Elle secoua la tête, à court de mots.

Pourquoi fallait-il que cela arrive justement alors que ses sentiments pour Matt ne cessaient de croître ? Elle ne pouvait pourtant pas rabrouer Jason, lui dire qu'elle n'avait plus de place pour lui dans sa vie. Ce serait cruel, comme si elle piétinait froidement ce qu'ils avaient vécu ensemble, quoi que ce soit.

— Jason, dit-elle avec tout le calme dont elle était capable, j'imagine combien ce doit être difficile pour toi.

Peut-être devrions-nous essayer de refaire connaissance sans rien brusquer. Mais même ainsi, je ne peux pas te promettre que nous retrouverons ce que nous avons partagé. Tu dois comprendre que, pour moi, tout a changé. Je ne suis plus celle que tu as connue.

Le visage de Jason se ferma brusquement.

— Qu'essaies-tu de me dire, au juste, Saffi ? Que tu ne m'aimes plus parce que tu es avec lui ?

Il avait désigné Matt de son pouce, sans le regarder.

En proie à une anxiété croissante, elle ferma les yeux une seconde.

— Oui, Jason. Je crois que c'est exactement ce qu'il se passe.

Voilà, elle l'avait dit. Elle l'avait ouvertement admis.

Elle savait qu'elle avait joué avec le feu. Matt ne cherchait aucunement une relation sérieuse, il ne le lui avait pas caché. Et pourtant, elle avait ignoré tous les garde-fous, tous les avertissements pour se laisser entraîner dans une histoire dont elle ne pourrait que ressortir blessée.

Elle vit Matt à côté d'elle redresser les épaules et exhaler un léger soupir.

Comment devait-elle l'interpréter ? Etait-il soulagé, ou au contraire inquiet que son argument exprime peut-être un souhait réel ?

Elle n'aurait su le dire.

A présent, Jason regardait fixement Matt.

— Vous ne pouvez pas l'aimer, déclara-t-il. Vous la connaissez à peine.

— Détrompez-vous, répondit Matt. Je la connais depuis des années. Le problème, c'est qu'elle ne s'en souvient pas non plus.

— Ah… Donc, nous sommes à égalité, n'est-ce pas ? Alors que le meilleur gagne, comme on dit, ironisa Jason.

Exaspérée, elle les regarda l'un après l'autre.

— Désolée, mais j'en ai assez de vous entendre discuter

de moi comme d'un meuble que l'on déplace d'un coin à l'autre ! Faites-moi le plaisir d'aller le faire ailleurs.

Visiblement surpris par sa véhémence, tous deux se levèrent sans insister. Jason la salua en lui effleurant l'épaule du bout des doigts, hésitant visiblement à la prendre dans ses bras. Finalement, il y renonça et sortit pour regagner sa voiture.

Matt le regarda disparaître dans le chemin depuis le seuil de la maison.

— Tu es toujours ici ? dit-elle.

Il esquissa un sourire.

— Je voulais m'assurer que tu n'as besoin de rien. On ne sait jamais, tu pourrais avoir des angoisses nocturnes, ou éprouver le désir soudain d'avoir de la compagnie ? Dans ce cas, il te suffit de cogner sur le mur, et je serai là dans la seconde.

— Hmm. Merci, j'apprécie ta sollicitude. Mais ne rêve pas trop, d'accord ?

Il inclina la tête, et elle vit une lueur amusée éclairer son regard.

— Tu crois que je plaisante, n'est-ce pas ? Mais je suis on ne peut plus sérieux. Es-tu certaine de vouloir te débarrasser de moi ? N'oublie pas que, il y a quelques minutes à peine, tu as laissé entendre que je ne t'étais pas indifférent.

Comme il s'approchait d'elle, elle fit appel à ce qu'il lui restait de volonté pour l'empêcher d'avancer.

— Je ne peux pas, Matt, dit-elle d'une voix sourde. Pas maintenant. Ma vie est complètement bouleversée, je ne sais plus quoi penser, quoi faire... J'ai besoin de prendre un peu de recul.

Il posa doucement la main sur son épaule.

— Oui, je comprends. C'est juste que... Je déteste l'idée que tu puisses être avec cet homme. Avec n'importe quel homme, en fait. Le voir avec toi m'a donné envie de te protéger. De t'avoir pour moi seul.

— Je ne suis pas sûre que tu dirais la même chose si je n'avais pas perdu la mémoire. Ça change tout, n'est-ce pas ?

— Je l'ignore. Tout ce que je sais, c'est que je n'ai jamais arrêté de te désirer, Saffi. J'ai tout tenté pour combattre cette attirance, mais rien n'y fait.

Peut-être. Mais désirer n'était pas aimer, et elle se refusait à risquer sa vie et son cœur pour un homme incapable de se fixer. Or, elle commençait à prendre conscience que son désir le plus cher, ce qu'elle souhaitait le plus au monde, c'était que Matt l'aime, et que cet amour dure jusqu'à son dernier jour.

— Ma vie est sens dessus dessous, avoua-t-elle. Je ne sais plus qui je suis ni ce que je dois faire.

Il l'étreignit brièvement et l'embrassa sur la tempe avant de partir.

— Fais confiance à ton instinct, murmura-t-il. Et n'oublie pas que je serai là pour toi chaque fois que tu auras besoin de moi.

Elle referma la porte derrière lui avant de s'y appuyer en soupirant.

Toute force semblait l'avoir abandonnée.

Qu'avait-il bien pu se passer entre Jason et elle ? Et pourquoi Matt et elle s'étaient-ils séparés plusieurs années plus tôt ?

Tout ce qu'elle était ou avait été était enfermé dans sa tête. Comme dans une boîte dont elle aurait perdu la clé.

Si seulement elle pouvait retrouver cette clé et libérer enfin les secrets enfermés dans son esprit…

Jason revint le lendemain, après que Matt fut parti pour l'hôpital, et elle accepta d'aller se promener avec lui sur le chemin longeant les falaises.

Sans doute avait-il réfléchi durant la nuit, car il fit

son possible pour ne rien évoquer qui puisse la stresser, et au bout d'un moment, elle finit par se détendre en sa compagnie.

Il lui parla de son travail de représentant pour le compte d'une compagnie pharmaceutique et des rencontres que cela impliquait avec des chirurgiens, des généralistes et des pharmaciens. De son côté, elle lui exprima son attachement grandissant pour la maison dont elle avait hérité, le plaisir qu'elle prenait à entretenir le jardin et même à s'occuper des poules et des abeilles.

— Il faut d'ailleurs que j'aille récolter le miel. Ça te tenterait de m'aider ? Je pourrais te prêter des vêtements de protection.

Jason esquissa une moue incrédule.

— C'est drôle, je ne t'aurais jamais imaginée en train de faire ce genre de chose. En plus, tu n'aurais jamais eu le temps. Tu étais complètement accaparée par ton travail aux urgences. C'était ta seule passion.

— C'est vrai ?

Intuitivement, elle savait qu'il avait raison.

— Je vais m'y remettre d'ici quelques jours.

Il fronça les sourcils.

— Déjà ? Tu es certaine d'être prête pour ça ? En plus, si tu es à l'hôpital, qui s'occupera de la maison en attendant ? Le jardin à lui seul exige presque un travail à plein temps, sans parler des poules et des abeilles…

— Ça n'est pas si terrible. Matt m'aide dès qu'il le peut. Il répare les grillages, tond la pelouse et repeint le poulailler, entre autres. De toute façon, je ne travaillerai qu'à mi-temps, du moins au début.

— Oui, mais c'est encore trop pour toi. Tu as besoin de repos, Saffi. Pourquoi ne pas vendre et revenir dans le Hampshire ? La vie y serait bien plus facile pour toi, et tu aurais tous tes amis autour de toi.

Elle secoua la tête.

— Je ne me souviens plus de personne, et j'avais

toujours cette angoisse latente dont j'ignorais l'origine. Ici, c'est différent. J'aime cette maison. C'est ici que j'ai passé mon enfance. Je m'y sens chez moi et en sécurité.

Jason était contrarié, c'était indéniable. Il tenait absolument à la convaincre de revenir avec lui dans le Hampshire. Toutefois, il n'insista pas durant les jours suivants où il venait lui tenir compagnie sitôt que Matt était parti à l'hôpital. Mais s'il espérait que la mémoire lui reviendrait et qu'ils pourraient reprendre leur relation là où elle en était restée, cela n'arriva pas.

Matt supportait mal la présence de Jason auprès d'elle. Toutefois, il ne chercha à aucun moment à la dissuader de le recevoir. Il continua comme d'habitude à se charger de diverses tâches en rentrant le soir. En l'occurrence soigner Mitzi, qui s'était blessée on ne savait comment.

— Je ne suis pas un spécialiste, mais j'ai l'impression qu'elle s'est cassé la patte, dit-il après avoir délicatement palpé la poule. Je vais lui poser une attelle de fortune, et on va l'emmener chez le vétérinaire.

— D'ici là, il vaudrait peut-être mieux l'isoler, non ? suggéra-t-elle.

— Oui, tu as raison. Je crois avoir vu une ancienne cabane à lapin dans la grange. Je vais la nettoyer un peu, et on va l'installer là-dedans. Elle sera à l'abri pour se reposer.

— Oui. Merci, Matt…, dit-elle en caressant les plumes de Mitzi. Tout se passera bien, ma belle. On s'occupe de toi.

Le vétérinaire prescrivit des antibiotiques, un analgésique, et il posa une attelle correcte, que Mitzi devrait garder quelques semaines tout en restant à l'écart de ses congénères.

De retour à la maison, ils remirent Mitzi dans sa cage, mais en la laissant ouverte sur un coin d'herbe délimité grâce à un morceau de grillage. Après quoi, ils s'installèrent tous deux à la table de jardin pour boire une orangeade.

Au bout d'un temps de silence, Saffi inclina la tête.

— Tu as l'air bien songeur, remarqua-t-elle. Tu penses à ta sœur ? Où en est-on ? Les médecins hésitaient quant au traitement à lui donner, je crois ?

— Oui. Ils devaient d'abord connaître l'étendue de la maladie, savoir si elle s'était propagée au-delà du pancréas et du duodénum. Apparemment non. Donc, ils vont faire venir un spécialiste pour pratiquer l'opération de Whipple.

Saffi se mordit la lèvre.

Pas besoin de chercher dans ses souvenirs, elle savait qu'il s'agissait d'une intervention très complexe, où l'on devait retirer une partie du pancréas et l'intestin grêle, ainsi que la vésicule biliaire et le canal cholédoque.

Timidement, elle posa sa main sur celle de Matt pour le réconforter.

— On sait déjà quand ce sera ?

— La semaine prochaine. Elle doit d'abord subir des séances de chimiothérapie pour tenter d'arrêter la propagation de la maladie. Ils vont faire en sorte que l'intervention soit le moins invasive possible, par laparoscopie, ce qui devrait limiter les risques de complications.

Spontanément, elle lui pressa la main.

— Heureusement que tu as insisté pour la conduire à l'hôpital ! Grâce à toi, elle va bénéficier des soins aussi tôt que possible.

— Sans doute. Mais ça n'est tout de même pas suffisant, soupira-t-il.

— Tu vas de nouveau t'occuper de Ben, je suppose ? Son père est reparti en mission ?

— Oui. James s'inquiète beaucoup pour Gemma et sur l'effet que son hospitalisation peut avoir sur Ben. Il est resté auprès d'elle le plus longtemps possible, mais il a été appelé en urgence sur une mission. Il a promis de s'arranger pour être de retour à temps pour l'opération.

— J'imagine que Ben doit être perturbé aussi. Ça lui ferait peut-être du bien de m'aider, pour le miel. Pas pour aller le chercher, mais pour la suite, quand il faudra le mettre en pots ?

— Oui, ça devrait lui plaire. Quand vas-tu le faire ?

— Ce week-end. J'avais pensé pouvoir ouvrir les ruches samedi vers midi, au moment où les abeilles sont pour la plupart dans la nature, comme tu l'avais suggéré.

— Bonne idée. Je te donnerai un coup de main.

— Ce n'est pas de refus. J'avoue que je n'étais pas très chaude à l'idée de me débrouiller seule pour la première fois.

Jason l'avait avertie qu'il avait à faire ailleurs ce matin-là, et elle le soupçonnait d'avoir trouvé cette excuse pour échapper à la corvée.

Matt la considéra en souriant.

— C'est la semaine prochaine que tu reprends le travail. Comment te sens-tu à cette idée ?

Elle haussa les épaules en soupirant.

— Pour être honnête, j'ai un peu peur. Je crains que ce que j'ai fait l'autre jour pour Josh ait été une exception. Comme si j'avais fonctionné à l'instinct, rien de plus. Et je redoute de tomber sur un cas que je ne saurai pas traiter.

— Saffi, sincèrement, je ne pense pas que ça arrivera. Parce que tes gestes et tes décisions avec Josh étaient très posés et logiques. Ils faisaient partie de toi. Et après avoir discuté avec toi, les dirigeants de l'hôpital sont certains que tu es prête à revenir dans l'équipe. Mais si tu hésites encore, tu pourrais venir avec moi demain rien que pour observer, ou éventuellement aider si tu le souhaites. Sans aucune obligation.

Elle n'eut pas à réfléchir longtemps.

— Oui, ce serait une bonne chose. Je me rendrai mieux compte de ce que je suis capable de faire.

— Parfait. Alors, rendez-vous demain matin.

Matt vint la chercher après le petit déjeuner, et ils prirent aussitôt le chemin de l'hôpital.

— Je vais te présenter à tout le monde. Ensuite, tu pourras simplement observer ce qu'il se passe, ou bien m'accompagner et m'assister, dit-il alors qu'ils entraient aux urgences. Et si tu ne te sens pas bien, tu me le diras.

Elle regarda autour d'elle.

Cet univers lui paraissait incontestablement familier, mais c'était peut-être parce qu'elle y était venue avec Charlie, le garçon qui avait eu la jambe et le bassin brisés dans l'accident de voiture ?

Elle décida d'aller le voir quelques minutes en soins intensifs et constata avec plaisir qu'il se remettait bien. Ce fut aussi pour elle l'occasion de constater que le service des soins intensifs lui était familier.

— Je crois que tu as raison, dit-elle à Matt à son retour. Ça me fera du bien de travailler avec toi. Il faut que tu me montres où tout est rangé.

Matt lui serra brièvement les épaules.

— Super ! Je sais que tu y arriveras, Saffi. Tu auras très vite l'impression de n'avoir jamais quitté ce service, tu verras.

Malgré quelques hésitations au début, elle se rendit très vite compte qu'elle se glissait en effet aisément dans l'atmosphère ambiante. Elle l'accompagnait dans sa tournée auprès des patients, et ils discutaient ensuite du cas en examinant les radios et les CAT scans. La matinée fut très chargée, ils durent attendre 11 heures pour s'accorder une pause.

— Ouf, soupira-t-elle après avoir bu sa première gorgée de café. Ça fait du bien de souffler un peu.

— Oui. Tu as l'air de bien t'entendre avec Jake et les infirmières.

— Ils ont tous été très gentils avec moi, vraiment très attentionnés.

Sauf que Gina Raines avait pris son service au cours de la matinée et qu'elle-même était dès lors devenue très tendue. Sans pouvoir se l'expliquer, sa présence la mettait mal à l'aise. Parce qu'elle savait que Matt avait eu une liaison avec elle ? Peut-être. Mais c'était terminé, non ? Donc elle n'avait aucune raison de se méfier d'elle. Pourtant, sitôt qu'elle l'avait vue, elle avait éprouvé une douleur dans la tête et une tension dans la poitrine.

Elle fronça les sourcils.

— Ils sont tous au courant, pour le traumatisme que j'ai subi. Je sais que nous avions évoqué la possibilité d'en parler, mais ça me gêne.

— Je pensais qu'il serait préférable d'être direct et d'expliquer à tout le monde ce que tu fais ici, et pourquoi. Je les connais, je suis sûr qu'ils le comprennent tous très bien.

— Bon. Si tu le dis…

Elle avalait sa dernière gorgée de café quand son bipper sonna. Matt sortit le sien au même instant et prit connaissance du message avant de courir avec elle vers la porte.

— Fillette de cinq ans. Arrive avec sa mère, annonça l'infirmière de triage. S'est évanouie après avoir mangé un biscuit. Respiration difficile.

Tous deux allèrent à la rencontre de la mère sur le parking des ambulances et l'interrogèrent tandis que l'on posait un masque à oxygène à la fillette allongée sur un chariot.

— Sarah a mal au ventre. Elle a vomi deux fois dans

l'ambulance, expliqua la femme d'une voix angoissée. Et elle a des plaques rouges, aussi.

Elle continua à parler à sa fille alors qu'ils poussaient le chariot vers la salle de réanimation.

— A-t-elle déjà eu des problèmes d'évanouissement ou des symptômes similaires ? demanda Matt.

— Elle ne s'est jamais évanouie, mais elle a de l'asthme. Et elle a fait une allergie à des cacahuètes, une fois.

— Avez-vous vu un médecin pour ça ?

La femme secoua la tête.

— Non. C'était très léger, on n'a pas cru utile de le faire.

— Très bien, merci. Vous pouvez rester avec nous en salle de réanimation, si vous le souhaitez. Et si vous avez des questions, n'hésitez pas à vous adresser à cette jeune femme, ajouta Matt en désignant Gina, qui s'approcha aussitôt de la mère.

Sarah avait le visage, les mains et les pieds enflés. Selon toute évidence, elle faisait une réaction à quelque chose qu'elle avait avalé.

Saffi tendit un EpiPen — un injecteur d'épinéphrine — à Matt, qui le prit avec un bref sourire et piqua la fillette dans la cuisse. Elle lui donna ensuite une seringue d'antihistaminique, qu'il injecta dans l'autre cuisse. Après quoi il commença l'examen clinique tandis qu'une infirmière connectait la jeune patiente aux moniteurs indiquant le rythme cardiaque, la tension et la teneur du sang en oxygène.

— Chute de la tension, accélération du rythme cardiaque. Taux d'oxygène du sang quatre-vingt-dix pour cent, annonça l'infirmière.

— D'accord. On va lui faire une perfu pour remonter la tension. Et je vais l'intuber avant que l'œdème ne l'empêche de respirer. On va aussi lui relever les jambes pour améliorer la circulation — mais en douceur, pas question d'aggraver ses problèmes respiratoires.

Cinq minutes après, la fillette se débattait toujours contre le choc anaphylactique.

— Il me faut une autre dose d'adrénaline, annonça Matt, et une de stéroïde.

Saffi lui passa la seringue dès qu'elle fut prête.

Ils n'avaient pas de temps à perdre. La fillette risquait sa vie, ils devaient tout mettre en œuvre pour réduire l'œdème et ramener ses signes vitaux à un niveau sûr.

Matt, visiblement anxieux pour la petite patiente, suivait le protocole à la lettre.

— Respiration toujours difficile, murmura Saffi. On lui donne du salbutamol en nébulisation par le circuit de ventilation ?

— Oui, vas-y. Ça devrait ouvrir les conduits respiratoires.

Trois minutes plus tard, ils purent enfin déclarer la fillette hors de danger immédiat. Tous s'autorisèrent à souffler, et Matt s'entretint un instant avec la mère pour lui expliquer la nature de la réaction que sa fille venait de manifester.

— Nous allons la confier à un spécialiste qui procédera à différentes investigations, dit-il. L'objectif, à présent, est de découvrir l'agent déclencheur. En attendant, nous la garderons cette nuit et peut-être un peu plus longtemps pour nous assurer qu'il n'y a pas de contrecoup. Et nous vous donnerons un Epipen en vous montrant comment l'utiliser au cas où ce problème se reproduirait — avant de l'amener tout de même aux urgences, naturellement.

Une fois de retour chez elle, ce soir-là, Saffi avait laissé libre cours à son excitation : elle était si heureuse d'être de nouveau capable de travailler !

Matt vint la rejoindre le lendemain dans le jardin alors qu'elle se préparait pour l'ouverture des ruches.

La combinaison de protection était posée sur le dos d'un fauteuil en osier.

— Deux nouvelles expériences en une semaine, dit-il en souriant. Tu aimes les défis, on dirait ? Tu t'en es très bien sortie, hier. Qu'as-tu ressenti en te retrouvant de nouveau sur le terrain ?

— C'était fantastique ! Exactement comme tu l'avais dit : j'ai eu l'impression de n'avoir jamais quitté le service. Tout ce qui concernait les soins et l'intervention me revenait sans que j'aie besoin de réfléchir. Et mon plaisir aussi était intact. Jason avait raison, j'éprouve une véritable joie à exercer.

Elle le vit se rembrunir légèrement à la mention de Jason.

— Comment ça se passe, avec lui ? Est-ce que tu te souviens de ce que vous avez vécu tous les deux avant l'accident ?

— Pas vraiment. Parfois il me revient des images d'endroits où nous sommes allés, ou de brefs moments que nous avons partagés, comme ça m'arrive avec toi aussi, mais c'est trop fugace pour que je puisse les retenir. Sa présence ici te contrarie toujours, n'est-ce pas ?

Il esquissa un sourire ironique.

— Ça se voit tant que cela ? Je croyais que j'arrivais à le cacher.

En soupirant, il se passa la main dans les cheveux.

— Bon, je reconnais qu'il a été très clair : il veut retrouver ce que vous viviez tous les deux, et j'aurais mauvaise grâce à le lui reprocher… Mais j'aurais nettement préféré qu'il reste dans le Hampshire.

Elle l'observa un instant en silence.

Il était évident qu'il minimisait ses sentiments.

— C'est plus que ça, n'est-ce pas ? dit-elle enfin. En fait, tu ne le supportes pas.

— C'est vrai. Je trouve bizarre qu'il ne se soit pas manifesté plus tôt. A sa place, j'aurais remué ciel et terre pour avoir de tes nouvelles. Et puis, il fait pression sur toi — subtilement, mais c'est là tout de même : d'après lui, vous seriez pratiquement fiancés. Mais « pratiquement » ne veut pas dire que tu as une bague au doigt. Je ne peux pas m'empêcher de penser qu'il force la réalité.

— Peut-être. Mais est-ce vraiment important ? Tu ne ferais pas la même chose pour quelqu'un qui compte beaucoup pour toi ?

— *Tu* comptes beaucoup pour moi, Saffi. Jamais je n'ai éprouvé pour quelqu'un d'autre ce que je ressens pour toi. Et tu ne peux pas savoir ce qu'il m'en coûte de te voir avec un autre.

Elle sentit sa gorge se serrer.

Elle l'aimait. A aucun prix elle ne voulait le blesser, et cette souffrance dans son regard lui brisait le cœur.

Mais pouvait-elle pour autant tourner froidement le dos à Jason ? Ce serait comme une trahison, elle aurait le sentiment de ne pas lui avoir laissé de chance. Or, elle refusait de peiner qui que ce soit, même si elle avait désespérément besoin de Matt.

Doucement, elle posa les mains sur son torse.

— N'est-ce pas aussi une sorte de pression que tu exerces sur moi ?

Il exhala un profond soupir tandis qu'elle laissait courir ses paumes sur sa poitrine et ses épaules.

Enfin, il cessa de résister et l'attira contre lui.

Elle s'accrocha à lui, les doigts enfouis dans sa chevelure, puisant un plaisir intense dans la façon dont son corps épousait le sien.

Elle avait tant besoin de son amour !

— Saffi, sans toi je suis perdu…

La voix de Matt était presque rauque, et elle sentait son cœur battre sourdement contre le sien. Lorsqu'il effleura de son pouce la pointe d'un sein, une sorte de fièvre courut sous sa peau. Incapable de contenir un gémissement de désir, elle leva les yeux vers lui et vit ce désir reflété dans

les siens. Elle se sentait prête à tout pour qu'il lui fasse l'amour sans délai, ici même et tout de suite.

Mais c'était impossible tant qu'elle ignorerait la vérité sur leur passé.

Qu'était-il arrivé qui les avait séparés et l'avait jetée droit dans les bras de Jason ?

Ce fut alors qu'une petite voix appela depuis une des chambres.

— Oncle Matt ? J'ai fini mon dessin. Tu viens voir ?

Matt s'écarta d'elle à regret.

— Il va falloir que l'on éclaircisse la situation avec Jason, dit-il d'une voix encore rauque. Parce que je n'ai aucune envie de te partager avec qui que ce soit !

8.

Saffi descendait de son monospace gris métallisé tout neuf dans le parking jouxtant les urgences, quand elle entendit Matt s'exclamer derrière elle.

Il venait visiblement de raccompagner un patient et sa famille jusqu'à leur voiture.

— Ça alors ! Tu es allée t'acheter une nouvelle voiture ?

Elle arbora un sourire plein de fierté.

— Oui. Elle est belle, non ?

— Superbe.

— J'en avais besoin pour aller travailler. Je me suis décidée au pied levé.

— Très bon choix, en tout cas. Tu étais seule ?

— En fait, Jason m'a accompagnée.

Interprétant sans mal la réaction immédiate de Matt, elle s'empressa d'ajouter :

— Je n'ai pas vraiment eu mon mot à dire. J'étais sur le point de partir, tôt ce matin, et il a insisté pour venir avec moi.

— Je ne vois pas pourquoi tu devrais prendre des gants avec lui, rétorqua Matt avec humeur. Et tu n'as pas besoin de gardien, que je sache.

— Oui, c'est sûr… Mais je me sens coupable de l'avoir oublié. Et j'ai du mal à lui faire comprendre que j'ai besoin de temps et d'espace.

— Il joue avec tes émotions.

— C'est possible. En tout cas, il n'était pas très heureux de mon choix, pour la voiture. D'après lui, j'aurais dû prendre quelque chose de plus petit. Mais j'aime la souplesse de celle-ci. Et on peut rabattre les sièges, ce qui me permet de transporter du matériel médical, par exemple.

Il inclina la tête en souriant.

— Tu crois que tu serais prête à devenir urgentiste ?

— Il est peut-être un peu tôt pour en décider. Ce serait comme de vouloir courir avant de savoir bien marcher, plaisanta-t-elle. Mais on ne sait jamais…

— Tu as raison. Et comment te sens-tu, au volant ?

— Plutôt bien. Je n'ai pas eu trop d'appréhension. En tout cas, pas sur le trajet du garage jusqu'ici.

— Et il n'y a pas de raison que tu en aies par la suite. Ce qui est une excellente chose. Tu as des projets en fin d'après-midi ? Je serai libre.

— Ah ? En fait, oui. Je dois aller chez le vétérinaire avec Mitzi. Tu voudras venir ?

Toute occasion de passer du temps ensemble était bonne à prendre.

— Pas de problème. Il est toujours profitable de voir d'autres professionnels à l'œuvre et d'entendre leurs conseils, même si on ne travaille pas dans le même registre. Et puis, j'ai envie d'être avec toi, et je le serais beaucoup plus souvent si Jason n'était pas là. Je ne t'apprends rien, d'ailleurs… En attendant, tu es prête pour ton retour parmi nous ?

— Je l'espère.

— Je suis sûr que oui. Allez viens.

Tout se passa très bien, en effet. Elle soigna un garçon qui s'était fracturé la clavicule au football et une fillette qui s'était déboîté l'épaule en tombant de vélo. Le cas d'un petit blondinet se révéla plus complexe : il était resté un long moment désorienté après une chute, et il s'avéra qu'il s'agissait en fait d'un problème d'épilepsie.

Bientôt, Matt la laissa s'occuper seule des cas qui leur étaient soumis, mais elle avait conscience qu'il l'observait à la dérobée.

Une surveillance qu'elle savait à présent superflue : elle était absolument sûre de ce qu'elle faisait. A telle enseigne que tous les soignants la traitèrent bientôt comme l'une d'entre eux, comme si elle n'avait jamais quitté l'équipe.

Matt disparut en fin de matinée, sans doute pour aller voir Gemma dont l'opération était programmée pour le jour même. Malgré son calme apparent et son efficacité habituelle, elle avait perçu son anxiété.

Il revint dans le service une demi-heure plus tard et lui proposa discrètement d'aller déjeuner avec lui.

— C'est exactement ce dont j'ai besoin, acquiesça-t-elle en lui emboîtant le pas vers la cafétéria. Alors, comment va Gemma ?

— Elle est toujours au bloc, mais jusqu'à maintenant tout se passe bien.

Lorsqu'ils se furent servis au self, il l'entraîna vers une table libre à l'écart.

— Ses constantes sont stables, ce qui est bon signe. James est dans la salle d'attente, dans un état d'anxiété épouvantable. Il est terrifié à l'idée qu'il puisse y avoir un problème.

— Quoi qu'il soit arrivé pour qu'ils rompent, il a l'air de beaucoup tenir à elle.

— Oui, c'est vrai. Et je suis presque sûr que c'est son travail qui pose problème : ça l'oblige à être absent beaucoup trop souvent.

— Et il ne peut pas chercher un autre emploi ?

— Ce serait la meilleure solution, évidemment. Il s'en rend sûrement compte, parce qu'il a passé récemment des annonces pour trouver quelque chose qui ne l'oblige pas à voyager comme il le fait. Avec ses qualifications, il ne devrait pas avoir trop de mal à obtenir des réponses.

Elle but une gorgée d'eau et releva les yeux vers Matt.

— Ça a été très angoissant pour vous deux.

— Oui.

— Et pourtant, je vous envie d'avoir une famille, des gens proches. Je regrette parfois de n'avoir ni frère ni sœur. Ma tante ne pouvait pas avoir d'enfants, si bien que je n'ai même pas de cousins.

Matt inclina la tête avec un léger sourire.

— Ne serait-ce pas là une nouvelle brèche dans ton amnésie ?

Elle le considéra une seconde avec étonnement, avant de partir d'un rire joyeux.

— Mais oui ! Tu devais avoir raison de me faire revenir au travail. Ça doit rouvrir des canaux bouchés !

Elle rentra quelques heures plus tard avant Matt, et elle en profita pour s'activer dans le poulailler et le potager.

Jason téléphona peu après. Il lui proposa de venir l'aider, mais elle refusa poliment, de même qu'elle déclina son offre de l'accompagner au village pour aller faire des courses.

— Je pourrais t'y conduire, dit-il.

— Je sais, Jason, mais pas aujourd'hui. Je dois emmener Mitzi chez le vétérinaire.

La vraie raison, c'était qu'elle ne souhaitait pas passer trop de temps avec lui. Elle préférait réserver ses moments libres pour Matt.

D'après la brusquerie avec laquelle Jason raccrocha, il avait dû le comprendre.

Dès le retour de Matt, elle mit Mitzi dans sa boîte, et tous deux se mirent en route dans sa nouvelle voiture.

— Comment va Gemma ? s'enquit-elle.

— Elle est aux soins intensifs. Sa tension est très basse, et elle a eu plusieurs épisodes d'arythmie. Elle souffre, aussi. Ils ont dû lui donner de puissants analgésiques.

— Mais au moins, elle a surmonté cette épreuve, Matt. Elle est jeune, c'est un atout majeur.

— Oui, c'est vrai, acquiesça Matt avec un profond soupir. Et James est auprès d'elle. Elle sera sûrement heureuse de le voir à son réveil.

— Où est Ben, aujourd'hui ?

— Avec ma mère. Elle s'est installée chez Gemma.

Après être passé au supermarché local, ils se rendirent chez le vétérinaire, qui examina la patte de Mitzi et se déclara satisfait du résultat.

— Elle se remet bien, dit-il. Apparemment, elle ne sera même pas tordue. On va continuer encore un peu avec les antibiotiques et les analgésiques, mais à mon avis ce ne sera plus pour très longtemps.

Comme ils prenaient le chemin du retour, Saffi remarqua au bout d'un moment une voiture noire qui semblait la suivre : malgré la circulation assez dense à cette heure, cette voiture était derrière elle depuis un moment déjà et paraissait se rapprocher toujours plus. Elle commençait à en éprouver une anxiété croissante. Elle ne pouvait pas distinguer clairement le visage du conducteur, mais cette voiture elle-même éveillait une sourde angoisse en elle.

Elle était sûre que ce genre de chose lui était déjà arrivé auparavant. Oui, elle avait déjà été suivie sur une voie très empruntée comme aujourd'hui, elle en était certaine.

Elle mit son clignotant pour signaler qu'elle s'engageait sur une route secondaire et soupira, rassurée, quand la voiture en question continua tout droit.

— Un problème ? demanda Matt, intrigué.

— Non, mentit-elle en se forçant à sourire. C'est juste que… La voiture, derrière, me collait d'un peu trop près.

Toutefois, son soulagement fut de courte durée. Moins de dix minutes plus tard, le véhicule se retrouva une fois de plus derrière elle. Sans doute le conducteur l'avait-il attendue sur une route transversale.

Sans qu'elle s'en rende compte, ses doigts se resserrèrent sur le volant.

— Qu'y a-t-il, Saffi ? demanda Matt. Tu es blanche comme un linge, tout à coup.

— Je ne suis pas sûre, mais j'ai l'impression que l'on me suit. C'est idiot, je sais. Il n'y a aucune raison que…

S'interrompant, elle mit son clignotant avant de s'arrêter sur un terre-plein, puis elle releva les yeux vers le rétroviseur.

La voiture noire avait ralenti, comme si le conducteur hésitait à s'arrêter aussi. Mais au dernier moment il accéléra et s'éloigna sur la route.

Saffi se laissa aller contre le siège en fermant les yeux, le front moite et le cœur battant à tout rompre,

— Saffi ? Que se passe-t-il ? Dis-moi, insista Matt.

— Je ne sais pas. Je me trompe peut-être…

— Tu es effrayée. Est-ce que ça t'a rappelé ton accident ? Quelqu'un te suivait-il, comme maintenant, quand c'est arrivé ?

Elle inspira difficilement une longue goulée d'air.

— Je crois, oui. Mais je n'arrive pas à m'en souvenir clairement. C'était une voiture de couleur foncée… J'ai été emboutie par l'arrière, et puis… Un homme est descendu de la voiture et est venu vers moi.

Elle fouilla dans sa mémoire, mais l'image s'effaça avant qu'elle ait pu la fixer.

— Tout ce que je sais, c'est que j'étais terrifiée.

Débouclant leurs ceintures de sécurité, Matt se pencha pour l'attirer dans ses bras.

— Bien sûr que tu avais peur, dit-il en l'étreignant. Tu en as parlé à la police ?

Elle fronça les sourcils, se forçant à se rappeler.

— Non, je ne crois pas. Et je ne me souviens plus de ce qui s'est passé quand il est venu vers moi.

Matt continua à la serrer contre lui jusqu'à ce qu'elle ait suffisamment récupéré son calme.

— Tu veux que je conduise ? proposa-t-il.

— Non. Ça va aller, maintenant.

Lentement, elle s'écarta de lui et remit sa ceinture de sécurité.

Elle aurait aimé rester plus longtemps dans ses bras, mais elle se devait de surmonter son angoisse.

Elle sentit son regard insistant tandis qu'elle posait les mains sur le volant.

— D'accord. Si tu es sûre… Mais si tu souhaites que je t'accompagne pendant quelque temps quand tu prendras la voiture, n'hésite pas à me le demander.

— Merci. Mais je crois que ça ira.

D'une certaine manière, connaître l'origine de ses craintes au volant l'avait apaisée. Quoi qu'il se soit passé, cela appartenait au passé, elle n'avait pas à s'en inquiéter dans le présent. C'était comme un poids en moins dans son esprit.

Le lendemain matin, elle n'eut aucune appréhension en se rendant à l'hôpital.

— Tu as l'air d'avoir bien récupéré, remarqua Gina, qui l'assistait tandis qu'elle suturait une plaie sur la jambe d'un jeune garçon.

— Apparemment, oui, répondit-elle. Tout le monde m'y a aidée. L'équipe est très soudée.

— Oui, je m'en suis rendu compte.

Elle se tourna brièvement vers Gina, qui avait rassemblé ses longs cheveux auburn en catogan.

— Tu fais un remplacement, je crois ? Que feras-tu quand il sera terminé ? s'enquit-elle avec un intérêt sincère.

— Je retournerai à l'hôpital communal. Ils m'avaient suggéré de prendre ce poste afin d'avoir une autre expérience. L'infirmière en chef appuiera mon transfert.

Saffi arrêta la suture et offrit un badge de smiley au jeune patient.

— Et voilà. Tu as été très courageux, Timmy.

Elle laissa Gina avec lui tandis qu'elle-même se rendait au chevet d'une fillette de six ans souffrant de difficultés respiratoires.

Pendant qu'elle l'auscultait, elle s'étonna de la facilité avec laquelle elle avait discuté avec Gina. Elle ne pouvait que s'en réjouir !

Ce matin, Matt devait passer voir sa sœur avant de venir aux urgences. En attendant d'avoir des nouvelles, elle se concentra sur les cas de ses patients — ce qui ne l'empêcha pas, à la pause, de songer à Jason.

Il devait retourner dans le Hampshire dans moins d'une semaine et ne cessait d'insister pour qu'elle reparte avec lui.

Comment régler cette histoire ?

Elle n'avait rien à lui reprocher, il était d'une compagnie plutôt agréable, mais elle ne ressentait vraiment rien pour lui au-delà d'une simple sympathie. Peut-être avaient-ils vraiment formé un couple avant son accident, c'était possible, mais elle avait aujourd'hui la conviction de ne plus rien éprouver pour lui. Et le temps n'y changerait rien, elle le savait. Etait-ce parce que l'accident avait altéré ses sentiments, ou parce que… parce qu'elle était retombée amoureuse de Matt ?

Toujours est-il qu'elle allait devoir être claire avec lui et mettre les choses au point une fois pour toutes.

Et avec Matt ? Où en était-elle ?

Emotionnellement, elle se sentait liée à lui par une force qu'elle n'avait jamais connue avec personne. Ils s'entendaient à merveille et avaient envie l'un de l'autre, c'était évident. Cependant, une nouvelle liaison avec lui n'aurait probablement aucun avenir, et elle ne se sentait pas prête à supporter les désillusions d'une rupture.

Matt interrompit ses réflexions en arrivant en coup de vent dans le service.

Il passa rapidement en revue la liste des patients exigeant des soins.

— Y a-t-il eu des problèmes, jusqu'à présent ?

— Oui, mais tout a été réglé.

Elle l'observa discrètement et le trouva soucieux : il devait y avoir des problèmes avec sa sœur.

— Comment va Gemma ?

Il se rembrunit.

— C'est très difficile pour elle, pour l'instant. Elle doit rester branchée avec toutes sortes de tubes pendant un temps, et il y a un point d'insertion qui s'est infecté. Des analyses sont en cours pour savoir de quelle bactérie il s'agit, ils la mettent sous un composé d'antibiotiques à large spectre en attendant.

— Oh ! Matt…

L'infirmière de triage surgit à cet instant.

— Alerte rouge, annonça-t-elle à la cantonade. On nous amène un enfant. Traumatisme crânien suspecté après chute sur chemin cimenté. Arrivée prévue dans dix minutes.

Saffi sentit son cœur se serrer en découvrant le jeune garçon sur la civière.

Le petit Danny avait approximativement l'âge de Ben. Il semblait si vulnérable avec son visage blême et ses cheveux noirs tranchant sur le blanc de l'oreiller !

— Il a vomi pendant le trajet, les informa l'infirmier.

A présent, il était de toute évidence inconscient.

Matt se livra aussitôt à une estimation tandis qu'elle posait des intraveineuses.

— Très bien, dit-il dès qu'il fut certain que le garçon ne souffrait d'aucune autre blessure majeure. Maintenant, il nous faut un CAT scan de la tête.

Matt et elle accompagnèrent le garçon à la radio.

Elle redoutait ce qu'ils allaient découvrir. Les traumatismes crâniens n'étaient jamais bénins et mettaient même bien souvent la vie du patient en danger. Les parents de Danny devaient être malades d'angoisse.

Le CAT scan révéla un hématome sous-dural, et Matt se prépara aussitôt pour l'intervention chirurgicale.

— Je vais parler aux parents, annonça-t-il avant de se tourner vers elle. Tu veux m'assister ?

— Oui, répondit-elle sans hésiter.

Il n'y avait pas de temps à perdre. Du sang s'écoulait dans les tissus entourant le cerveau de l'enfant, et comme il ne pouvait pas s'échapper, il exerçait une dangereuse pression dans la boîte crânienne. Afin de prévenir les dommages cérébraux qui pourraient en résulter, il fallait faire un trou dans le crâne pour soulager cette pression et ôter tout caillot qui avait pu se former.

Les parents, terrifiés, signèrent l'autorisation d'opérer, et Danny fut aussitôt conduit en salle d'opération.

Dès qu'il fut anesthésié, Matt, assisté par un système de surveillance informatisé, perça le trou de trépan.

Elle-même s'employa à ôter à l'aide de la pompe aspirante le gros caillot qui s'était formé.

Après quoi, Matt contrôla l'hémorragie en cautérisant, avant de conclure l'opération par l'insertion d'un tube de drainage dans le site opératoire.

Danny n'était pas sorti d'affaire pour autant, mais au moins pouvait-on à présent lui administrer des sédatifs et réduire l'œdème. Restait à savoir s'il n'avait pas subi de lésions cérébrales, ce qui n'apparaîtrait pas clairement avant un certain temps.

Le petit patient fut ensuite conduit en salle de réveil et confié à une équipe spécialisée.

— Nous l'enverrons aux soins intensifs dès qu'ils seront prêts à le recevoir, dit Matt.

Comme Saffi se dirigeait avec lui vers les urgences, il lui jeta un regard préoccupé.

— Tu vas rentrer, je suppose ? s'enquit-il. Ton service doit bientôt être terminé, non ?

— Oui, pourquoi ? Tu voudrais que je reste ?

— J'avais envie de te proposer de prendre un café. Je dois enregistrer mes notes, mais on pourrait bavarder un peu dans mon bureau.

— D'accord, dit-elle en lui emboîtant le pas.

Une fois dans le bureau personnel de chef de service dont disposait Matt, elle s'assit tandis qu'il mettait la cafetière électrique en marche, admirant malgré elle son corps mince dont émanait une indéniable et irrésistible puissance.

Deux minutes plus tard, il lui tendait un gobelet de café bien chaud, qu'elle sirota avec béatitude.

Ils discutèrent quelques instants à bâtons rompus de l'état de Gemma, de leur travail, et de la façon dont sa mémoire lui revenait par bribes.

— Je suis heureuse que tu m'aies convaincue de venir travailler avec toi, dit-elle, reconnaissante. Tout le monde ici t'admire et te respecte. Et je les comprends… Tu sais toujours exactement *ce* qu'il faut faire et *quand* il faut le faire. Comme tout à l'heure avec Danny. Tu n'as pas hésité une seconde, et tu l'as sauvé.

Matt la prit dans ses bras avec un petit sourire faussement modeste.

— Je fais de mon mieux.

Elle se pressa contre lui.

— Je suis sérieuse, Matt. Et en plus, tu es un excellent professeur. Je t'ai observé lorsque tu enseignes aux jeunes médecins à pratiquer certaines interventions. Tu sais être très patient.

— Tu te rends compte que si tu continues ainsi, ma tête sera bientôt trop grosse pour franchir la porte ? plaisanta-t-il. Je ferais mieux d'interrompre ce flot de louanges… Et je connais un excellent moyen pour cela, ajouta-t-il en la regardant avec intensité.

Se penchant, il pressa ses lèvres sur les siennes.

Son baiser était si doux, si tendre, qu'elle eut la sensation de fondre. Puis elle sentit son corps prendre feu alors que Matt l'attirait contre lui en pressant les paumes sur le bas de son dos.

— Tu es l'incarnation de la femme de mes rêves, Saffi, murmura-t-il d'une voix soudain plus grave, presque rauque. Tu n'imagines pas l'effet que tu as sur moi.

— Alors, dis-le-moi, l'encouragea-t-elle d'un ton mutin, en se pressant plus encore contre lui.

— Mmh… Tu sais exactement ce dont je parle, n'est-ce pas ?

Son regard ardent glissa de sa bouche à sa poitrine, et elle en ressentit une brûlure au plus profond d'elle-même.

— J'ai envie de toi, Saffi. J'ai *besoin* de toi. L'idée que tu puisses être avec un autre m'est insupportable.

— Il n'y a personne d'autre.

— Si. Tu sais très bien qui… Jason.

— Mais je ne sors pas avec lui, Matt ! Je m'efforce seulement de l'aider. Ça a dû être un choc pour lui de découvrir que je ne gardais aucun souvenir de ce que nous avions pu vivre ensemble. Mais je suppose que, avec le temps, il finira par comprendre qu'il n'y a plus rien entre nous.

— Et si, au contraire, c'était toi qui te rappelais soudain la relation que vous avez eue ?

— Matt…

Il l'embrassa de nouveau, et elle en oublia ce qu'elle voulait dire, emportée dans un étourdissant tourbillon de désir.

Toutefois, elle ne voulait pas voir des soupçons s'interposer entre eux. Elle l'aimait. Comment pourrait-elle le quitter pour Jason ?

Mais lui, ne finirait-il pas par se lasser d'elle et lui préférer une autre ? Une autre comme…

Brusquement l'image d'une brune aux yeux verts s'imposa à elle.

Dans sa vision, Gina se tenait sur le seuil d'une certaine chambre, une main posée sur le montant de la porte. Elle avait les cheveux ébouriffés, son chemisier ouvert laissait voir son soutien-gorge en dentelle, et sa jupe était à demi déboutonnée.

Cette vision fit à Saffi l'effet d'un violent coup à l'estomac. Elle se dégagea brusquement et se plia instinctivement, les mains sur le ventre.

— Non ! Oh non…

— Saffi ?

Matt, visiblement consterné, la fixait sans comprendre.

— Saffi, que se passe-t-il ? C'est encore un souvenir ?

— Oui. Elle… Gina. Elle était là, avec toi.

Elle s'écarta de lui, comme sonnée par cette vision brutale et envahissante.

Matt, figé, fixait sur elle un regard incrédule. Toute couleur semblait avoir déserté son visage.

— Saffi, ce n'est pas ce que tu imagines ! Il faut me croire.

— Tu sais très bien de quoi je parle, n'est-ce pas ? dit-elle d'une voix tremblante. Je comprends maintenant pourquoi tu refusais de me dire ce qui s'était passé entre nous.

Il tendit la main, sans doute pour la prendre par les épaules, mais elle se déroba.

— Tu m'as menti ! Tu m'as trahie ! Comment as-tu pu faire ça ? Nous nous aimions, et tu m'as trompée avec Gina !

Matt, l'air accablé, secouait la tête.

— J'ai tenté de t'expliquer, mais tu n'as pas voulu écouter. Je ne t'ai pas trompée, Saffi. Jamais. Je sais que les circonstances plaident contre moi, mais il faut que tu me croies.

Elle fouilla dans sa mémoire, qui laissait à présent béer un plein tiroir de souvenirs amers.

— Elle m'a dit que… Que tu voulais retourner avec elle, que c'était fini entre toi et moi. Comment est-ce que je pourrais te croire, alors qu'elle m'a dit elle-même ce qu'il en était ?

Elle devait partir d'ici, loin de Matt…

Se détournant brusquement, elle se précipita vers la porte. Elle l'entendit qui l'appelait, mais elle l'ignora et sortit en courant.

Le téléphone des urgences se mit soudain à sonner, et comme elle atteignait la salle de réception du service, elle entendit le bipper de Matt retentir derrière elle.

Elle ralentit, le cœur au bord des lèvres et les jambes tremblantes.

Au moins, à présent, elle était certaine qu'il ne pourrait pas la suivre.

9.

— Tu ne veux vraiment pas reprendre un peu de salade de pommes de terre, Saffi ? suggéra Jason en lui tendant le plat.

— Non, merci. Je t'en prie, Jason, n'insiste pas. Elle est très bonne, mais je te l'ai dit, je n'ai pas faim. Et j'ai déjà eu tort d'accepter de t'accompagner à ce pique-nique. Je vais rentrer.

Il eut l'air si désemparé qu'elle en eut de la peine pour lui, mais elle n'avait pas la force de simuler un plaisir qu'elle était loin d'éprouver.

— Vous vous êtes disputés, avec Matt ? s'enquit-il quelques minutes plus tard, comme ils retournaient à la voiture avec la nappe et les paniers.

Il aurait fallu qu'elle soit sourde pour ne pas percevoir la note de satisfaction dans sa voix.

Elle haussa les épaules.

— Je n'aurai pas l'hypocrisie de dire que je suis désolé, admit-il. Toi et moi sommes destinés l'un à l'autre, Saffi. Je l'ai su dès le premier regard que j'ai posé sur toi.

— Mais moi, je n'ai pas du tout cette certitude, Jason. Et j'ignore toujours ce qui s'est passé avant mon accident.

Il posa la main sur son épaule pour la retenir.

— Et si je t'embrassais ? Ça t'aiderait peut-être à faire remonter les souvenirs ?

— Pas question !

Sa réponse avait fusé avec peut-être un peu trop de vivacité, songea-t-elle avec une pointe de remords.

Une fois de retour à la maison, elle prétexta la fatigue pour ne pas inviter Jason à entrer.

Elle avait de toute façon une migraine insupportable, résultat sans doute de la tension des derniers jours, à moins que ce ne soit dû à la confusion qui régnait dans sa tête et aux souvenirs qui lui remontaient toujours plus à la mémoire.

Dire qu'elle avait si ardemment souhaité connaître ce qu'il lui était arrivé ces derniers mois ! A présent, elle regrettait presque de ne pouvoir retourner à son état de bienheureuse ignorance…

Le jour suivant, Matt tenta de lui parler en privé, mais elle refusa de l'écouter.

— Nous n'avons plus rien à nous dire, Matt. Les choses sont claires entre nous, maintenant : c'est terminé.

Sa voix était ferme, mais elle avait l'impression d'être brisée à l'intérieur.

A l'expression torturée qu'arborait Matt, il était évident qu'il regrettait sincèrement ce qui s'était passé. Mais après tout, il ne pouvait s'en prendre qu'à lui, n'est-ce pas ? Comment pourrait-elle rester avec un homme qui l'avait trompée par le passé ? Elle serait incapable de lui faire confiance.

Oh ! pourquoi n'aimait-elle pas Jason ? se répétait-elle avec un soupir intérieur, alors qu'elle désherbait le carré d'ancolies. Ce serait tellement plus simple ! La vie était décidément mal faite.

Ce fut le moment que choisit Ben pour se matérialiser près d'elle.

— C'est quoi, que tu fais ?

— J'ôte les mauvaises herbes, et j'en profite pour

récolter les graines des fleurs. Tu vois ? dit-elle en lui montrant le bol où elle les mettait au fur et à mesure. Je vais les faire sécher, et ensuite, l'année prochaine, je pourrai les ressemer.

— Tu m'en donneras ? Comme ça, quand maman rentrera, je pourrai les semer avec elle.

— C'est une très bonne idée. Comment va ta maman ? Tu l'as vue ?

Il hocha vigoureusement la tête.

— On y est allés hier avec oncle Matt. Elle était assise dans un fauteuil, et elle avait l'air d'être moins malade. Et tu sais quoi ? Mon papa va revenir habiter avec nous.

— C'est vrai ? C'est super, Ben ! dit-elle en l'attirant spontanément contre elle. Je suis si contente pour toi !

Un raclement de gorge ostentatoire les interrompit.

Elle se retourna pour rencontrer le regard contrarié de Jason.

— Rassure-moi, dit-il. Tu parles de semis pour l'année prochaine… Tu ne comptes pas sérieusement rester ici ?

Elle le considéra une seconde avec un étonnement sincère : comment pouvait-il en douter ?

— Bien sûr que si ! Je pensais que tu l'avais compris. Ce n'était pas mon intention en venant ici, mais à présent, je sais que je ne voudrais pour rien au monde retrouver la ville.

— Mais… Tu devais revenir avec moi dans le Hampshire. C'est ce que nous avions prévu.

Atterrée, elle le considéra un instant en silence.

Qu'avait-elle pu lui dire qui lui mette une telle idée dans la tête ? Elle avait beau chercher, elle ne voyait pas.

— Je n'ai aucune intention de partir d'ici, répondit-elle posément.

Ben tira sur la manche de sa chemise.

— On peut aller chercher des œufs ?

— Oui, dans une minute.

Au regard exaspéré de Jason, il était clair que l'intervention du garçon le contrariait au plus haut point.

— Jason, dit-elle avec un calme qui commençait quelque peu à s'émousser, je vais consacrer un peu de temps à Ben, et ensuite je compte passer une soirée très calme. Alors il serait peut-être préférable que tu retournes dès maintenant à ton hôtel.

— Mais on ne se voit presque pas, geignit-il. Quand tu ne travailles pas, tu es constamment dérangée par tous ces gens…

— Tous ces gens ? répéta-t-elle sans comprendre.

— Oui. Ces voisins qui viennent t'apporter des fleurs ou des légumes, ou je ne sais quoi. Et en plus, ils s'arrêtent pour bavarder. Et quand ce n'est pas eux, c'est ce gamin qui vient t'accaparer.

Comme Ben relevait des yeux inquiets vers elle, elle lui posa une main réconfortante sur l'épaule.

— Que cela te plaise ou non, Jason, j'aime discuter avec mes voisins, et je suis toujours heureuse d'accueillir Ben quand il veut.

Elle hésita, puis secoua la tête.

— Je crois que tu devrais repartir, Jason. Ce que tu espères n'arrivera jamais. J'ignore toujours ce qui s'est passé entre nous, mais nous ne sommes de toute évidence plus sur la même longueur d'onde…

— Mais si, il faut juste nous donner du temps, objecta-t-il.

— Non, désolée. Nous ne voyons plus les choses de la même manière. J'ai changé, et tu n'acceptes pas ce changement. Tu aimerais retrouver celle que j'étais avant l'accident, mais ça n'est pas possible. Je regrette, Jason, mais je ne peux rien de plus pour toi. Rentre chez toi.

Ben tira sur sa chemise et elle se tourna vers lui en souriant.

— Oui, Ben, on va chercher les œufs.

Sans rien ajouter, Jason tourna les talons et s'éloigna d'un pas raide.

Avait-elle été trop dure ?

Peut-être. Mais elle avait le sentiment que cette fermeté de sa part avait été inévitable. C'était le seul moyen de bien faire comprendre à Jason qu'il n'avait rien à espérer d'elle.

Matt arriva alors qu'elle revenait du poulailler avec Ben.

— On en a trouvé cinq ! s'écria le petit garçon.

— Super. Tu les emportes dans la cuisine ? Fais attention, hein ?

— Oui !

Tandis que le garçon filait vers la maison, Matt se tourna vers elle pour la dévisager, comme s'il cherchait à deviner son état d'esprit.

— Ça va ? demanda-t-il enfin.

Elle haussa les épaules.

— Oui. Mais ça irait mieux si tu m'avais expliqué ce qui s'était passé avant que je ne retombe amoureuse de toi, rétorqua-t-elle un peu sèchement. Tu aurais pu y penser avant de me tromper avec Gina. Tu imaginais peut-être que je ne le découvrirais pas ?

Il ferma les yeux une seconde en soupirant. Son visage était un masque de tristesse et de regrets.

— Je ne t'ai pas trompée, Saffi. Ce n'est pas ce que tu penses.

— Ah non ? ironisa-t-elle en feignant l'ignorance. C'était pourtant très clair : je suis passée chez toi sans prévenir, et Gina est sortie de ta chambre en petite tenue. Qu'étais-je censée en conclure ?

— Elle voulait que nous nous remettions ensemble. Et elle a organisé cette petite mise en scène exprès pour toi.

Elle haussa les sourcils, un rien sarcastique.

— Ah oui ? C'est tout ce que tu as inventé pour ta défense ? Désolée, Matt, ça ne marche pas. Je crois à ce que j'ai vu, et à ce qu'elle m'a dit — en l'occurrence que vous vous remettiez ensemble. Pourquoi devrais-je en douter ?

Matt la regarda dans les yeux.

— Parce que tu me connais, et que je te dis ce qui s'est vraiment passé.

Son regard était chargé d'une tristesse qu'elle ne pouvait ignorer.

— A moins que je me trompe, ajouta-t-il, tu ne m'as peut-être jamais vraiment compris.

— C'est très possible. Je croyais te connaître, mais tu m'as trompée, et j'en ai été anéantie. Comment as-tu pu me faire ça, Matt ? Et en plus, tu ne m'as pas dit ce qui s'était passé entre nous quand nous nous sommes retrouvés. Tu as préféré me laisser tout découvrir seule après plusieurs semaines.

— Evidemment ! protesta-t-il. Si je t'avais révélé ce qui s'était passé, tu ne m'aurais jamais accordé la moindre chance de te reconquérir ni de te montrer qui j'étais vraiment. Mais tu n'as pas idée de la difficulté que ça a été pour moi de me taire et d'attendre que la mémoire te revienne, en étant conscient que tu risquais alors de me rejeter une fois de plus de ta vie.

— Et tu avais raison. C'est exactement ce que je vais faire. Je n'ai aucune envie de m'attacher à un homme qui me berne et va folâtrer ailleurs.

— Je te répète que ce n'est pas ce qui s'est passé. J'ai tenté de te l'expliquer, mais tu as refusé de m'écouter, et tu es partie dans la semaine pour mener une nouvelle vie dans le Hampshire. Tu ne prenais plus mes appels et t'enfermais quand je venais te voir. Tu n'as même pas voulu me parler à l'enterrement de ta tante. Qu'étaient devenus ta confiance et ton instinct, Saffi ?

Comme elle gardait obstinément le silence, Matt resta un instant plongé dans ses pensées, puis il secoua finalement la tête avec un soupir.

— Tu as raison, dit-il, il n'y a pas d'avenir pour

nous. Sans confiance, c'est impossible. Je savais que je n'aurais jamais dû revenir vers toi. C'était m'exposer à un nouvel échec...

Elle se détourna, la gorge douloureusement nouée et les yeux brûlants de larmes contenues. Incapable de lui répondre, elle tourna les talons et courut vers la maison.

Pourquoi avait-il fallu qu'elle se rappelle sa trahison ? Elle aurait pu continuer à l'aimer en l'absence de tout soupçon. Son souhait le plus cher était de vivre auprès de lui, mais comment serait-ce possible, avec cette déloyauté suspendue au-dessus d'eux ? Et comment allait-elle continuer à travailler avec lui ?

Le lendemain, en prenant son service aux urgences, elle fut soulagée d'apprendre que le jeune Danny allait bien mieux : la pression intracrânienne avait diminué, et un nouveau CAT scan montra que la guérison suivait son cours.

Et cela, bien sûr, grâce à la rapidité d'action de Matt.

— Il faut un médecin pour une enfant de trois ans avec une perle enfoncée dans l'oreille, annonça Gina en arrivant vers elle au milieu de la matinée. Je peux peut-être t'aider pour la distraire pendant que tu t'en occupes ?

— D'accord. Merci, Gina.

A présent qu'elle se rappelait ce qui s'était passé entre Matt et l'infirmière, elle éprouvait un surcroît de malaise à l'idée de travailler avec elle. Seul son sens aigu du devoir lui permit de se concentrer sur sa tâche et de débarrasser la fillette de cette perle dangereusement placée.

— Ça va ? demanda Gina ensuite. D'après Matt, tu retrouves toujours plus de souvenirs. Est-ce que ça te perturbe ?

Saffi ferma brièvement les yeux, puis elle se tourna

vers la jeune femme, dont les yeux verts et la magnifique chevelure devaient faire tourner la tête à plus d'un homme.

— C'est inévitable, non ?

— Il n'y a rien entre Matt et moi, Saffi, dit posément Gina. Je suis fiancée.

Elle leva la main pour lui montrer le diamant qui brillait à son doigt.

— Mais je sais que ce n'est pas cela qui te tourmente. Matt m'a dit que tu t'étais souvenue de ma présence dans sa chambre. En fait, je… Nous avions eu une histoire ensemble, il y a longtemps, mais il n'en avait plus qu'après toi. Ce jour-là, j'étais venue pour tenter de le reconquérir. Je savais que tu travaillais, et je suis allée le trouver. Mais il a été très clair : c'était fini entre nous, et il voulait que je parte. Alors j'ai prétexté un malaise et fait semblant de m'évanouir. Il m'a portée sur le lit et m'a conseillé de défaire ma jupe et mon chemisier pour me permettre de mieux respirer. Ce que j'ai fait, mais en exagérant un peu. Je voulais plus qu'une simple amitié de sa part, tu comprends ?

Redoutant ce qui allait suivre, Saffi acquiesça en silence.

Gina soupira.

— La suite, tu la connais. Je regrette, Saffi. J'ai cherché à vous faire rompre pour qu'il me revienne, mais il est clair que ça n'arrivera jamais.

— Alors, c'était vraiment un mensonge ? dit Saffi d'une voix blanche. Une mise en scène depuis le début ?

— Oui. Je suis désolée. C'était idiot, et méprisable. Ma seule excuse, c'est que je ne pouvais pas me résigner à le perdre.

Elle en avait la tête qui tournait.

Et dire qu'elle n'avait pas voulu écouter Matt, pas voulu le croire ! Or, sans confiance, avait-il dit, il était impossible de bâtir quoi que ce soit entre eux. Jamais il ne lui pardonnerait.

— Saffi, je regrette. Je regrette sincèrement.

Elle acquiesça presque distraitement, avant de prendre une forte inspiration.

— Je te remercie d'avoir été franche avec moi.

Quand elle chercha à joindre Matt après cela, on lui apprit qu'il avait été appelé en urgence et qu'il avait un emploi du temps très serré pour tout l'après-midi.

Lorsqu'elle rentra enfin chez elle dans l'après-midi, elle se sentait totalement épuisée. Mais à peine avait-elle eu le temps de poser son sac et de se changer que Jason vint la trouver.

Bien qu'elle n'ait aucune envie de le voir, elle le fit entrer tout de même.

Après tout, n'était-ce pas parce qu'elle n'avait pas voulu écouter Matt qu'elle allait peut-être le perdre ?

— Je repars demain dans le Hampshire, annonça-t-il en entrant dans le salon. Je dois rencontrer le chef du service pharmaceutique régional, et mon patron insiste pour que j'y aille au plus tôt.

— Apparemment, c'est une bonne chose pour toi.

— Du point de vue professionnel, oui. Mais j'aurais préféré rester plus longtemps avec toi pour te persuader que nous sommes destinés l'un à l'autre.

— Non, Jason, objecta-t-elle gentiment. Ça n'arrivera jamais. Et pour être honnête, j'ai du mal à croire que nous ayons vraiment été ensemble, tous les deux. Je n'ai pas changé à ce point depuis l'accident.

Ses sentiments n'avaient pas varié pour Matt, alors pourquoi en aurait-il été autrement pour Jason ? Quelque chose clochait, dans cette histoire.

— Tu es cruelle avec moi, Saffi.

— Ce n'est pas de la cruauté. J'essaie simplement d'être honnête afin que tu ne te fasses aucune illusion.

— Mais je t'aime, moi ! Et tu m'aimais. Pourquoi est-ce que tout aurait changé ?

— Jason…, dit-elle avec lassitude, je ne pense pas que cet amour ait existé autrement que dans ton imagination. Tu *voulais* le croire, et tu as presque fini par y arriver. Mais ce n'est pas la réalité.

Il s'approcha, tendit une main hésitante vers elle.

— Tu es mon ange blond. Comment est-ce que je pourrais ne pas t'aimer ?

— Ce n'est pas de l'amour. Tu cours simplement après une chimère. Après quelque chose que tu ne peux pas avoir.

— Si, je peux l'avoir ! dit-il soudain, avec un air déterminé qui la fit reculer d'un pas.

Ignorant ses protestations, il la poussa contre le mur et lui emprisonna les poignets en pressant son corps contre le sien.

— Jason ! Arrête ! protesta-t-elle en tentant de se dégager.

En vain. Jason était manifestement déterminé, et elle commença à prendre peur.

— Lâche-moi !

Soudain, alors qu'il resserrait toujours plus ses doigts sur ses poignets, une image s'imposa à son esprit : c'était un autre temps, un autre lieu, mais il la maîtrisait de la même manière.

— Oh non…, gémit-elle. Ça ne peut pas recommencer. Non…

La dernière fois que Jason l'avait immobilisée ainsi, c'était en haut d'un escalier. Elle avait tenté de lui échapper et avait dévalé les marches en roulant, en culbutant, avant de plonger dans une profonde obscurité dont elle n'était ressortie qu'à l'hôpital.

— C'est à cause de toi que je suis tombée dans l'escalier ! cria-t-elle. Je m'en souviens, maintenant. Tu ne voulais pas que je te quitte…

Sa voix, elle s'en rendait compte, devenait presque hystérique, mais elle était incapable de la contrôler.

— Je t'en prie, Jason ! Réfléchis à ce que tu es en train de faire. Tu veux me faire mal de nouveau ?

Jason n'eut pas l'occasion de répondre. La porte de communication s'ouvrit à la volée, et Matt surgit dans la pièce.

Les mâchoires serrées, une lueur terrible dans le regard, il était la fureur incarnée. Jamais elle ne l'avait vu aussi en colère.

— Lâchez-la, ordonna-t-il sur un ton menaçant.

Jason pâlit.

— Que faites-vous ici ?

— Peu importe. Faites ce que je vous dis, lâchez-la !

Jason hésita une seconde de trop. Matt fut aussitôt sur lui pour resserrer son bras sur son cou et le tirer en arrière tout en lui balayant les jambes de son pied.

Jason s'effondra.

— Ça va ? demanda Matt en se tournant vers elle.

Hors d'haleine et le cœur battant à tout rompre, elle répondit d'un signe de tête en se frottant machinalement les poignets.

Chaque fois que Jason tentait de se relever, Matt le plaquait de nouveau au sol de son pied.

— Que veux-tu que je fasse de lui ? J'appelle la police ?

— Je n'en sais rien, soupira-t-elle, encore sous le choc. Tu crois qu'il serait capable de... de recommencer ?

— Non ! protesta Jason d'une voix tremblante. Non, je ne t'embêterai plus.

Matt l'ignora.

— Je ne pense pas qu'il s'y risquerait de nouveau. Parce que si c'était le cas, il peut être sûr que je ne me contenterais pas de le mettre par terre. Ce serait un vrai massacre, et il regretterait d'être né, je peux te l'assurer !

— Tout ce que je veux, c'est qu'il s'en aille. Je ne veux plus le voir.

Matt n'eut pas besoin d'un autre encouragement. Il attrapa Jason par le col de son sweat-shirt, le remit sur ses pieds et le traîna jusqu'à la porte, qu'il ouvrit en grand.

— Vous montez dans votre voiture, vous fichez le camp, et qu'on ne vous revoie plus jamais dans les parages. Pas de coups de téléphone, pas d'e-mails, pas de lettres. A la moindre tentative de votre part de la contacter, nous déposerons une plainte pour harcèlement contre vous. Est-ce bien clair ?

Jason, le teint gris, hocha piteusement la tête. Puis, sans un mot, il regagna sa voiture et démarra en trombe, comme s'il redoutait que Matt revienne à la charge.

— Merci, balbutia Saffi quand Matt la rejoignit dans le salon. J'ai vraiment eu peur, surtout que je te croyais absent pour la journée.

Le choc de l'agression de Jason, la brusque révélation de la raison pour laquelle elle était tombée dans l'escalier, c'était trop à la fois à assimiler. Le contrecoup de cette épreuve se manifestait, elle s'était mise à trembler de façon incontrôlable.

Sans force, elle se laissa tomber sur le canapé en fermant les yeux.

Matt vint la rejoindre, l'attira dans ses bras et la tint ainsi, en silence, jusqu'à ce que ses tremblements s'apaisent.

— Ne bouge pas, dit-il. Je vais te préparer quelque chose de chaud.

Incapable de trouver la force de se lever pour aller l'aider, elle acquiesça sans un mot.

Il revint quelques minutes après avec une tasse de thé bien chaud et s'assit près d'elle, un bras autour de ses épaules.

— Tiens, bois ça. J'ai mis du sucre pour te remonter.

Elle but plusieurs gorgées revigorantes, puis elle posa la tasse sur la table basse avant de prendre une longue inspiration.

— Je ne peux pas te dire à quel point j'ai été heureuse

de te voir arriver ! Mais ce qui m'étonne, c'est que… Comment se fait-il que tu te sois trouvé ici, et comment as-tu deviné que j'étais en danger ?

— Je craignais depuis un moment que ce genre de chose n'arrive. Et puis, Ben m'a raconté à sa manière la discussion que vous avez eue hier dans le jardin. Jason était apparemment contrarié d'apprendre que tu ne quitterais jamais cette maison, et il s'est presque mis en colère quand tu lui as demandé de partir. Ça n'a fait que déclencher les sonnettes d'alarme qui résonnaient déjà dans ma tête depuis un moment. J'ai donc annulé tous mes rendez-vous pour le reste de la journée afin d'être ici et de rester aux aguets, pour le cas où.

Elle lui prit la main qu'il avait posée sur son épaule.

— Matt, tu as fait ça, bien que j'aie été odieuse avec toi ?

— J'étais déjà aux aguets depuis que tu avais été suivie, l'autre soir.

— Par la voiture noire ?

— Oui. Je suis prêt à parier que c'est Jason qui était au volant. Il n'avait pas dû voir que j'étais là. Lui avais-tu dit où tu allais ?

Sourcils froncés, elle réfléchit.

— Je ne sais plus. J'étais occupée, et… Oh ! si, je me souviens maintenant ! Il voulait m'inviter à sortir, et je lui ai dit que je devais emmener Mitzi chez le vétérinaire.

— Il a dû t'attendre là-bas, prêt à te suivre jusqu'ici.

— Peut-être, dit-elle en réfléchissant. Mais pourquoi ?

— Parce que tu l'obsèdes. Ce n'était sûrement pas la première fois qu'il te filait. Te rappelles-tu comment s'est passée ta collision par l'arrière ?

Elle hocha lentement la tête et se couvrit le visage de ses mains alors qu'elle revivait l'incident.

— Je voulais rompre… C'est là que Jason s'est mis à me suivre. Et comme je ne voulais pas m'arrêter, il a tenté de me faire quitter la route.

Atterrée, elle leva les yeux pour rencontrer le regard de Matt.

— Il a perdu la raison, n'est-ce pas ? Peut-être que j'aurais dû avertir la police, ou au moins tenter de le convaincre de suivre un traitement ?

— Sans preuve, la police ne serait sans doute pas intervenue. Il y avait des témoins ?

Elle secoua la tête.

— Non.

— Et quand tu es tombée dans l'escalier ?

— Non plus.

Elle prit une longue inspiration pour tenter de se calmer.

— Dire qu'il m'a laissée au pied des marches sans même chercher à me venir en aide ! Il voyait forcément que j'étais blessée, mais il n'a rien fait. Apparemment, c'est Chloe qui a appelé une ambulance quand elle est rentrée du travail. J'ignore combien de temps je suis restée là…

Matt l'attira contre lui en lui caressant doucement les cheveux.

— C'est terminé maintenant, Saffi. Il ne t'ennuiera plus.

Ils restèrent ainsi enlacés un long moment, avant qu'il ne murmure :

— Apparemment, ta mémoire te revient de mieux en mieux ?

Elle esquissa un sourire.

— C'est vrai. Mais pourquoi est-ce que je l'ai perdue à ce point ? Une perte partielle, j'aurais pu comprendre, mais une amnésie aussi totale, c'est plutôt inhabituel, et on ne récupère pas aussi facilement de ce genre de chose.

— C'est sans doute dû à la combinaison de plusieurs facteurs. Le traumatisme y est pour beaucoup, bien sûr, mais il est aussi possible que ton esprit se soit fermé à tous les événements perturbants, à tout ce que tu ne voulais pas voir — en l'occurrence tes rapports avec Jason.

— Et la fin de ma relation avec toi. C'était le pire.

Elle prit une forte inspiration et releva les yeux vers lui.

— Matt, j'ai discuté avec Gina, hier. Et elle m'a expliqué comment ça s'était passé entre vous, ce jour-là. Je… Je regrette de n'avoir pas voulu te croire. Tu avais raison.

Matt la regarda avec intensité.

— Il faudra simplement que nous reprenions tout depuis le début… Et nous faire le serment mutuel de toujours nous faire confiance.

— Est-ce que ça veut dire que tu me pardonnes ? Crois-tu que nous puissions envisager un avenir ensemble ?

Il soutint posément son regard.

— Oui. Je n'ai aucune intention de te perdre de nouveau, Saffi. J'ai passé de très mauvais moments ces derniers jours… Et même ces dernières années.

— Mais tu ne crois pas aux relations à long terme, n'est-ce pas ? C'est même pour cela que tu avais rompu avec Gina, parce que tu ne voulais pas t'engager.

Matt haussa les épaules.

— C'est ce que je croyais à l'époque. Du moins ce que je *voulais* croire. En fait, Gina et moi n'étions pas faits l'un pour l'autre. Elle espérait quelque chose de sérieux, mais je savais déjà que ça ne marcherait jamais entre nous.

Il s'interrompit en se passant la main dans les cheveux.

— Je ne cherchais pas à m'engager, c'est vrai. Mais quand je t'ai rencontrée, je me suis senti de plus en plus amoureux, et j'ai compris que tu étais celle que je pourrais aimer toute ma vie. Mais en même temps, j'étais angoissé à l'idée que notre relation échoue, ou qu'elle se termine comme celles que j'avais eues avec ceux que j'aimais — mon père, ma mère, et même ma sœur quand nous avons été placés en familles d'accueil. Je ne voulais pas te perdre, toi aussi. Et puis, le pire est arrivé : tu as cru que je t'avais trompée…

Elle mourait d'envie d'attirer Matt dans ses bras, de

le réconforter, mais il fallait qu'elle le laisse aller au bout de son récit.

— Et ça a accru ma peur de m'engager. Quand tu es revenue ici, je redoutais d'être de nouveau blessé. Je m'étais promis de garder mes distances avec toi. Mais ça a été impossible. Et puis hier, tu t'es brusquement souvenue de l'épisode avec Gina, et mon pire cauchemar est devenu réalité. J'ai cru t'avoir perdue une fois de plus, et cette fois pour de bon.

Doucement, elle leva la main pour lui effleurer le visage.

— Tu ne m'as pas perdue, Matt. Je t'aime. Je crois que je t'ai aimé depuis le premier jour.

Très doucement, d'une légère pression sur la nuque, elle l'attira à elle jusqu'à ce que leurs lèvres se touchent, et elle gémit de plaisir quand il répondit à son invitation en l'embrassant avec fougue.

— Saffi, chuchota-t-il contre sa bouche, je ne veux pas risquer de te perdre de nouveau. Veux-tu m'épouser ?

— Oui. Oh oui, Matt !

Prise d'un frisson délicieux en sentant les mains de Matt courir sur son corps, elle enroula les bras autour de son cou, et l'embrassa avec une fougue égale à la sienne. Pour qu'il sache qu'elle l'aimait, qu'elle avait envie de lui et qu'elle serait à lui pour toujours.

— Tante Annie savait parfaitement ce qu'elle faisait, murmura-t-elle contre sa bouche, quand ils interrompirent leur baiser. Elle savait que je t'aimais, et elle a toujours cru en toi. C'est sûrement la raison pour laquelle elle t'a légué une partie de la maison. Elle voulait nous voir ensemble, et elle avait compris que nous devrions trouver le moyen de nous rejoindre si nous voulions cohabiter.

Matt hocha la tête en riant.

— Oui. Je l'avais deviné. Et elle avait raison, non ? Je suis sûre qu'elle ne s'attendait pas à ce que ça nous arrive aussi vite, mais son plan était imparable. Elle n'a rien laissé au hasard.

Elle se pressa plus étroitement contre lui, frottant son nez contre son cou en y faisant courir des baisers tendres.

— Je t'aime, Matt. Si tu savais comme je t'aime…

— Je le sais, puisque je t'aime tout autant, murmura-t-il en retour. C'est même pour cette raison que je suis venu travailler dans le Devon. Je savais que tu reviendrais tôt ou tard voir Annie, et j'avais bien l'intention alors de tout faire pour te conquérir. J'ai pris mon mal en patience…

Il lui releva une mèche, sur son front, l'accrocha à son oreille.

— Mais tu n'avais pas la moindre idée de qui j'étais ! Au début, j'en étais presque désespéré, puis je me suis fait ensuite le pari de te reconquérir. Je me suis juré que tu m'aimerais de nouveau.

— Et tu as gagné ton pari.

— Oui. Preuve que le véritable amour ne connaît pas de limites.

Il l'embrassa de nouveau.

— Tu ne crois pas que nous pourrions profiter des derniers jours de l'été pour nous marier ?

Elle eut le sentiment que son cœur débordait d'un trop-plein de bonheur.

— Ce serait parfait.

Doucement, Matt l'attira contre lui sur les coussins en enfouissant les mains dans ses cheveux.

Les mots étaient désormais inutiles pour traduire l'amour qu'ils avaient à se manifester.

Ne manquez pas, dès le 1ᵉʳ juin

UNE ATTIRANCE INÉVITABLE de Tina Beckett • N° 1174

En passant cette nuit dans les bras du Dr Marco Pinheiro, son collègue à l'hôpital où elle vient d'arriver, Maggie sait qu'elle joue avec le feu : on ne mélange pas travail et vie privée ! Et puisque les choses sont claires entre eux – une nuit, une seule –, et que c'est exactement ce que Maggie recherche, pourquoi s'en priver ? Mais voilà : depuis, pas un seul jour ne se passe sans qu'elle ne repense à cette nuit merveilleuse. Et, bien qu'elle sache pertinemment qu'il ne pouvait s'agir que d'une nuit unique, l'attirance qu'elle éprouve pour Marco devient chaque jour plus difficile à réprimer…

LE TROP SÉDUISANT DR CARVALHO, de Tina Beckett

Quand Lucas Carvalho est admis aux urgences pour une blessure par balle, Sophia le reconnaît immédiatement. Aujourd'hui, Lucas est certes devenu un chirurgien renommé – et extrêmement séduisant – mais il a toujours le même regard sombre et pénétrant qui la bouleversait déjà lorsque, enfants, ils vivaient ensemble à l'orphelinat. Intensément troublée, Sophia est bien décidée à garder ses distances : Lucas est exactement le genre d'homme qu'elle doit fuir. Le genre d'homme qui, s'il pourrait la rendre follement heureuse, pourrait aussi lui briser le cœur.

CHIRURGIEN… ET PAPA, de Amy Ruttan • N° 1175

Jamais le Dr Virginia Potter n'aurait pensé changer d'avis sur le Dr Gavin Brice. Depuis son arrivée dans l'équipe de chirurgiens qu'elle dirige, Gavin n'a cessé de provoquer son irritation, par son arrogance et son refus de respecter les règles. Et ses manières d'aventurier séduisant, auxquelles elle n'est pas insensible, l'agacent au plus haut point. Pourtant, quand elle découvre que Gavin est le tuteur de deux petites orphelines et qu'il est un père tendre et attentionné, elle ne peut empêcher le trouble de l'envahir, à sa propre surprise. Le cœur de la « Reine de glace », comme ses collègues la surnomment, serait-il en train de fondre ?

UN SI BRÛLANT SECRET, de Amalie Berlin

Quand Dasha, chef de service à l'hôpital St Vincent, reçoit la candidature du Dr Preston Monroe pour rejoindre son équipe, le choc qu'elle ressent est immense. En un instant, c'est un tourbillon de souvenirs qui l'assaille : Preston, leur relation passionnée, et ce jour terrible où elle a dû choisir entre leur amour et sa carrière. Un choix qu'elle ne s'est jamais pardonné : elle a une dette envers Preston, elle le sait. Et aujourd'hui, il est temps de la rembourser…

POUR LE BONHEUR D'UNE FAMILLE, de Emily Forbes • N° 1176

Lorsque le Dr Quinn Daniel fait la rencontre d'Alisha Jansson à un congrès médical, il est instantanément ébloui. Pourtant, malgré la puissante attirance qui les pousse l'un vers l'autre, Quinn décide de garder ses distances : père célibataire de jumelles de neuf ans, il sait que ses filles ont plus que jamais besoin de lui. Il est alors loin de se douter que sa sage résolution va être durement mise à l'épreuve, car sa nouvelle collègue dans le cabinet médical où il vient d'accepter un poste n'est autre… qu'Alisha.

FOLLE TENTATION À LA CLINIQUE, de Theresa Southwick

En acceptant de travailler pour la clinique du Mercy Hospital, Ellie a bien conscience qu'elle n'a pas le droit à l'erreur. Et céder à la folle attirance qu'elle éprouve pour son collègue Alex McKnight est exactement le genre de bêtise qu'elle veut à tout prix éviter. Alors quand ce dernier lui propose, suite à un accident dont elle est victime, de l'héberger chez lui pour lui permettre de continuer à travailler à la clinique, Ellie se sent perdue. Certes, elle pourrait ainsi sauver sa carrière ; mais pourra-t-elle résister à la tentation, si elle doit passer ses jours – et ses nuits – auprès de l'homme qui lui fait battre le cœur ?

LA CLÉ DE SON CŒUR, de Susanne Hampton • N° 1177

Un nouveau départ, voilà ce qu'est venue chercher le Dr Beth Seymour en Australie : nouveau pays, nouveau travail…et nouveau patron, l'intimidant Dr Matthew Harrison. Dès leur première rencontre, les étincelles volent entre eux : irritée par les manières tyranniques de son patron, Beth n'hésite pas à lui dire ce qu'elle en pense… ce qui lui fait gagner le respect de Matthew. Et bientôt, Beth, malgré elle, tombe sous son charme ténébreux. Car, elle le sent, sous ses dehors d'ours bourru, Matthew cache un cœur d'or. Un cœur dont Beth rêverait trouver la clé…

FIANÇAILLES AUX URGENCES, de Michelle Dunaway

Elisabeth ne sait plus que faire. Sa situation est catastrophique: mère célibataire d'une petite fille, elle est sur le point d'être expulsée de son appartement. Alors la proposition de Quinton, le séduisant pédiatre de sa fille, tombe vraiment à point nommé : ayant appris sa situation, il lui offre de l'héberger, le temps qu'elle trouve une solution. En échange, elle devra juste jouer le rôle de sa fiancée auprès de sa famille, qui rêve de le voir se marier. Voilà qui ne devrait pas être trop difficile ! Enfin, à condition de ne pas se laisser prendre au jeu…